60 中国宁夏
1958—2018

甲子典记

光明日报中的宁夏六十年

光明日报宁夏记者站 编

黄河出版传媒集团
宁夏人民出版社

图书在版编目（CIP）数据

甲子典记：光明日报中的宁夏六十年 / 光明日报宁夏记者站编. -- 银川：宁夏人民出版社，2019. 2
ISBN 978-7-227-07033-7

Ⅰ. ①甲… Ⅱ. ①光… Ⅲ. ①新闻—作品集—中国—当代 Ⅳ. ① I253

中国版本图书馆 CIP 数据核字（2019）第 032514 号

甲子典记——光明日报中的宁夏六十年 光明日报宁夏记者站 编

责任编辑 丁丽萍 闫金萍
责任校对 赵学佳
封面设计 一 卜
责任印制 肖 艳

黄河出版传媒集团
宁夏人民出版社 出版发行

地　　址 银川市北京东路 139 号出版大厦（750001）
网　　址 http://www.yrpubm.com
网上书店 http://www.hh-book.com
电子信箱 nxrmcbs@126.com
邮购电话 0951-5052104 5052106
经　　销 全国新华书店
印刷装订 宁夏银报智能印刷科技有限公司
印刷委托书号 （宁）0012441

开　　本 787mm × 1092mm 1/16
印　　张 25.75 **字　数** 350 千字
版　　次 2019 年 2 月第 1 版
印　　次 2019 年 2 月第 1 次印刷
书　　号 ISBN 978-7-227-07033-7
定　　价 68.00 元

卷首语

宁夏，是祖国西部一块宝地。这里，有数万年前人类“童年”时代的画作，有数千年前先人们夯筑的城垣、留下的遗迹……60 年，在浩渺无垠的时光中如蜉蝣海粟，却经历了过去数百乃至上千年从未有过的沧桑巨变。

1958 年 10 月，宁夏回族自治区宣告成立。60 年来，宁夏与祖国一起，在时代大潮中风雨兼程、澎湃前行，绘就了一幅发展进步的宏阔画卷。

2018 年的时光剖面上，光明日报从一张思想文化大报的观察视角，记录宁夏的这个特殊年份。也许，当现在成为了历史，透过这一字一句，可以读出在这一方天地中，人们的思想激荡和奋斗拼搏。

——编　者

塞上江南绽新颜（代序）

——写在宁夏回族自治区成立六十周年之际

王建宏　彭景晖　鲁元珍

8月18日，宁夏同心县，一座始建于明代万历年间的中国传统古建筑沐浴在晨晖中。有着四百多年历史的清真寺大殿上，“陕甘宁省豫海县回民自治政府成立大会会址”的匾额将时光的镜头推向1936年10月——其时，历经二万五千里长征的中国工农红军会聚同心城，建立起党的历史上第一个民族自治政权，开创了中国民族区域自治的先河。

22年后的1958年，又是一个胜利的10月，在党的民族区域自治政策的发源地，宁夏回族自治区宣告成立，成为共和国年轮中的重要印记。

一甲子后，行走宁夏，从六盘山到贺兰山，一路山河入画、处处生机，黄河两岸稻菽飘香，沿线城乡锦绣、朝气蓬勃。在党中央坚强领导下，在党的民族区域自治政策的光辉照耀下，今天的宁夏，不再只是自然地理上的“西北盆景”，更成为经济社会发展的“西部缩影”、改革开放的“中国镜像”。

创新驱动，打造西部转型发展先行区

站在宁东能源化工基地神华宁煤“煤制油”项目现场，仿佛听到曾经封存地下数亿年的“植物骨骼”，历经一道道复杂工艺，化为“工业血液”的汩汩流响。

2016年7月，习近平总书记到宁东考察。在现场数百名员工热情的欢呼声中，总书记即兴讲话。他强调，社会主义是干出来的。

“这个项目，仅敷设的电气、仪表电缆就达1.8万公里，相当于坐京沪高铁往返六七个来回。”神华宁夏煤业集团副总经理姚敏说，宁夏“煤制油”项目联合国内一大批装备制造企业开展了37项重大技术、装备及材料的国产化任务，成功开发出了国产煤炭间接液化成套技术，打破国外长期垄断，使国际煤化工技术格局重新洗牌。

宁夏以全国排末的国土面积，赋存着位列第六的探明煤炭储量。在自治区成立之初，宁夏便开启了“煤海淘金”的历史。1957年10月，宁夏大规模开发建设煤炭基地的第一个矿井——也是当时最先进的机械化矿井——开工建设。此后，特别是新世纪以来，煤炭由固体到液体，变燃料为原料，科技含量、附加值节节升高，宛若一首能量变奏曲。

也因此，煤化工成为中国继高铁、核电后，可以成套向国外输出装备和技术的领域。

大河两岸，包括宁东基地在内的沿黄地区聚集了宁夏60%的人口、创造了90%的GDP，是宁夏创新要素最富集的区域。银川、石嘴山、吴忠、中卫四市，加上世界煤化工技术高地的宁东基地，共同形成了沿黄科技创新改革试验区，被纳入国家区域创新布局。

银川市积极推动“首都带首府”合作模式，链接北京中关村高端制造、研发孵化、科技金融、商务配套等新兴产业，加快建设银川丝路经济园、中关村双创园、北京经济技术开发区飞地工业园等创新平台，打造区域协同创新发展园区。

吴忠市，一度濒临破产的老牌国企吴忠仪表，靠科技创新一跃成为我国控制阀行业的龙头企业。

沙漠城市中卫打起“云算盘”，吸引云计算龙头企业亚马逊、美国ZT、阿里巴巴、华为、微软、浪潮等落户中卫。建成了直达北京、西安和太原的4×100G光纤骨干网络，到北京网络延时不到10毫秒，到西安、太原不到5毫秒，成为北上广深的“数据郊区”。

农业领域，宁夏在新品种选育、节水高效农业、健康养殖等方面取得了一批国内领先的重要成果，农作物优良品种覆盖率和畜禽改良率达90%以上，农业科技进步贡献率高于全国平均水平。

越是欠发达地区，越需要实施创新驱动战略。宁夏把发展的基点放在创新上，以科技创新带动全面创新，以全面创新引领全面发展，出台助推创新驱动战略的“创新30条”，使创新逐步成为宁夏大地上最鲜明的时代特征。

脱贫富民，打造全国脱贫攻坚示范区

1958年夏，邓小平同志讲到宁夏回族自治区成立后的任务时说，要加强宁夏经济建设和社会发展，不断提高各族人民的生活水平。

“西海固”三个字在中国扶贫史上有着千钧之重。翻开宁夏60年历史画卷，一条一以贯之的主线就是与贫困的不懈斗争。

宁夏既有“天下黄河富宁夏”的富庶，也有“苦瘠甲天下”的贫困。历经探索，宁夏从基本区情出发，逐渐形成了“以川济山、山川共济，山上的问题山下解决、山里的问题山外解决、面上的问题点线解决”的扶贫思路。

自治区自 20 世纪 80 年代开始，先后组织实施吊庄移民、扶贫扬黄工程移民、易地扶贫搬迁移民、“十二五”生态移民工程，挪穷窝、换穷业、拔穷根，累计搬迁移民 110 多万人。这个数字，超过了世界上 40 个国家的人口。

柯具良就是这百万分之一。走进悬挂着“原隆村 4 组 005”牌号的大门，院内小果园中，瓜果蔬菜鲜翠欲滴。在数十年移民史中，柯具良的资历算是浅的，他 2014 年才从数百公里外的西吉县迁到银川近郊的永宁县闽宁镇原隆村。从 54 平方米的小砖房，到蓝顶的彩钢板房，再到 120 平方米装修一新、陈设现代的新居，大部分移民十数年的“建设历程”，柯具良只用了 3 年时间。他说：“儿子、儿媳妇都在附近的红树莓基地、葡萄酒庄打工，两人一年收入三四万元，两年就基本能挣够盖新房的钱。”

从“干沙滩”到“金沙滩”，如今的闽宁镇早已成为东西部扶贫协作的典范。而在亘古荒漠上建设起来的红寺堡开发区，早已成为现代绿洲，是全国最大的生态扶贫移民集中区。仅“十一五”“十二五”期间，宁夏就统一规划建设了 203 个移民安置区。

移民搬迁，使塞上山川的生产力布局、空间布局、人口布局发生了历史性、结构性、区域性大调整，实现了思想观念、生产方式、乡风民俗的嵌入融合，有力促进了脱贫攻坚和经济社会发展。

不管是“移民”，还是“留民”，自治区都秉承开发式、开拓式、开放式的“大扶贫”理念，形成了各具特色的扶贫产业。

“这一批羽绒背心都是出口俄罗斯的，下一批订单是德国的。”海原县城西郊的纺织车间内，农村姑娘田进梅在缝纫机上飞针走线，言语间透着自信。其实，这里只是“总装车间”，像 LOGO、扣子之类的小件都在李旺镇新源村、西安镇园河村等地的“扶贫车间”生产。这些将闲置校舍、村部进行简单改造建设起来的车间，就地、灵活地解决了留守村民农闲时间的就业问题。

产业扶贫、文化扶贫、教育扶贫、健康扶贫、金融扶贫、社会扶贫，几十年来，宁夏累计减贫 330 万人，相当于全区人口的一半。贫困发生率也由新世纪初的 24.5% 下降到 2017 年的 6%。

自治区党委、政府把增加民生福祉放在突出位置，宁夏城乡居民收入分别于 2007 年和 2017 年突破万元。党的十八大以来，城乡居民人均可支配收入从 2012 年的 19507 元、6776 元增加到 2017 年的 29472 元和 10738 元。这些数据的背后，是 680 万宁夏人民从短缺到殷实、从贫困到小康的历史性跨越。

生态立区，筑牢西北地区重要生态安全屏障

包兰铁路，宁夏回族自治区成立的“流动地标”。

这条与自治区同龄的铁路，见证了宁夏从“黄沙漫漫无前路”到“塞上江南新天府”的生态变迁。流沙没有逼停列车，反而逼出了一个世界级的治沙成果——“麦草方格”治沙法。在与浩瀚沙海搏斗过程中，也造就了宁夏人既顺应自然、尊重自然，又坚韧不拔、永不服输的精神。

宁夏是沙海中的一个“半岛”，腾格里、乌兰布和、毛乌素环伺西、北、东三面。发端于沙坡头的治沙方法很快在宁夏沙区遍地开花，使宁夏率先在全国实现荒漠化逆转，变“沙逼人退”为“人逼沙退”。

全国唯一的省级防沙治沙综合示范区、全国第一个国家沙漠公园、全国第一个荒漠湿地类型的国家级自然保护区、全国第一个全域禁牧封育的省区……宁夏，在防沙治沙中创造了多项第一，很多经验在“一带一路”建设中走出国门，为全球防治荒漠化提供了“中国经验”。

党的十八大以来，以习近平同志为核心的党中央把生态文明建设作为统筹推进“五位一体”总体布局和协调推进“四个全面”战略布局的重要内容，为宁夏大力推进生态文明建设指明了路径。

宁夏是祖国西北重要的生态安全屏障，自治区第十二次党代会明确提出，实施生态立区战略，打造西部地区生态文明建设先行区。

只有规划先行，从顶层设计入手，才能从根本上承担起维护西北乃至全国生态安全的重要使命。作为中央确定的第二个省级空间规划试点省区，宁夏全域被划定为生态、农业、城镇三类空间，明确生态保护红线、永久基本农田保护红线、城镇开发边界，并以“三区三线”统筹国土空间布局，管控开发建设行为，以生态底图有机叠加其他各类规划。

2018年6月，宁夏在“多规合一”工作基础上，以黄河及其支流为脉络，以贺兰山、六盘山、罗山为支点，划定生态红线，面积12863.77平方公里，占全区总面积的24.9%。

长期以来，宁夏持续推进天然林保护、三北防护林、退耕还林还草等生态建设工程，森林覆盖率由“十一五”末的11.9%提高到12.63%，林地保有量增加到2701万亩，新增湿地面积30万亩。

在北部，贺兰山自然保护区退出所有工矿企业，在生态治理修复中，与北部平原绿洲生态系统相贯通的生态廊道正在形成。在南部，六盘山自然保护区突出构建水源涵养和水土保持生态屏障，带动南部山区绿岛生态建设，局部小气候的改善使区域年平均降水量逐年递增。

西望河源天际阔，浊流滚滚自昆仑。黄河驰而不息地从中卫市柔远镇冯庄村畔流过，从2017年起，这个村的冯正国有了一个新职务——巡河保洁员，每天迎着晨曦巡河已成为他的日常。巡河中，手机APP将自动记录巡查路径与轨迹，发现排污等问题即时上传，实现在线监督。

如今，像冯正国一样的巡河员在宁夏共有6510名，他们的巡查轨迹覆盖了所有河湖水系。如今，宁夏境内的 840 条河流、94 个湖泊都有了河湖长，初步构建了“党政责任链”“部门共治圈”和“公众齐参与”的河湖共治格局，打响了新时期的“黄河保卫战”。

六十载接续奋斗，一甲子沧桑巨变。

宁夏回族自治区成立以来的 60 年，是除旧布新、改天换地的 60 年。经过 60 年奋斗积累，宁夏发展已站到新的历史起点上。面对高质量发展的新课题，宁夏正以更加坚定的自信、更加饱满的热情、更加昂扬的斗志，阔步走在新时代的长征路上，向着经济繁荣、民族团结、环境优美、人民富裕、与全国同步建成全面小康社会目标劈波斩浪、砥砺前行。

目录

甲子风华

创新驱动

脱贫富民

生态立区

不忘初心

理论智库

以文化人

甲子风华

宁夏各族各界
隆重庆祝自治区成立60周年

中共中央全国人大常委会国务院全国政协中央军委致电祝贺
汪洋出席大会并讲话

邹　伟　荣启涵　罗争光

沧桑巨变60载，塞上大地展新颜。20日下午，宁夏回族自治区成立60周年庆祝大会在贺兰山体育场隆重举行。中共中央、全国人大常委会、国务院、全国政协、中央军委发来贺电。中共中央政治局常委、全国政协主席、中央代表团团长汪洋出席庆祝大会并讲话。

今天的银川秋色绚烂、红旗招展，处处洋溢着热烈的节庆气氛。贺兰山体育场内欢声笑语，位于背景区正中的习近平总书记题词“建设美丽新宁夏　共圆伟大中国梦”和巨幅标语“高举习近平新时代中国特色社会主义思想伟大旗帜，不忘初心、牢记使命，振奋精神、实干兴宁，为实现经济繁荣、民族团结、环境优美、人民富裕，确保与全国同步建成全面小康社会目标而奋斗！”格外醒目。主景观多层次、多角度、全视野展现宁夏“两山一河”和“塞上江南神奇宁夏”，两侧竖立“1958”“2018”字样。

主席台上方高悬会徽、会标。约2.1万名各族各界干部群众代表汇聚到这里，共同欢庆这盛大的日子。

下午3时许，宁夏回族自治区党委副书记、自治区主席咸辉宣布大会开始。在嘹亮的国歌声中，五星红旗冉冉升起。

中共中央政治局委员、国务院副总理、中央代表团副团长孙春兰宣读中共中央、全国人大常委会、国务院、全国政协、中央军委关于庆祝宁夏回族自治区成立60周年的贺电。

在热烈的掌声中，汪洋发表了热情洋溢的讲话。他说，在这金风送爽、瓜果飘香的美好时节，很高兴带着党中央和习近平总书记的重托，带着全国各族人民的祝福，来到美丽的银川，同宁夏各族人民共同庆祝自治区成立60周年。我谨代表中共中央、全国人大常委会、国务院、全国政协、中央军委，向自治区表示热烈的祝贺，向680万宁夏各族儿女致以节日的问候。

光明日报
GUANGMING RIBAO
2018年9月21日 星期五 农历戊戌年八月十二 今日16版

习近平向第十七届中国西部国际博览会致贺信

习近平主持召开中央全面深化改革委员会第四次会议强调
加强领导科学统筹狠抓落实 把改革重点放到解决实际问题上来
李克强王沪宁出席

中共中央国务院关于完善促进消费体制机制进一步激发居民消费潜力的若干意见

"人水和谐"的生动实践
——福建莆田木兰溪治理纪实

宁夏各族各界隆重庆祝自治区成立60周年
中共中央全国人大常委会国务院全国政协中央军委致电祝贺
汪洋出席大会并讲话

奋斗不停歇 阔步再出发
——热烈庆祝宁夏回族自治区成立60周年

社论

四季中国

汪洋说，宁夏是祖国西部一方宝地。几千年来，各民族在这里繁衍生息、互动交融，共同建设了美丽富饶的塞上江南，共同创造了兼容并包的灿烂文化。1958年，在党中央亲切关怀和党的民族政策光辉照耀下，宁夏回族自治区宣告成立，开启了“划区自治兴宁夏”“于今团结史无先”的新纪元。60年来，宁夏经济发展实现巨大跨越，人民生活得到极大改善，生态环境发生显著变化，社会大局保持和谐稳定。特别是党的十八大以来，在以习近平同志为核心的党中央坚强领导下，自治区砥砺奋进、攻坚克难，改革开放和现代化建设取得了新的历史性成就，步入发展质量最高、城乡面貌变化最大、各族群众得到实惠最多的时期。习近平总书记2016年专程来宁夏考察，体现了对自治区团结进步的高度重视和对各族群众的亲切关怀。

汪洋说，自治区成立60年的辉煌成就，是党中央坚强领导的结果，是宁夏各族干部群众团结奋斗的结果，是全国人民大力支持的结果。所有亲身经历自治区发展腾飞的干部群众，所有关心支持宁夏改革发展的各界人士，都有理由为之喜悦和自豪。

汪洋指出，当前中国特色社会主义进入新时代，久经磨难的中华民族迎来了从站起来、富起来到强起来的伟大飞跃。宁夏现代化建设也站在新的历史起点。我们要深入学习贯彻习近平新时代中国特色社会主义思想和党的十九大精神，增强“四个意识”，坚定“四个自信”，聆听时代声音，顺应人民期盼，努力实现经济繁荣、民族团结、环境优美、人民富裕，确保宁夏与全国同步建成全面小康社会。

汪洋强调，宁夏要始终坚持党的领导，始终坚持中国特色社会主义道路，始终坚持维护祖国统一，始终坚持各民族一律平等，始终坚持和完善民族区域自治制度，始终坚持各民族共同团结奋斗、共同繁荣发展，始终坚持打牢中华民族共同体的思想基础，始终坚持依法治国。

汪洋最后说，回首过去，宁夏走过了不平凡的光辉历程。展望未来，宁夏的改革发展之路将越走越宽广。让我们更加紧密地团结在以习近平同志为核心的党中央周围，继承发扬“不到长城非好汉”的革命精神，积极响应习近平总书记“社会主义是干出来的”号召，同心同德、群策群力，为“建设美丽新宁夏　共圆伟大中国梦”而努力奋斗。

宁夏回族自治区党委书记石泰峰在大会上发言。他说，中央代表团带来了以习近平同志为核心的党中央的深情厚爱和美好祝福。我们一定要增强“四个意识”，坚定“四个自信”，深入学习贯彻习近平新时代中国特色社会主义思想和党的十九大精神，坚决维护习近平总书记核心地位、坚决维护党中央权威和集中统一领导，不忘初心、牢记使命，振奋精神、实干兴宁，努力实现经济繁荣民族团结环境优美人民富裕、确保与全国同步建成全面小康社会的目标，为建设美丽新宁夏、共圆伟大中国梦而努力奋斗。

群众代表赵耐香、马会勤也在大会上发言。

随后，《塞上儿女心向党》群众文艺表演拉开帷幕。5个仪仗方队与五地市方队依次入场，主题表演分为“黄河魂魄·精神传承”“丝路欢歌·开放发展”“闽宁协作·八方支援”“塞上江南·美丽宁夏”“民族团结·幸福家园”“奋进新时代·共筑中国梦”6个篇章。最后，全场高唱《歌唱祖国》，祝福祖国繁荣昌盛、宁夏明天更加美好。

中央代表团副团长尤权、曹建明、巴特尔、苗华和中央代表团全体成员，以及宁夏回族自治区有关负责人出席大会。

（《光明日报》2018年09月21日01版）

奋斗不停歇　阔步再出发

——热烈庆祝宁夏回族自治区成立60周年

【社　论】

天高云阔的金秋时节，宁夏回族自治区迎来了成立60周年的喜庆日子。今天，在这片6.64万平方公里的土地上，各项事业生机活力竞相迸发，一幅欣欣向荣的新时代画卷正徐徐展开。

时间砥砺信仰，岁月见证初心。1938年10月，中国工农红军建立了中国历史上第一个县级少数民族地方自治政权——陕甘宁省豫海县回民自治政府，开创了中国民族区域自治的先河。1958年10月，在党的民族区域自治政策的最初实践地，宁夏回族自治区宣告成立，成为共和国年轮中的重要印记。

60年来，在党中央坚强领导下，宁夏各族儿女谱写出一曲曲艰苦奋斗的壮歌，书写了一个个民族团结的传奇——累计减贫330万人，其中近5年减贫71.9万人；2017年全区地区生产总值达3453.9亿元，分别是1978年和1958年的266倍和1053倍。

党的十八大以来，习近平总书记多次对宁夏工作作出重要指示，对宁夏发展提出总体要求，指明方向路径。

宁夏60年的发展成就，是我国民族区域自治制度的成功实践；60年的动人图景，是西部地区经济社会发展的缩影。时光见证，只有坚定不移坚持中国共产党的领导，坚持和完善民族区域自治制度，坚持改革开放，宁夏才会拥有更加美好的未来。

站在新起点、抢抓新机遇、应对新挑战，宁夏要贯彻新发展理念，坚决打好三大攻坚战，大力实施三大战略，加快推进转型发展、创新发展、高质量发展；要全面贯彻落实党的民族政策，大力推进民族团结进步事业，促进各民族交往交流交融，共同团结奋斗、共同繁荣发展；要坚持以人民为中心的发展思想，让改革发展成果更多惠及各族人民。

阔步走在新时代的长征路上，宁夏各族儿女将紧密团结在以习近平同志为核心的党中央周围，以更加坚定的自信、更加饱满的热情、更加昂扬的斗志，为建设一个更加繁荣、稳定、和谐、美丽的宁夏而顽强拼搏。

（《光明日报》2018年09月21日01版）

开创更加灿烂辉煌的明天

——宁夏回族自治区成立60周年庆祝大会侧记

王建宏　龚　亮

贺兰岿然，黄河奔流。

9月20日下午，银川贺兰山体育场。数万名各界群众身着节日盛装，在红旗漫卷中迎来一个重要时刻：宁夏回族自治区成立60周年庆祝大会隆重举行。

花团锦簇的体育场内，印有习近平总书记题词“建设美丽新宁夏 共圆伟大中国梦”的巨幅标语格外醒目。

会场上的微缩造景展示了宁夏的主要景观——六盘巍峨，湖光潋滟，水车流转。

中共中央政治局常委、全国政协主席汪洋率领中央代表团出席大会，带来了以习近平同志为核心的党中央的重托，带来了全国人民的祝福。

六秩峥嵘，忆往昔岁月稠。1958年，在中国共产党的领导下，宁夏回族自治区成立，开启了宁夏建设发展的新阶段。宁夏地区生产总值从自治区成立时的3亿多元，增至2017年的3400亿元，年均增长9.4%。塞上山川，一派百业兴旺、万象更新的喜人景象。

60 年来，宁夏各族人民守望相助，砥砺奋进，绘就了一幅团结奋进、阔步走向社会主义现代化的壮美画卷。

60 年来，宁夏干部群众风雨兼程，澎湃前行，谱写了一部少数民族地区昂然迈进中国特色社会主义新时代的传奇史诗。

这些辉煌成就，是中国特色社会主义在宁夏的伟大胜利，是党的民族政策和民族区域自治制度在宁夏的成功实践。

下午 3 时，在雄壮的国歌声中，五星红旗冉冉升起，庆祝大会正式开始。

中共中央、全国人大常委会、国务院、全国政协、中央军委发来贺电，给宁夏 680 多万各族人民以极大鼓舞。

在热烈的掌声中，汪洋发表了讲话。

热情洋溢的讲话引起会场内外强烈共鸣。距离会场 300 余公里的固原市原州区双泉村，驻村第一书记周云峰和乡亲们一

光明日报 要闻 03

中共中央 全国人大常委会 国务院 全国政协 中央军委

关于庆祝宁夏回族自治区成立60周年的贺电

在宁夏回族自治区成立60周年庆祝大会上的讲话

（2018年9月20日）

汪 洋

汪洋听取宁夏回族自治区工作汇报时强调

确保党的各项大政方针不折不扣落到实处 努力建设经济繁荣民族团结环境优美人民富裕的新宁夏

开创更加灿烂辉煌的明天

——宁夏回族自治区成立60周年庆祝大会侧记

起观看电视直播。他说："在宁夏民航的定点帮扶下，双泉村修路建棚、通自来水、建文化戏楼、搞产业发展，已于2016年脱贫销号。我们相信，在党中央坚强领导下，通过大家的艰苦努力，家家户户都能脱贫致富！"

"社区10多个民族同在一个小区、同住一个单元，不分你我、互学互助，热热闹闹、其乐融融……是党给了我们安居乐业的好环境，是习近平总书记让我们过上了新时代的好生活，是党的民族政策让我们各族群众成为好兄弟好姐妹。"银川市金凤区长城中路街道长城花园社区党支部书记、居委会主任赵耐香在庆祝大会上讲出了心里话，我们感党的恩、念党的情、记党的好，我们坚信，有党的好政策指引、有我们自己的勤劳双手，我们的生活一定会越来越好。

30年前，马会勤成为一名煤矿工人。从班组长到副队长、队长，他所在的梅花井矿井从15万吨的小煤窑变成了千万吨级的矿井群。"煤制油"项目的实施，让"煤田"变"油田""黑疙瘩"变成了"金蛋蛋"。在庆祝大会上代表生产一线职工发言时，马会勤说："此时此刻，我最想说的是，幸福生活是奋斗出来的。党的好政策让我们千千万万煤矿工人奋斗有回报、付出有价值，走上了幸福美好的社会主义康庄大道。"

最动情的"花儿"漫上了六盘山，最火红的枸杞映红了宁夏川。在歌舞表演《花儿朵朵向太阳》中，盛大的群众文艺表演《塞上儿女心向党》拉开序幕。

银川市方队走来，随着队形变化，时而马兰花开，时而彩凤展翼，通过富有科技感的表演，展示出"凤城"银川塞上文化名城和时尚都市的独特韵味。

石嘴山市方队走来，矿工的装扮讲述了这座"煤城"的过去，队形的变化，寓意其通过高质量发展，正在实现转型升级的历史性逆转。

吴忠市方队走来，黄河波涛、富硒大米、盐池滩羊、盖碗茶……这些独特元素的组合呈现，勾勒出水韵吴忠、九渠之首、鱼米之乡的城市气质。

固原市方队走来，身着红军服装，彰显了其作为革命老区、民族地区，励志打赢脱贫攻坚战、走好新时期长征路的坚定决心。

中卫市方队走来，黄河水车、金沙翻绿、人进沙退，队形最后组成的“云天中卫”四个大字，为其西部云基地及信息产业发展作出注解……

观众席上，有一个区域坐着前几天刚刚评选出的“自治区60年感动宁夏人物”。全国道德模范、石嘴山市陶乐镇施家台子村村民白琴非常激动:“我真切感受到了祖国的强大，宁夏的富强。我一定要发挥好道德模范的带头作用，用自身行动践行好社会主义核心价值观。”作为一名老新闻工作者，光明日报社宁夏记者站原站长庄电一先后参与过自治区成立30周年、40周年、50周年大庆的报道，这次作为先进人物代表参加庆祝大会，感触颇深：“宁夏的沧桑巨变，我既是见证者，也是受益者。我为曾经亲眼见证、忠实记录、客观报道宁夏的发展变化而自豪。”

“我上小学、中学时，老师点着煤油灯在四面漏风的房子里办公，学生没有课桌只能用土台子上课，现在从乡村到城市，学校的房子最坚固、最亮丽，配套设施标准化、最优化，成为遍布山川的最美风景。”中卫市中宁县第九小学校长刘明星说，从上学到当老师、当校长，他几乎没有离开过校园，几十年的经历，让他切身感受到宁夏教育的巨变。

方阵过后，主题表演开始。“黄河魂魄·精神传承”“丝路欢歌·开放发展”“闽宁协作·八方支援”“塞上江南·美丽宁夏”“民族团结·幸福家园”“奋进新时代·共筑中国梦”从不同侧面展示了宁夏的山川之美、文化魅力和使命作为。

大气恢宏、富有创意的群众文化表演，深深感染了会场内外的塞上儿女。

在宁夏的东头，陕甘宁交界处的盐池县麻黄山乡，自治区住房和城乡建设厅挂职麻黄山村第一书记的路修堂发微信说：“宁夏60年的辉煌成就，我们村就是一个缩影，通过精准扶贫，农民人均纯收入接近9000元，富了群众，强了山村。为宁夏点赞！”

节目最后，全场观众自发起立，高唱《歌唱祖国》，将现场气氛推向高潮。

庆祝，是为了更好地出发。站在新的历史起点上，宁夏各族人民将更加紧密地团结在以习近平同志为核心的党中央周围，为建设美丽新宁夏、共圆伟大中国梦而努力奋斗。

（《光明日报》2018年09月21日03版）

“花儿”绽放宁夏川

——庆祝宁夏回族自治区成立60周年文艺晚会侧记

王建宏 龚 亮

60年岁月如歌，塞上江南宁夏，在沧桑巨变中闪耀无限荣光。

一甲子砥砺奋进，九曲黄河、朔色长天，在斗转星移中抒写盛世华章。

9月19日晚，宁夏银川华灯璀璨，各族群众沉浸在欢乐祥和的喜庆氛围中。庆祝宁夏回族自治区成立60周年文艺晚会《绽放新时代》在宁夏人民剧院隆重举行。

中央代表团全体成员和宁夏回族自治区各族各界干部群众代表欢聚一堂，共同庆祝这一美好时刻。

六盘山巍峨耸立，红军群雕光彩夺目，母亲河蜿蜒流淌……恢宏壮阔的交响序曲奏响，演出在大型音舞诗画《我想对你说》中拉开序幕。

晚会分为“奋斗篇”“团结篇”“幸福篇”“追梦篇”4个篇章。通过史诗化的艺术表现，晚会生动展现了党的民族区域自治制度和民族政策在宁夏的成功实践，展现了宁夏回族自治区成立60年、改革开放40年来，特别是党的十八大以来，在党中央的正确领导和全国各地的大力支持下，宁夏经济社会发展各领域取得的辉煌成就。

“我来了，宁夏川”

1958 年，宁夏回族自治区成立。从首都北京到黄浦江边，从白山黑水到西子湖畔，来自全国各地的支宁人朝向黄土地，奔向宁夏川。

光影让现场观众重回那激情难忘的当年。来自四面八方的年轻人把亘古荒原的厚重、把滔滔黄河的豪迈、把大漠戈壁的惊撼，都化作一腔热血的追随和义无反顾地担当，与宁夏儿女心连心、肩并肩，一同走过了60 年。

04 要闻

光明日报

汪洋率中央代表团飞抵银川出席宁夏回族自治区成立60周年庆祝活动

汪洋率中央代表团出席向宁夏回族自治区赠送纪念品仪式

汪洋会见宁夏回族自治区离退休老同志和各族各界群众代表

汪洋慰问宁夏军区和驻宁部队官兵代表、武警宁夏总队官兵代表并会见政法系统代表

汪洋率中央代表团参观宁夏回族自治区成立60周年大型成就展

汪洋观看庆祝宁夏回族自治区成立60周年文艺晚会《绽放新时代》

“花儿”绽放宁夏川

——庆祝宁夏回族自治区成立60周年文艺晚会侧记

王岐山出席2018年国际和平日纪念活动开幕式

“宁夏川，黄土塬，青春做伴到贺兰；我来了，宁夏川。”情景音画《激情岁月》以情景歌舞的形式，沿着历史发展的脉络，重现自治区成立伊始、三线建设、改革开放、西部大开发……从石嘴山第一口矿井开发

到包兰铁路防沙治沙，从青铜峡“拦河大坝”锁住黄河到穷山村的生态移民走上精准脱贫的康庄大道……恢宏壮丽的旋律声中，展现了八方共建宁夏川的激情和力量。

金色大绸漫卷，时代瞬间变迁。一首宁夏经典抒情歌曲《宁夏川，我可爱的家乡》在黄河两岸回荡。进入新时代，开启新征程，肩负新使命，宁夏儿女英姿勃发、奋勇向前，在拼搏奋斗的进程中收获着喜悦与欢腾，在塞上江南的星空下收获着优美与欢畅。

“民族团结的花儿最鲜艳”

六盘青松根连根，各族儿女心连心。宁夏回族自治区走过的60年，是全区各族人民坚定信念跟党走的60年，是宁夏各族儿女共同团结奋斗、共同繁荣发展的60年。

舞蹈《清茶飘香》、宁夏数花与西北快板《宁夏妈妈》、歌曲《心手相牵》共同构成“团结篇”。全国民族团结模范先进个人、回族老人王兰花的爱心小组，北方民族大学许多少数民族学生共同的宁夏妈妈王菊茹……这些发生在身边的真人真事，以情景讲述、“一说一唱”、西北快板等独特样式推出，感人肺腑，直抵人心。

优美的旋律、生动的歌词，展现了塞上各族儿女以心换心，像吸铁石一样牢牢围绕在党的周围，像石榴籽一样紧紧抱在一起，心手相牵、亲如一家的民族团结胜景。

“民族团结的花儿最鲜艳，民族团结的果实最甜蜜。”观看节目的银川市西夏区西花园路街道燕宝社区党支部书记马凤花说，我们会继续像爱护眼睛、珍视生命一样守护好民族团结。

“农村的生活跟城市没什么两样”

幸福是什么？幸福是期盼与奋斗的紧紧相连，幸福是个人幸福与人民幸福的唇齿相伴。

22 年前，时任福建省委副书记、福建省对口帮扶宁夏回族自治区领导小组组长的习近平同志亲自设计、亲自指导、亲自推动了闽宁协作。如今，这场跨越山海、超越时空的倾情帮扶，已成为东西部扶贫协作的全国典范。

情景音画《情系闽宁》以闽宁镇为切入点，回溯 22 年前开启的闽宁携手、移民搬迁的场景，深情讲述习近平总书记对宁夏人民的亲切关怀，在东西部扶贫协作对口支援的大潮中，闽宁两省区创造的互助奇迹。

歌曲《都说变了样》《美酒飘香贺兰山》、交响戏曲《塞上江南》用优美的唱词，展现出改革开放 40 年来特别是党的十八大以来宁夏所取得的新发展、新变化、新成就，呈现了塞上儿女乐享美好生活的动人场景。

观众席上，来自石嘴山市惠农区礼和乡星火村村主任陈学云感同身受：“水泥路、自来水、煤气灶、网络电视一应俱全，农村的生活现在跟城市没什么两样。特别是村里这几年新建的居家养老服务中心，村里老人休闲娱乐、看病就医、就餐住宿都不愁，无论哪个民族，大家亲如一家，相互帮衬，安享晚年。”

“走好我们这一代人的长征路”

天下黄河富宁夏，塞上江南米粮川。宁夏，因水而生、因水而灵、因水而兴。舞蹈《母亲河》、歌舞《沙湖恋歌》以时而微波荡漾、时而浪花如瀑的舞蹈语汇，别具一格地表达了塞上儿女对母亲河的眷恋和爱护，宣示了宁夏在实施生态立区战略中，为子孙后代留下天更蓝、地更绿、水更美、空气更清新的美好家园的不懈追求。

“六盘山上高峰，红旗漫卷西风。”1936年，毛泽东同志在六盘山上写就了不朽诗篇。在《清平乐·六盘山》的歌声中，朝气蓬勃的当代青年与凝固在历史深处的红军群雕对话，意寓宁夏人民将传承革命精神，牢记“走好我们这一代人的长征路”的使命与担当。

歌舞《绽放新时代》将整场晚会推向了高潮。在习近平新时代中国特色社会主义思想指引下，塞上儿女心向党，同心共筑中国梦。在观众雷鸣般的掌声中，现场的气氛达到巅峰。

踏上新征程，改革再出发。宁夏，将高举中国特色社会主义伟大旗帜，振奋精神、实干兴宁，向着经济繁荣、民族团结、环境优美、人民富裕，全面建成小康社会的目标而奋进。

（《光明日报》2018年09月20日04版）

突围人才之困的宁夏探索

王建宏　刘　梦　万玛加

红色、黑色、黄色……曹有龙的案头，一排玻璃瓶内，摆放着不同颜色、形态各异的枸杞样品。

曹有龙是宁夏农林科学院国家枸杞工程技术研究中心主任，也是国家枸杞产业战略创新联盟首席专家。过去，枸杞是一个单一的名词，如今，他为面前这些“宝贝”加上了不少“定语”：“这是鲜食枸杞，这个是药用枸杞，这是加工型枸杞。”

“宁夏枸杞甲天下。”作为这片地域最具地标性的物产，一粒枸杞的科技含量，一定程度上折射了宁夏的人才发展状况。

近年来，面对区域位置、经济发展、城市环境等“硬实力”的不足，宁夏立足对比优势，着力从“软环境”入手，正在探索一条欠发达地区突围“人才之困”的独特路径。

立足特色，精准引才

随着资源要素驱动发展边际效应的递减，国际国内人才争夺战愈演愈烈。作为欠发达省区，与自带人才流量的东部沿海相比，人才总量不足、结构不优、高层次人才短缺的宁夏如何引才用才？

“坚持有所为、有所不为，不面面俱到，不大而化之，不能撒大网。”宁夏回族自治区党委组织部副部长、人才办主任刘成孝说，“宁夏区情决定了我们必须以需求和问题为导向，依托独具特色的资源和产业优势，精准选才、精准用才，努力探索人才与产业融合发展互促双赢的新模式。”

地域面积不大的宁夏，煤炭探明储量居全国第 6 位。从新世纪开始，宁夏着力改变“卖炭翁”式的能源产业结构，瞄准“煤变油”，建成了全球单体最大的 400 万吨 / 年煤炭间接液化项目。

光明日报
GUANGMING RIBAO
2018年10月4日 星期四 农历戊戌年八月廿五 今日4版
光明网网址：http://www.gmw.cn 国内统一刊号CN 11-0026 第25083号（代号1-16）

习近平就原越共中央总书记杜梅逝世向越共中央总书记阮富仲致唁电

砥砺奋进六十载·塞上宁夏谱新篇

突围人才之困的宁夏探索

大美“川花”绽放高原

文艺轻骑兵唱响大漠

广西贵港石羊塘社区：各族手拉手 共筑民族情

神华宁煤集团副总经理姚敏是“煤制油”项目的拓荒人，他还是宁夏的“院士后备人才”。姚敏说：“自治区给评选出的 5 位院士后备人才每人资助 500 万元，据了解，这种支持力度在全国也是少有的。”

在这一人才工程的支持下，姚敏带领

团队研发出“煤制油”核心装置“神宁炉”，打破了国外技术垄断，并获得国家发明专利金奖。姚敏说：“我们现在可以自豪地说，在煤炭间接液化方面，世界一流的技术就在宁夏。这是我国继高铁、核电后，可以成套向国外输出装备和技术的领域。”

在高校，宁夏大学依靠自治区人才专项资金支持，引进国内知名的流态化工程和煤化工专家郭庆杰教授，依托国家重点实验室，打造了一支“煤炭清洁利用”科技创新团队。这个团队近年来开展科研项目 21 项，在国际上首次提出煤化学链气化概念，并展开系统研究，实现 100kW 量级小试热态煤气化系统顺利运行。这在该领域居国际先进、国内领先水平。

除了煤化工，宁夏还围绕产业总体布局，实施现代纺织、先进装备制造、电子信息、新材料、新能源和清洁能源、葡萄、枸杞、现代物流、文化旅游等 10 个重点特色产业人才支持计划，建设 100 个左右产业人才团队，培养 300 名左右产业领军人才。对新确定的自治区级产业人才创新团队，培育期内由自治区人才专项资金给予 50 万元资助，培育期满考核优秀的再给予 30 万元奖励。

以点带面，择优突破

“客观来看，我区人才队伍无论是总量、规模，还是结构、素质，都与西部其他兄弟省区有一定差距。”宁夏回族自治区党委组织部人才工作处处长于建文说，“我们要集中力量、择优突破，先在有比较优势的领域打造一个个人才‘小高地’，再通过‘以点带面’的方法，逐步拓展延伸，建设“西部人才高地”。”

9 月 13 日，第七届贺兰山东麓国际葡萄酒博览会在银川开幕，吸引 25 个国家和地区 500 多名嘉宾参加。众多国际葡萄酒行业观察者在会上表示，宁夏正在成为国际葡萄酒界最活跃、最耀眼的产区。造就这一“紫色名片”的，除了贺兰山东麓的独特风土，更重要的是葡萄酒人才的强力支撑。

孙淼和彭帅，两位从法国归来的博士，在贺兰山下开庄建园，经营着一个名为博纳佰馥的小酒庄。他们坚持采用“生物动力法”种葡萄酿酒，聚集了一批忠诚度很高的小众化“铁杆粉丝”。

近年来，在自治区人才项目支持下，先后引进国内外高端酿酒师、种植专家24名，吸引硕士以上葡萄酒“海归”专业人才20余名。举办两届贺兰山东麓世界酿酒师邀请赛，引进世界上23个葡萄酒生产国的近60多名国际酿酒师到宁夏酿酒交流。目前，宁夏葡萄产业从事研发、教学与创新的高层次人才有46名，高技能人才330名，产业工人1万余名——在国内具有比较优势的葡萄酒行业，一个“人才小高地”已经形成。

相较于葡萄酒产业，枸杞是宁夏的传统强项，但在1975年“宁杞1号”成为“当家品种”后的30多年里，人才梯队建设并未受到重视，以至于一位老专家退休或者调走，整个研究所都面临停摆。

如今，枸杞产业人才队伍进入“盛果期”，“人才小高地”掀起了创新小高峰，近些年来，仅培育出的枸杞新优系就达50多个。2016年，自治区人才办以奖代补200万元支持曹有龙领衔的国家枸杞工程技术研究中心人才队伍建设和创新技术攻关。

曹有龙说：“去年我们研发的枸杞鲜果粒冲剂，一出成果就被企业买断。枸杞面膜专利很快就被江苏一家企业‘抢走’，企业还从销售利润中返还近30%给科研人员，进一步激发了科技工作者的创新热情。”

按照规划，宁夏将用5年时间打造100个以上“人才小高地”。自治区人才专项资金对达到标准的行业类“人才小高地”，给予50万至100万元人才队伍建设资助；对企事业单位类“人才小高地”，给予50万元左右人才队伍建设资助。

不拘一格，松绑放权

杨志祥，宁夏农业有机合成工程技术研究中心主任，主攻“超级细菌”的抗生素新药研发。2015 年，在国外一家全球知名制药企业担任首席科学家的杨志祥，被作为海外高层次人才全职引进回国，领衔组建宁夏“抗生素研究创新团队”。但是，他是加拿大籍华人，要进入事业编制面临着不可逾越的体制性障碍。这意味着，他连基本的工资薪酬都无法保障。

求贤若渴的宁夏，果断出台人才新政，不拘一格、创新机制，扩大高等院校、科研院所和国有企业等主体的用人自主权，规定用人单位可对引进的急需紧缺高层次人才实行协议工资、年薪工资，经费按现行渠道支付。

解除后顾之忧的杨志祥带领团队开展攻关，目前，“针对超级细菌的新型内酰胺类抗生素项目”已取得重要进展，有望研发出具有自主知识产权的新型抗生素，实现我国在抗生素领域的关键性突破。

2018 年初，宁夏以“放权松绑”为核心，在此前一系列人才政策基础上，研究出台《关于实施人才强区工程助推创新驱动发展战略的意见》，在本土人才培养、高层次人才引进、定向选调生、创新创业支持等方面的政策实现了新突破。

“哪里需要人才、需要什么样的人才？用人单位更清楚、更紧迫。”于建文说。宁夏推动人才管理部门简政放权，尽可能消除行政部门对用人主体的过度干预。比如，允许高校和科研院所自主设置岗位、自主公开招聘、自主绩效分配、自主评聘专业技术职务。

从 2018 年起，宁夏大学、宁夏医科大学、神华宁煤集团公司等具备条件的企事业单位，第一次有了高级职称评审权。下一步，职称评审权的下放还将逐步向地级市、行业协会延伸。

在此基础上，宁夏配套出台《高层次人才优厚待遇实施办法》，围绕政治引领和政治吸纳、编制和职称、引才待遇、生活保障、创新创业等5个方面系统提出18项优厚待遇政策。

具有宁夏特色、适合人才聚集的“小气候”正在形成，人才已成为宁夏经济社会发展最具潜力、最具发展性的战略资源。

（《光明日报》2018年10月04日01版）

教育 为宁夏赢得未来

王建宏 李 慧 鲁元珍

9月11日，临近中午。宁夏中部干旱带，同心县王团镇中心学校校园一角的食堂内，二年级的王晓斌在窗口打上饭菜，土豆烧牛肉的香味立刻弥散开来。

“现在的孩子，真是在福窝里享着哩！”校门口，前来接晓斌回家的爸爸王刚回忆起自己24年前在这个镇上读小学时的情景：“早上带点干馍馍，就着苦咸水，就是一天。”

眼前的一幕，是宁夏教育几十年变迁的一个微小侧面。数十年来，宁夏回族自治区党委、政府始终把教育作为提高人口素质、促进社会公平、增进民族团结、助力脱贫攻坚的治本之策，坚定不移实施教育优先发展战略，全面提高教育质量，使“人口”过载的负担向“人才”优势转化——教育，正在为宁夏赢得未来。

让不长庄稼的山区“长”人才

“苦瘠甲天下”的宁夏西海固地区，资源环境与人口过载相互作用，进一步加剧了其贫困程度。

十年九旱、看天吃饭的贫困山区，不怎么长庄稼，却可以“长”人才。实现途径，是教育。

亲水街边、典农河畔，在首府银川最核心的地段，有一座以“六盘山”命名的高级中学。据该校办公室副主任冯雄介绍，自2003年建校以来，学校已面向宁南山区九县（区）和生态移民村招收初中毕业生2.6万名，已毕业的19818名学生中，考入本科院校的有19099人，其中重点院校11143人，39名学生考入北京大学和清华大学，高考本科升学率连续三年保持在96%以上，重点率超过60%。

光明日报
GUANGMING RIBAO
2018年9月15日　星期六　农历戊戌年八月初六　今日12版
加强党对教育工作的全面领导
——三论学习贯彻习近平总书记全国教育大会重要讲话精神
中国残疾人联合会第七次全国代表大会在京开幕
习近平李克强栗战书汪洋王沪宁赵乐际到会祝贺　韩正代表党中央国务院致词
习近平同委内瑞拉总统马杜罗举行会谈
两国元首一致同意　引领中委全面战略伙伴关系迈上新台阶
山东济南：为担当者担当　让实干者实惠
在习近平新时代中国特色社会主义思想指引下——新时代新作为新篇章
砥砺奋进六十载·塞上宁夏谱新篇
教育　为宁夏赢得未来

与六盘山高级中学同样性质的，还有2005年在银川市建设的招生规模更大的育才中学，两校都面向贫困地区招生，实行免学费、免住宿费政策，并为每生每年发放1000元生活补助，另有40%学生享受生均2000元的国家助学金。建校以来，两所高中共将 4 万多名贫困学子送入了大学校门。

在宁夏贫困山区，每一位市县委书记首先是“教育书记”，每一位市县长都是“教育市长”“教育县长”。在这些地区，教育议题被列为民生工作的最高优先级——经济社会发展规划优先安排教育、财政投入优先保障教育、民生实事优先关注教育。

“在县财政非常困难的情况下，同心县 2010 年以来累计投入 80 亿元用于教育事业。”吴忠市委常委、同心县委书记马洪海说。近几年，同心县建起了包括 1 所职业技术学校、1 所高中、2 所初中、1 所小学、1 所幼儿园及图书馆、博物馆、体育馆和青年活动中心的同心县教育园区，总建筑面积 21 万平方米。

“昔日大通铺，今天住洋楼”，在同心县五中，曾经“三人一张床，挤得没法脱衣裳”的孩子们喊起顺口溜时，脸上洋溢着自信的笑容。

宁夏教育走上均衡之路

“我上初中的时候,宿舍里冬天用土炉子取暖,烧的是和了土泥的煤砖,经常都是灭的，晚上冻得连衣服都不敢脱。”同心县王团镇北村 34 岁的王耀平回忆往事。

后来，即使最偏僻的乡村也都烧上了优质的无烟煤。近年来，宁夏安排资金 2.7 亿元，对全区 1485 所农村中小学供暖设施进行改造，使农村中小学彻底告别了火炉供暖历史。

在“全面改薄”项目带动下，宁夏改造建设项目学校 1906 所（含教学点），新建、维修改造校舍面积 124.83 万平方米，改造室外运动场地 293.1 万平方米。如今，绝大多数乡镇中心小学都有了塑胶跑道。

在革命老区盐池，距离县城还有 60 多公里的大水坑镇，唯一一所初级中学于2004年更名为盐池县第四中学。更名的背后，也体现了当地通过城乡一体化推进教育均衡的决心。

操场上，获得教育部“一师一优课、一课一名师”部级优课的体育老师王丽君正在为初一新生普及广播体操。她是这学期从吴忠市四中选派来的骨干教师。开学才几天，她的直观印象是：“现在的农村学校硬件设施非常好，与城里学校没有任何差别。”

即使在最偏僻的固原市西吉县吉强镇马营村教学点，蹦床、秋千、滑滑梯、电脑、电子琴、图书室等设施也都一应俱全。数据显示：在宁夏，全区小学、初中生均教学仪器设备值分别由2012年的649.3元、1208.3元上升至如今的2768.87元、3810.98元。

历经“两基”攻坚、“全面改薄”项目、义务教育均衡发展攻坚计划，“破屋子，土台子，里面坐着泥孩子”的时代成为永远的记忆。如今走在西海固地区，最好的建筑是学校，最美的风景在校园。

2011年，宁夏率先在全国开展农村义务教育学生营养改善计划试点。此后，连续7年食品安全和资金运行 “零事故”，被教育部总结为“宁夏模式”。

据宁夏医科大学监测，实施区域内学生平均身高增加了0.8厘米，营养不良率由4.7%降低到3.9%。在营养改善计划呵护下，贫寒子弟得到了茁壮健康成长。

优质教育资源扩面提升

由于城市的“虹吸效应”，城乡接合部的学校往往面临资源配置的“灯下黑”。距离银川市区13公里处，兴庆区六小碱富桥校区的李婷老师打开手机相册，荒草萋萋的校园中，篮球架下灰黄的土操场格外扎眼。

“不过，这已是2014年前的景象了。”校长吕军说，“2015年6月起，位于银川中心城区的兴庆区六小按照‘城乡学校发展共同体’的发展机制，对原碱富桥小学实行实质性合并，人、财、物统一管理，实施了塑胶操场、旱厕改水厕等项目，校园硬件环境焕然一新。”

然而，城市的优质师资如何才能沉到乡村去？

“我们建立了双向交流轮岗机制。”吕军说，“按照自治区出台的‘乡村教师支持计划’，乡村校区教师评优奖先、培训进修、职称评聘都有优先权。在收入上，也要高出城市校区1100元到1700元。现在，我的案头上还有好几份申请，都是要求从城里调到乡村的。”

宁夏通过实施优质教育资源扩面提升工程，组织县域内城乡之间、强弱学校之间建立结对帮扶关系，积极构建“名校集团化”等发展合作机制，促进办学理念、教育资源、管理方法、特色品牌的共享，迅速提升了区域内薄弱学校办学水平。监测显示，目前，宁夏小学之间的差异系数已缩小到0.34至0.54，初中差异系数缩小到0.14至0.41。

宁夏是欠发达地区，但教育信息技术发展并不落后。2015年，宁夏建成了全国第一个从省级层面为各级各类教育、社会公众服务的宁夏教育云平台。自上线以来，提供教育资源1800多万件，各类教学和管理应用100多个，累计访问600多万人次。

宁夏教育厅厅长李秋玲说，2018年7月，教育部正式批复同意宁夏开展“互联网+教育”示范省（区）建设，我们将以构建“互联网+”环境下的人才培养模式、教育服务模式和教育治理模式为指导，补齐教育民生短板，促进教育公平，计划通过10项行动计划、30项重点任务，建成“互联网+”教育资源共享、创新素养教育、教师队伍建设、学校党建思政、现代教育治理5大示范区，形成在全国可复制可推广的典型经验，为推动实现我国教育现代化作出贡献。

教育，对个人而言，是命运之门；对于社会，则是“实现公平最伟大的工具”。在宁夏，更多的孩子站在了同一起跑线上，获得了通过奋斗实现人生出彩的机会。

（《光明日报》2018年09月15日01版）

“两园三区”助力银川平地掘海

王建宏　彭景晖　鲁元珍　陈　玲

8 月 14 日，银川综合保税区，黄金珠宝文化产业园内，工人们正用一双双巧手雕琢着金灿灿的财富梦想。

8 小时后，这些加工精美的黄金饰品就可以抵达迪拜黄金市场。借着银川—迪拜、银川—香港等国际航线优势，黄金珠宝文化产业园已打开了中东和东南亚两个黄金市场。

在这里，国界之内、关境之外，银川与世界的距离只有一层薄薄的围网。澳大利亚的高端棉花漂洋过海，带着免税标签进入银川综合保税区，在银川滨河新区开启从棉到衣，然后远涉重洋进入国际贸易的跨国之旅。

“通过银川综保区开展外发加工贸易，一吨纱线的附加值可以提高 3000 元至 5000 元。”宁夏如意生态纺织有限公司党支部书记张鸥说，“如意集团在‘一带一路’沿线布局了 12 个企业，在宁夏、新疆，巴基斯坦、澳大利亚构筑了全球纺织线，但把最尖端的技术力量留在了银川。滨河如意公司项目全部投产后，年销售收入将达到 44 亿元，利税 1.7 亿元，解决 1.2 万人就业。”

银川滨河新区、综合保税区、银川经济技术开发区，加上银川 · 中关村创新创业科技园、银川丝路经济园，并称“两园三区”，是2017年以来银川市重点打造的开放平台。

银川是我国通往中东、中亚的国际航线——雅布赖航线上距离内陆最近、航空位置最佳的一个区域性中心城市，在“一带一路”建设中具有得天独厚的地理优势。

“在银川开展黄金饰品加工，物流成本、飞行时间都远远优于沿海城市。”银保国际贸易有限公司董事长齐文渊说，“公司投产当月，就完成进出口贸易额3400万美元，截至2018年二季度末，出口贸易额累计10.22亿美元。”目前，企业所在的黄金珠宝文化产业园已注册黄金珠宝企业23家，产业集群效应初步显现。

光明日报
GUANGMING RIBAO
2018年8月19日 星期日 农历戊戌年七月初九 今日12版

新气象·新高度·新作为
——十八大以来我国文艺创作成就综述

坚守十六春秋，兑现台州承诺
——浙江省台州市民营经济发展调研

一带一路·五年来

“两园三区”助力银川平地掘海

哈电集团“走出去”老国企新优势

亚运杭州主题展亮相雅加达
展示杭州独特韵味

近年来，随着银川河东国际机场三期的建成投运，宁夏成为全国第九个开放第五航权的省区。银川至阿联酋、泰国、俄罗斯等10条国际航线已先后开通。借助靠近中蒙俄经济走廊优势，银川与内蒙古阿拉善盟共建乌力吉口岸，打通了向北出境的国际物流通道。从银川南站开往哈萨克斯坦的国际班列，则打通了“向西出境”的国际大通道。

开放通道的畅通，让深处内陆的银川“平地掘海”，“两园三区”开放平台快速融入“一带一路”国际产业大分工。宁夏共享集团瞄准国际高端市场，攻克3D铸造打印技术，产品主要销往美国GE、德国西门子、法国阿尔斯通、日本三菱重工等世界500强企业。宁夏东泰鑫跨境电商贸易有限公司携手顺丰速运、邮政EMS等快递企业，使阿联酋、荷兰、德国、意大利等国家的国际快件从银川入境，进而分拨配送至华东、华南等省区市。

7月18日，天津玉汉尧公司石墨烯三元正极材料项目投产。公司总经理周大桥说，石墨烯新能源产业将在银川形成石墨烯储能材料生产基地，年销售收入可达80亿元。借助银川“一带一路”支点，公司产品将直供三星、LG、松下、索尼等锂电子电池制造巨头。

这两天，南京泽朗科技集团西北片区总裁胡利刚刚办妥进驻银川丝路经济园的手续。他告诉记者：“选择这里，有助于拓展更广阔的国际市场。”2017年，“两园三区”拉动银川市外贸进出口总额增长55%。2018年，银川市按照“整合园区、盘活存量、低端退出、转型升级”的思路，大力推动“两园三区”建设，带动银川乃至整个宁夏经济，与“一带一路”同频共振。

8月14日，银川·中关村创新创业科技园引来12家高端创新企业集中签约。喜马拉雅FM、蚂蚁金服、好大夫在线、OFO共享单车等企业进驻园区，开放创新的“雨林”生态正在形成。

按照“整合园区、盘活存量、低端退出、转型升级”发展思路，银川大力推动“两园三区”建设，搭建“一带一路”开放平台，带动银川乃至整个宁夏经济。

（《光明日报》2018年08月19日01版）

“塞上江南”谱新篇

——国新办举行宁夏回族自治区成立60周年新闻发布会

刘　梦

2018年是宁夏回族自治区成立60周年。60载春秋，这片土地发生了怎样的沧桑巨变，宁夏儿女又将如何继续守望相助、砥砺奋进、转型发展？

8月30日，国务院新闻办举行新闻发布会，宁夏回族自治区主席咸辉，自治区党委常委、常务副主席张超超，自治区党委常委、宣传部部长赵永清，自治区党委常委、统战部部长白尚成介绍了宁夏回族自治区成立60年来经济社会发展情况以及自治区成立60周年庆祝活动的筹备情况。

发布会透露，宁夏回族自治区成立60周年大庆活动将于9月中下旬在银川举办。期间，宁夏将隆重举行自治区成立60周年庆祝大会，精心举办成就展览，开展中央代表团慰问活动，同时通过广泛开展形式多样、丰富多彩的群众性活动和同庆共享民生项目，推动全区人民参与大庆、共迎大庆。

扶贫开发，“干沙滩”变“金沙滩”

“宁夏是西部地区欠发达省份，可以说贫困面比较大，贫困人口比较多，贫困程度比较深。”面对记者的脱贫攻坚成效之问，咸辉“想用四句话来回答”。

“第一句，22 年闽宁协作，成就了东西部扶贫协作的典范。”位于银川永宁县的闽宁镇，见证了东西部扶贫协作的成果。1996 年，中央确定福建对口帮扶宁夏，时任福建省委副书记的习近平同志亲自设计、亲自指导闽宁协作，闽宁两省区展开了一场跨越 22 年的倾情帮扶。今天的闽宁镇，群众人均年收入从 500 元增长到 11976 元，增长了 23 倍，昔日的“干沙滩”已然变成了今天的“金沙滩”。

光明日报 要闻 03

李克强主持召开国务院常务会议

听取今年减税降费政策措施落实情况汇报 决定再推新举措支持实体经济发展

部署完善国家基本药物制度 保障群众基本用药需求减轻药费负担

十三届全国人大常委会举行第十二次委员长会议

听取有关议案和草案审议情况的汇报

栗战书主持

韩正会见日本副首相兼财务大臣麻生太郎

第十次中日韩文化部长会议在哈尔滨召开

党的优秀地下工作者李子纯：为大多数人谋幸福

宁夏现代农业绘就新画卷

“塞上江南”谱新篇

——国新办举行宁夏回族自治区成立60周年新闻发布会

“第二句，35 年扶贫开发，见证了我

国有计划、有组织、大规模扶贫开发的生动实践。”宁夏扶贫开发始于1983年，35年来，自治区大力贯彻精准扶贫、精准脱贫基本方略，实行了产业扶贫、金融扶贫、教育扶贫、健康扶贫等一系列政策措施，实现了从输血式、救济式扶贫向造血式、开发式扶贫的转变，从分散帮扶、普惠扶持向精准扶贫、精准脱贫的转变。

“第三句，130万移民搬迁，拔掉了贫困群众的穷根。”从20世纪80年代起，宁夏先后实施了6次大规模移民搬迁，累计移民130万人，这部分贫困群众走出大山、解决温饱、逐步脱贫、发展致富，获得感、幸福感、安全感越来越强。

“第四句，330万减贫人口，距离全面建成小康社会目标越来越近。”党的十八大以来，宁夏累计减贫71.9万人，贫困发生率下降16.9个百分点，贫困地区农民收入年均增长11.4%，增幅高于全区农民年均收入1.8个百分点。可以说，过去5年是宁夏精准脱贫成效最显著的5年。

赵永清指出，宁夏主动将文化扶贫惠民战略作为打赢脱贫攻坚战的一项重要内容、一个重大举措，从体制机制上进行创新。“我们强调要扶贫先扶智，治穷先治愚，脱贫先脱旧，为此我们探索了很多办法，采取送文化和种文化相结合，满足人民群众的文化需求。”

传统产业“发新枝”，新兴产业“结硕果”

宁夏回族自治区成立60周年以来，经济社会发展发生了历史性变革、取得了历史性成就。“但我们清醒地认识到，宁夏倚重倚能的发展特征依然明显，如果仍然沿用过去的发展方式和路径，未来的发展道路会越走越窄、越走越难，付出的代价会越来越重。”张超超坦言。

为此，宁夏提出加快建设西部转型发展先行区，不断增强发展内生动力。坚持企业的创新主体地位，鼓励和引导企业加大创新投入，实现了大中型企业研发机构全覆盖，攻克了高效节水、煤制油（煤制烯烃）、3D智能铸造等一批关键核心技术，并实现了产业化应用。

同时，持续深化科研管理体制改革，完善科技项目绩效评价和奖励制度，实现了财政投入的稳定增长。2017年，宁夏全区全社会研发经费同比增长30.1%，专利申请量和授权量分别增长39.5%和58.5%，增幅均居西部地区前列。

此外，宁夏始终将发展产业作为重要支撑。立足自身资源禀赋，自治区近年来聚焦酿酒葡萄、枸杞、硒砂瓜等特色产业，不断提高产品质量和附加值，农产品加工转化率达到62%，特色农业比重达到87%。此外，每年实施100个重点技改项目，促进传统产业“发新枝”，新兴产业“结硕果”，新旧动能转换不断加速。

随着西部云基地、银川大数据中心和中关村产业园的建设，宁夏建成了直通北京、西安的骨干传输网络，引进了亚马逊、阿里巴巴等国内外知名互联网企业，大数据、云计算产业也已初具规模。

手足相亲守望相助，共居共学共事共乐

宁夏这片土地，生活着48个民族的人民。在多民族的地区，如何把握好民族关系，处理好民族问题，做好民族工作，始终是关系宁夏整个工作大局的重要方面。

六十年沧桑巨变，六十年团结奋进。白尚成表示：“一是巩固和发展平等、团结、互助、和谐的民族关系，二是牢牢把握各民族共同团结奋斗、共同繁荣发展的主题。”

“始终把坚持党的领导作为我们一切工作的生命线，始终坚持和完善

民族区域自治制度，始终把加快民族地区的发展作为整个工作的第一要务，始终把铸牢中华民族共同体意识作为民族工作的长远大计，始终把深化民族团结进步创建活动作为我们做好民族工作的着力点。”白尚成说。

据了解，宁夏从1983年连续35年坚持开展“民族团结进步月”活动，通过不断搭建创建活动平台和工作载体，把民族团结教育融入社区、学校、企业、机关，让民族团结之花在宁夏常开常盛。

（《光明日报》2018年08月31日03版）

红寺堡：以生态移民实现精准脱贫

庄电一

“红寺堡是我的联系点，那里是精准扶贫的典型！”在记者动身去红寺堡采访之前，宁夏回族自治区党委常委、宣传部部长赵永清热心地向记者介绍了红寺堡的有关情况。

精准扶贫是中央对扶贫工作的基本要求。到了红寺堡，记者对那里的精准扶贫有了深刻的感受。

吴忠红寺堡，这个在二三十年前还不为人知的地方，现在不仅在宁夏，而且在全国都是大名鼎鼎，因为那里有全国最大的移民开发区，有成千上万的人在那里摆脱了贫困，建起了幸福的家园，实现了祖祖辈辈都未能实现的梦想！

红寺堡，曾因干旱少雨、环境恶劣而被长期遗弃，也曾因荒无人烟、人迹罕至而变成部队靶场。如今，那里是五谷丰登、六畜兴旺、人民安居乐业的乐园。

都说宁夏回族自治区成立 60 周年，特别是改革开放 40 年来宁夏发生了巨大的变化，但要说哪里变化最大，恐怕都比不上红寺堡：20 多年前，红寺堡还荒无人烟，也没有一条像样的路，连一只飞鸟都看不到。因为没树，拉过去的牲口都没处拴。

20世纪90年代后期，在党中央、国务院的大力支持下，宁夏在这块荒原上实施了“1236工程”。1996年，宁夏扶贫扬黄灌溉工程奠基。此后，黄河水便被一级一级地“扬”上去，最终“扬”到了高于黄河水面300米的红寺堡高地。

党中央、国务院引来的甘泉，滋润着这片原来寸草难生的荒原，也滋润着贫困群众的心田，唤起他们对美好生活的憧憬。1998年，来自宁夏南部山区8个贫困县最为贫困的数万名群众最先来到这里，白手起家，艰苦创业，陆续建起了8个移民新村，也树起了摆脱贫困的信念。此后，来自“全国贫困之冠”的移民，一批批到这里重建家园，在荒滩上开发出了70多万亩耕地，人口也很快达到20万，拥有2个镇、3个乡、65个建制村和1个街道、5个社区。2009年，经国务院批准，红寺堡正式成为吴忠市的市辖区。

04 综合新闻 光明日报

砥砺奋进六十载·塞上宁夏谱新篇

红寺堡：以生态移民实现精准脱贫

“核心价值观百场讲坛”将走进西南政法大学

为高原经济提供“绿色”动能

——西藏高原经济高峰论坛举行

一带一路·丝路心语

葡萄主题公园让我的家乡更美丽

构建全媒体传播格局

2018媒体融合发展论坛在深圳举办

搬迁到红寺堡的移民，都是山区贫困村的贫困户，没有一个富裕户，脱贫的任务十分艰巨。

红寺堡区区委副书记杨海峰告诉记者，20年来，红寺堡因地制宜、精准扶贫，已形成了独具特色的产业：红寺堡的酿酒葡萄，已达10.6万亩，葡萄酒产值也达到4.5亿元，酿酒葡萄集中的红寺堡镇，因此有了“中国葡萄酒第一镇”的美誉；黄花菜种植面积达到6.5万亩，太阳山镇因为黄花菜面积大、品质好，成为“中国黄花菜明星产区”，镇党委书记杨云被称为“花书记”；枸杞从无到有，已超过5万亩，其发展速度让距此不远的“中国枸杞之乡”中宁惊叹不已；养殖业也是异军突起，肉牛存栏突破7万头，羊只存栏达到78万只。红寺堡的人均可支配收入因此迅速提高，由搬迁前的不足500元提高到近8000元。

精准扶贫，收到了显著的成效，让越来越多的人走上致富路。红寺堡的移民到底富裕到什么程度？记者来到太阳山镇兴民村，那里黄花菜种植面积已达4200亩。到了采摘旺季，每天天不亮就人头攒动，有人甚至戴着矿灯采摘，村旁的10公里公路都晒满了黄花菜，“村在黄花中，黄花在村中”，上门收购的人络绎不绝。村主任乔德义告诉记者，他家有4口人、21亩黄花菜，2018年卖了15.6万元，而像他这样靠种植黄花菜致富的，村里不在少数。

许多移民早就脱贫致富了，年收入十几万，甚至更多的农户也大有人在，有的人家嫌原来的住宅不上档次，便建起了第三代、第四代新居，所开的车辆也换了好几个档次了。

柳泉乡永新村正在探索“民宿旅游+”精准扶贫模式。记者随村党支部书记李文斌到各家各户查看，既新奇，又震撼。只见这些被列为“智慧民宿”的农户，全都装饰一新，一尘不染，对全国各地的游客颇具吸引力，开业没几天，就有几拨人前来入住了。

回族村民杨生虎告诉记者，他50岁了，是十七八年前从山大沟深的海原县搬迁到这里的。最早全家只有两间土房，现在的瓷砖贴面砖瓦房是花十几万元建成的。记者看到这个漂亮的新居，还建有瞭望台，除了自家居住外，还有好几间可以接待游客。他家还养了300只鸽子，供游客食用。记者注意到，他家有两个车库，一辆崭新的尼桑轿车静静地停在里面。说起现在的富裕生活，这位饱经沧桑的农民表现得十分谦虚，一再说他家没有什么特别的，收入只能算个中等。

千古荒原变成了绿洲，勤劳智慧的红寺堡人在20年间创造了一个个令人瞩目的奇迹：生态改观了，经济发展了，群众富裕了，文化生活丰富了，人们的精神面貌也今非昔比了。

红寺堡移民开发的实践，积累了宝贵的经验，也进一步坚定了宁夏人民以生态移民的方式实现精准脱贫的信心。就在先期移民大部分解决了温饱的时候，自治区党委、政府在中央的支持下，自2011年起又启动了新一轮生态移民工程，将极度贫困的35万回汉群众安置到近水、沿路、靠城、打工近、上学近、就医近、吃水近、具备小村合并大村扩容的地方。以有限的水土资源养活了20万人、已经趋于饱和的红寺堡区，又无条件地接纳了3万名新移民。

红寺堡区上下齐心，脱贫的步伐在不断加快。仅2017年，就有15个村脱贫销号，全区尚未脱贫销号的村只剩下10个。2018年，有5个村有望脱贫销号。最后5个村，也将在2019年摘下“贫困帽”，全区的贫困人口有望降到3%以下。

目前，红寺堡区的深度贫困村主要集中在鲁家窑、马渠两个片区。记者走进鲁家窑采访，只见100多名农村妇女，正在投产不久的服装厂里加工出口中东地区的服装。经理蔡军告诉记者，目前已经生产7万套了。

这个建在村旁的服装厂，可以让附近的农村妇女都能在家门口就业，让她们既能挣钱又能就近照顾家。

鲁家窑片区已经没有多少土地可供开发了，针对这种情况，当地把精准扶贫定位在劳务输出上。驻鲁家窑扶贫工作队队长白占玉告诉记者，鲁家窑附近就是弘德工业园区，富阳、乾煌、汇达、红隆、永进几大公司在当地扶贫政策的感召下都在此投资建厂，所有农民工都可以就近就业。由于有这么多引进的企业，那里已没有多少剩余劳动力了。务工，也成为这些贫困户的主要经济来源。

清华大学研究生毕业、以选调生身份来到这里、现年32岁的王忠强，从一名普通科员成长为镇党委书记，在这里投资建厂的企业，就有他引进来的。在精准扶贫方面，他已经有了成熟的思路和规划。他说："在我们这里，只要肯干，就能脱贫！我对这里如期脱贫充满信心！"

几天的采访，让记者深切感到，红寺堡的扶贫，对整个贫困群体是精准的，对各家各户的扶贫也是精准的。正因为如此，这个贫困人群最集中的地方，才能在20年间发生如此巨大的变化！

以有限的水土资源，建成全国最大的移民开发区，以创造性的工作，将20多万人带离贫困线、进而走上脱贫致富的康庄大道，这是红寺堡创造的奇迹，也是他们为我们树立的精准扶贫样板。

（《光明日报》2018年09月11日04版）

从一滴水看宁夏六十年

李　慧　宋喜群　王建宏

“天下黄河富宁夏”，在三面环沙的北部沿黄地区，黄河哺育出谷稼殷实的“塞上江南”。流淌千年的秦渠、汉渠、唐徕渠等古渠，见证着宁夏悠久的开发历史。

60年来，宁夏因黄河而生、因黄河而兴。宁夏的经济社会发展史，就是一部波澜壮阔的水利开发建设史。从工程水利到数字水利，从喝上水到喝好水，从单一供水向服务全局，宁夏用勇于创新的治水智慧有力地保障着民生，以用水量的负增长换取了经济的高增速和塞上大地的天蓝、地绿、水美。

破解“水困”的宁夏探索

提起吃水难，宁夏盐池县王乐井乡的一位村民眼里噙满泪水。

“吃水难，吃水苦，我经历了40多年啊！”他说。过去打水的地方离家30里路，他早晨4点就要出门用驴车驮水，“守着一摊苦水，守着一辈子贫困”。而在“苦瘠甲天下”的西海固地区，走山路、驮水吃的苦涩历史困扰了这里的人们千百年。

如今，这位村民家的新房里，甘甜的自来水已经不再是梦，西海固地区的水窖已经成为历史。

翻开宁夏历史的画卷，一条最持久的主线就是解决“水问题”。新中国成立后，一批又一批水利工作者，一代又一代山区干部群众，在这片黄土地上打井、打窖、修库筑坝。随着青铜峡、沙坡头水利枢纽工程建成，宁夏结束了2000多年无坝引水的历史。

在中南部西海固地区，建成了固海、盐环定扬黄灌溉等12处大中型扬水工程，将千年黄河水引上高原，饱受缺水之苦的70万山区贫困群众体味到了幸福之水的甘甜。

04 综合新闻
光明日报
砥砺奋进六十载·塞上宁夏谱新篇
从一滴水看宁夏六十年
王继才小故事
决不能赚黑心钱
古柏：英俊奋发的红军高级指挥员
新时代担当作为典型风采
做新时期让百姓满意的“老街道”
——记天津市南开区委嘉陵道街道工委书记徐锦春
将诚信作为兴商兴业之本

黄河走金岸，落笔惊风雨。311座中小型水库，256处集中供水工程，6万多处分散供水工程，解决了270万城乡居民饮水不安全问题，402公里黄河标准化堤防创造了“宁夏模式”。

一座座水利工程纵横南北，初步形成了“山川统筹、南北调剂、丰枯补给”的水资源调控框架。

高效治水的宁夏智慧

新世纪以来，宁夏人口增加了121万人，灌溉面积扩大了221万亩，粮食产量实现“十三连丰”，但用水总量却减少了22.307亿立方米。

一增一减之间，高效治水的宁夏智慧得到彰显。

作为一个“袖珍省区”，宁夏6.64万平方千米的厚土上，汇聚了盆地、平原、台地、峡谷、黄土丘陵等各种地貌，堪称包罗了众多山川形胜的“盆景”。

严守水资源、水环境、水生态红线，将宁夏“盆景”视为一个生命体，从“全面提升自然生态系统稳定性和生态服务功能”上“排兵布阵”，全面推进节水型社会建设，演绎着顺应自然、追求天人合一的大智慧。

“坚持城乡统筹是水利工作的方向，坚持改革创新是水利加快发展的强大动力，坚持节约高效是解决我区缺水问题的根本途径。”宁夏水利厅厅长白耀华说。

行成于思。用“市场之手”调控水权、水价、产权，引导水资源、水工程变成资本，实现了水资源的优化配置。

2016年6月28日，中国水权交易所在京挂牌运营，国家级水权交易正式开闸，宁夏中宁县与京能集团的代表通过协议转让的方式签约，使舟塔乡1万亩枸杞滴灌项目节余的219万余立方米黄河水流向附加值更高的工业。

以水利供给侧结构性改革为“靶心”，抓住“节水”这个牛鼻子，不断培育健全完善以“联合治理机制、市场参与机制、全社会共治机制”为核心的现代水治理体系，让每一滴水在山川间均衡流动、尽其所用，发挥出最大效益。

近5年来，宁夏农田灌溉水利用系数由0.46提高到0.52，万元GDP用水量下降到191立方米，年引黄河水量由最高年份的89亿立方米稳定在65亿立方米左右，宁夏治水开发史贯穿着、浸润着宁夏经济社会的发展。

2017年10月，流淌千年的宁夏引黄古灌区在墨西哥成功申遗，被国际灌排委誉为世界灌排工程的典范，实现了宁夏申遗“零的突破”，也向世界递上了一张宁夏的金色名片。

数字治水的宁夏路径

在宁夏吴忠市利通区金积镇，工程师打开手机，用手机发出的信号对5000多亩蔬菜基地进行控制。

借助“云计算”和物联网技术，再辅以埋在植物根部的墒情探测器，可以实现对植物的全自动灌溉。

据介绍，传统灌溉1万亩土地至少需要近50名工人24小时不间断管护，总费用超过120万元，而云端控制节水技术只需数个工人巡查即可，节水可达40%，万亩地年总灌溉费用不到12万元。

在宁夏，这样的灌溉模式已经不新鲜。

2016年春节前夕，盐环定扬黄工程更新改造项目确定实施，拉开了盐环定扬黄工程“升级版”的序幕。

“这次更新改造，绝不是旧的翻版，必须广泛运用新技术，给工程植入‘最强大脑’。”白耀华说，盐环定更新改造项目设计之初，信息化与自动化就成为这次改造工程的重要标准。

“更新改造后的盐环定扬黄工程将跻身全国一流扬水工程。泵站自动化技术的应用，彻底改变了过去的粗放式供水，大大减少人工分配水资源产生的供水不均衡、水耗大等问题，提高了供水的精确度和安全系数。”宁夏水利工程建设管理局副局长蒋昊良介绍。

青铜峡灌区各大干渠引水口实现远程控制；固海、红寺堡、盐环定三大扬水泵站实现自动化，固海花豹湾等泵站已做到远程一键开启，扬黄工程管理步入“3.0 时代”……随着《宁夏智慧水利“十三五”规划》出炉，“互联网 + 水利”实施，数字治水、开放治水有效拓展了水治理空间，引领宁夏治水事业迈入了现代化新阶段。

近 5 年来，信息化驱动了宁夏水利的现代化。运用云计算、大数据、物联网等现代信息技术，宁夏已经实现了水情、雨情、汛情等公共水信息的整合共享。

数字治水，正在为宁夏未来的发展注入新的动能。

（《光明日报》2018 年 09 月 18 日 04 版）

决胜全面小康的文化力量

李 慧 宋喜群 王建宏

“哎！花儿满山连满川，我们的河西村开花牡丹，山美让黄渠穿过了南川，我唱出了罗山脚下的少年……”初秋的一个周末，宁夏吴忠市红寺堡区大河乡河西村的文化活动中心挤满了人，听村民李金刚漫起“花儿”。

婉转嘹亮的“花儿”声中，浮现出美丽的山乡景色，饱含着这片土地上人们对美好生活的向往。

高亢欢快的“花儿”声中，展现着村民的精神风貌，传递着深沉持久的文化力量。

近年来，宁夏坚持扶贫和扶志、扶智、扶产业相结合，激发内生动力，弘扬文明新风，不断完善农村公共服务体系，加快推进文化产业扶贫，用文化力量筑牢脱贫富民和乡村振兴的底子。

8 月 20 日，盐池县青山乡旺四滩村的综合文化服务中心，6 位老人围在一起下棋、聊天。

“这里还有老年饭桌，我们在这里，儿女都放心。”68 岁的陈志高说，院外的菜圃里还种有辣椒、白菜等各种蔬菜。

“家里有 33 亩旱地，在村里打扫卫生每月 450 元，养老金每月 170 多元，再加上退耕还林和生态直补资金，一年收入能有 10000 多元。”陈志高向记者算着自己的收入。

2017 年，原本是建档立卡户的陈志高一家脱了贫，开始了致富奔小康的新生活。

“依托村文化活动中心，我们不仅丰富了老年人的精神文化生活，还通过建立文化专管员，把新思想新文化送到百姓心坎上。”青山乡副乡长贺满栋说。

光明日报 要闻 05

砥砺奋进六十载·塞上宁夏谱新篇

决胜全面小康的文化力量

开启全面依法治国新时代

山东“县管校聘”激发教师新动能

2018 年 5 月，宁夏印发《关于加快推进文化小康助力脱贫富民和乡村振兴战略的实施意见》，聚焦自治区在全面建成小康社会中的文化短板和亟须解决的问题，明确提出，实施农村劳动力“拿证提升”工程，培育新时代先锋模范，选树道德建设先进典型，开展“除陋习、树新风”“人文城乡、美好生活”等主题活动，激发脱贫内生动力，培育弘扬文明新风。

“要以文化小康助推全面小康，以文化振兴助推乡村振兴，不断满足人民群众对美好生活的新期待。”宁夏回族自治区党委常委、宣传部部长赵永清表示，“宁夏将进一步创新思路举措、提升服务效能、完善供给方式，建设具有宁夏特色的现代公共文化服务体系，以高质量文化供给增强群众的文化获得感、幸福感。”

在青山乡猫头梁斗沟子自然村，利用自家宅基地，发挥自己设计专长，陈麒宇家的文化大院拔地而起。西北特有的民居风格、明亮艳丽的蓝色为文化大院增添了几许韵味。

从村综合文化服务中心到文化大院，从村民示范性文化室到民间文艺团队，宁夏从各个层面不断完善公共服务体系，不断丰富群众精神文化生活。党的十八大以来，宁夏先后在贫困地区建成 9 个县级公共文化场馆，在建 7 个市县级公共文化场馆，建成标准化乡镇综合文化站 24 个，累计扶持建设示范性文化室、民间文艺团队、文化大院 600 多个。目前，宁夏已实现 606 个贫困村综合文化服务中心全覆盖，未来将继续对 555 个村综合文化服务中心进行改造提升。

宁夏文化厅厅长宋建钢表示，宁夏将在传承中华优秀文化上下功夫，每年送戏下乡 1600 场以上、农村电影放映 4 万场以上，实现公共文化场所“无障碍”“零门槛”开放。

为实现文化产业扶贫目标，宁夏充分发挥自治区政府投资基金的作用，以股权投资方式支持文化产业发展，管好用好文化产业专项资金；筛选确定贫困地区扶持重点文化企业 34 家、重点项目 25 个，建立企业档案信息库，分类指导，发展文化产业带动群众脱贫。

同时，宁夏打造特色文化，坚持把富民产业作为文化产业的重要内容，以文化创意设计推动剪纸、砖雕、刺绣等非遗产品转化利用，提高产品附加值；实施传统工艺振兴计划，依托当地民族民间特色文化资源和非物质文化遗产，鼓励代表性传承人带徒授艺；建设市、县（区）特色文化资源库，扶持发展一批特色文化产业，完善产业链条。

（《光明日报》2018 年 09 月 07 日 05 版）

宁夏海原脱贫：新模式催生大产业

王建宏 鲁元珍 彭景晖 张 虎

“俗话说‘借鸡下蛋’，我们这里有‘借牛生犊’，按照‘母牛生母牛，三年五头牛’的说法，3 年后我们还掉贷款或者以牛犊折价，剩下的牛就是我们的了。”8 月 17 日，宁夏海原县三河镇富陵村，村民马成云高兴地说。

“你没见赊牛时那个阵仗，大家争相来到牛圈挑选母牛。”村会计马彦龙接过话茬说，“富陵村有 210 户赊购了基础母牛，占全村的 80%，剩下的一部分村民，正摩拳擦掌等待下一次赊牛。”

位于西海固地区的海原县历来就有养殖肉牛的传统，但因养殖品种退化，加之村民自有资金少，无法形成规模，产业效益不高。华润集团定点帮扶海原县以来，以问题为导向开展“靶向治疗”，通过“基础母牛银行”模式，将母牛赊销给贫困户，每头母牛提供 3 年期无息借款 6000 元，政府补贴 2000 元，剩余 2000 元左右由农户自筹或通过政府担保贷款。农户繁育的牛犊以保底价收购，被发往华润集团遍布全国的商超销售。

“买架子牛一头要 7000 元至 10000 元，通过母牛银行，过去买 1 头牛的本钱现在可以买到 5 头牛。”海原县高崖乡红古村的建档立卡贫困户李文平说，“我 2017 年 4 月赊购了两头基础母牛，9 月份又赊购了 3 头基础母牛和 3 头肉牛，迅速扩大了养殖规模。”

目前，“基础母牛银行”已累计向 103 个村 7735 户养殖户赊销西门塔尔基础母牛 19647 头，产牛犊 5386 头，带动形成高端肉牛养殖专业村 20 个、养殖大户 2560 户、养殖专业合作社 17 个。

然而，在项目启动初期，“基础母牛银行”却遭遇冷落。贫困户认为赊销牛的价格高，企业在从中赚钱。为了打消顾虑，海原县先从养殖基础条件好的村进行推广，引领示范。

“这种优质母牛不挑食、生长快、适应性强，去年赊了 5 头，今年生了 5 头牛犊。前段时间我还卖掉了一头大点的，10360 块钱，这个价可比市场价高出 2000 多元。”海原县曹洼乡脱烈村的田兴义说。

光明日报
GUANGMING RIBAO
2018年8月25日 星期六

坚持党的领导 服务伟大时代
——基层宣传思想文化工作者学习习近平总书记重要讲话激发新担当新作为

习近平主持召开中央全面依法治国委员会第一次会议强调
加强党对全面依法治国的集中统一领导
更好发挥法治固根本稳预期利长远的保障作用
李克强栗战书王沪宁出席

勇立潮头，培育壮大经济发展新动能

一带一路·五年来
四川：蜀道难变为“全球通”

砥砺奋进六十载·塞上宁夏谱新篇
宁夏海原脱贫：新模式催生大产业

在产业上实现突破的同时，海原县还从文化发力。2018 年 6 月 27 日，海原县第三届高端肉牛大赛在贾塘乡王塘村举行。来自七营镇和高崖乡的两头西门塔尔牛被评为“牛王”“牛后”，牛主人各获得 2 万元奖金。

连续举办 3 届大赛，在养牛户中形成了养牛、比牛、赛牛的浓厚氛围。在口口相传中，“基础母牛银行”成了香饽饽，出现了“人人谈牛、乡乡养牛、村村抢牛”的局面。

在这种模式催化下，2017 年，海原县肉牛出栏量 10.45 万头，年产值 9.09 亿元，净利润 1.82 亿元。

2018 年，海原县的西门塔尔、安格斯等高端母牛饲养增幅达 130%。随着良种率不断上升，养牛效益也越来越高。目前，海原县建档立卡贫困户收入中来自高端肉牛养殖的部分已占总收入的近 50%。

（《光明日报》2018 年 08 月 25 日 01 版）

银川行政审批改革：不见面　马上办

彭景晖　王建宏　鲁元珍

在疏朗大气、湖光掩映的阅海湾中央商务区，银川市民大厅醒目而别致。在这里，开办企业需要办理的手续，用时只要一天；居民办理出入境证件的申请表通过电脑自助填写，20 秒即可打印出来。它是银川速度的标本，是"放管服"改革让人民群众真正受益的缩影。在银川市民和外地客商眼中，它代表着高服务质量和效率。

2014 年，银川市开启了第一轮深化行政审批制度改革，将 26 个部门的 150 多项审批职责集中审批、集中办理，启用"银川市行政审批局行政审批专用章"，实现"一枚印章管审批"。

"简政放权到位、放管结合到位、优化服务到位"，银川行政体制改革取得了好成绩。2016 年，国务院总理李克强到银川进行考察时，对银川市行政审批"一个窗口、一枚公章"改革做法予以肯定。

2018 年，银川市又进行了第二轮深化行政审批制度改革，推出了"1+N 不见面"审批服务新模式。

"项目申请办理 1 个事项，其他 N 个拟办事项可同步发起，是我们为实现一条龙高效便捷审批而采取的重要举措。"市民大厅讲解员樊珍珍介绍，改革之前，项目审批涉及部门多、环节多，而串联审批等情况使政务办理效率难以提高。针对这些问题，银川市行政审批服务局着力对审批事项、流程进行深度整合重塑，采取关键事项节点管控、一般事项并联推进的审批模式，大大提高了效率。

“2010 年开办第一个便利店时，办理营业执照、食品经营许可等手续，前后跑了 5 家单位，用了一个多星期。”银川市民李惠利是两个便利店的老板，最近着手开办第 3 个店。“真没想到市民大厅现在办理业务这么快，一天时间就能办完所有手续。”她告诉记者。

光明日报 要闻 03

李克强会见世界知识产权组织总干事高锐

十三届全国人大常委会第五次会议举行第二次全体会议

审议今年以来计划执行情况报告、预算执行情况报告

栗战书出席会议

汪洋主持召开调研协商座谈会

就推动实施区域协调发展战略进行协商交流

王岐山会见希腊外长科恰斯

以督导利器攻坚扫黑除恶

——中央第一督导组河北督导纪实

砥砺奋进六十载·塞上宁夏谱新篇

银川行政审批改革：不见面 马上办

2018 年 2 月起，银川优化了行政审批流程，将涉及审批、刻章、开户、缴税等 5 家单位共 6 个环节都整合到一条流水线上。“这项改革的综合效益很多，一方面实现开办企业只需跑一次，另一方面也帮助解决企业税务信息补录、银行开户不及时等问题，堵住了企业偷税漏税的风险漏洞。”樊珍珍介绍。改革以来，银川吸引

了 28000 余家企业高效注册，新增城镇就业 15 万余人，新增电子商务、游戏、信息化等 8 类新兴产业 300 多家。

线上线下，所有的服务都围绕“便民”二字展开。在银川市民大厅里，服务柜台分门别类、井然有序，各类智能终端机、服务提示大屏，将前来办理业务的市民带入一个科技和信息化的天地。

在市场服务二处的柜台，工作人员热情地递给每位市民一份《便民“菜单”》。这份“菜单”内容清晰，语言接地气，列出的 69 道“菜”涵盖了市民需要办理的大多数事项，办理流程、所需材料证书和注意事项等一应俱全。“该办什么、到哪里办，一目了然。”市民张先生说。

同时，这些业务均可在移动终端申办。银川市行政审批服务局技术网络安全处副处长王进介绍：“在我们的 APP 上，办理业务的信息将长期保留在市民的个人空间中，供市民直接调取。”

目前，便民服务终端机的布点和安装工作已经在银川市的一些社区和乡镇开启。樊珍珍介绍，“24 小时政务便民服务和群众常办事项办理不出社区，在银川即将成为现实”。

（《光明日报》2018 年 08 月 29 日 03 版）

国际快件生意爆棚
外向经济活力无限

——宁夏银川综合保税区建立对外开放新平台

彭景晖　王建宏　鲁元珍

过去一直在深圳做生意的邓钧元，2017 年 5 月把国际快件公司开在了宁夏银川综合保税区。作为一名商人，那时他没有想到，这个决定最终能让自己公司的前途与一个地方的发展联系得如此紧密。产业集聚产生的能量，使个人、企业与国家形成了一个良性互动的整体，自己成为经济发展实实在在的贡献者。

“在‘一带一路’相关的经济活动中，我们商人获得了真实的成就感。”邓钧元说，国际快件中心打通了国际寄递物品从银川直接进出境的渠道，结束了宁夏企业及个人国际寄递物品必须绕道其他省市清关出入境的局面。他把以往从中东国家发出、经广东各口岸入关的货物，全部转移到了银川。如今看来，这样的选择是明智的。

2016 年 5 月，阿联酋航空看中宁夏独特的区位优势，开通了迪拜飞往银川的直飞航班。银川也成为西北五省唯一可以直飞迪拜的省会城市。

04 综合新闻

光明日报

是什么让他们迎向滔天巨浪

——追记中国船舶重工集团有限公司第七六〇研究所抗灾抢险三位牺牲英雄

砥砺奋进六十载·塞上宁夏谱新篇

国际快件生意爆棚 外向经济活力无限

——宁夏银川综合保税区建立对外开放新平台

谢子长

陕北红军和苏区创建人之一

河南武陟："四送"扶贫

借助这一航线，邓钧元的国际快件公司在2017年下半年，就累计接受了来自阿联酋、美国、荷兰、新加坡等国家的进境快件6万件，分拨至全国31个省区市。这条线路使物资运输时间节省了两到三天，费用成本下降了20%。

2012年9月，国务院批准建立宁夏内陆开放型经济试验区，设立银川综合保税区，从此，这片"阵地"为宁夏这一内陆省份的对外开放提供了基础性保障，产业基础也日益夯实。

"2018年7月份，我们已经完成了全年货物量20万件的目标。"国际快件公司副总经理花兴告诉记者，"个人物品揽收、清关、缴税等全流程都在海关的监控之下进行，这里的国际物流在安全、规范、科学的环境里发展得很快。"如今，花兴正与同事忙着计算账目、清理厂房空间，他们打算尽快增加一条流水线，以满足日益增长的国际快件业务。

保税加工、保税物流、保税服务，银川综合保税区利用这些功能优势，积极借用和创新海关、检验检疫等政策，支持产业发展，把“先行先试”的目标落实落细。黄金珠宝文化产业园、现代纺织产业园、国际裘皮集散贸易中心等相继在保税区投产运营。

利用国际航线，银川综合保税区投资发展集团有限公司的黄金加工业务获得了更多市场，这让公司董事长石宗智在平时洽谈业务时，心中多了一份底气。公司从迪拜和香港购进黄金，设计加工后再销往这两个地方，每个月黄金饰品的销量都在不断增加，产品类别也日益丰富。

在公司产品展示柜里，摆放着风格迥异的各类黄金饰品。销往中东地区的与销往东南亚的产品，饰品形状、配饰物颜色都大有区别。“这些国家和地区，人们有着不同的风俗和文化，我们的工艺水平和创意要适应不同的文化审美要求，也要跟得上时代发展变化。”石宗智说。

底气不只来源于航线带来的便利。“公司在这里落地投产，能节约不少成本。我们能切身体会到银川党委和政府对产业发展的关心和支持。”石宗智介绍，“公司在保税区能享受到租金补贴、进出口贸易物流补贴，土地使用税、房产税均能得到优惠。”

保税区的诚意增添了招商引资的吸引力，产业的聚集带动了外向型经济发展。黄金珠宝文化产业园先后进驻加工企业 5 家，初步形成了年产 20 吨的黄金制品加工生产线。

“商务配套服务、开放政策辐射和开放型经济服务，是我们着力提升的三种能力。”宁夏回族自治区发改委副主任郝留虎表示，“在产业集聚的带动作用下，宁夏的外向型经济将迎来良好的发展期，加快形成区域特色鲜明、内外开放联动、贸易便利高效的对外开放新平台。”

（《光明日报》2018 年 09 月 14 日 04 版）

塞上江南新家园

——政论片《家园》热播的启示

侯汉林

9 月 16 日起，中央电视台播出了庆祝宁夏回族自治区成立 60 周年大型政论片《家园》，引发了热烈的反响，并得到了高度评价。

在人们心目中，宁夏是一个以农业为主的落后地区，而《家园》却描绘了 60 年间宁夏所发生的翻天覆地的变化。网友们一致认为，《家园》之所以能引起多数观众的共鸣，主要是它避开了以往成就类政论片“自己和自己比”的陈旧思路，体现了“创新、协调、绿色、开放、共享”的具有中国特色的全新发展理念。

中国是一个煤多油少的国家，宁煤集团用煤变油的成功实践，不仅为解决我国能源危机提供了一个全新的思路，同时也为减少因能源产生的环境污染创造了范例。《家园》从煤炭切入，将宁夏让煤炭“由黑变白”“由煤变油”的艰难产业创新之路鲜活地展示在观众眼前。站在创新的角度，《家园》又介绍了“云计算中心”“吴忠高端阀门”“3D 打印”等具有世界先进水平的非凡成果。

《家园》的另一个侧重点是绿色环保。对宁夏而言，腾格里沙漠、毛乌素沙漠和乌兰布和沙漠的三面包围，使这里的环境保护一直是自治区工作的重中之重。荒漠化具有“地球癌症”之称，阻止沙漠推进的脚步，是一个全球性的生态难题。但是，宁夏沙坡头却用一种看似简单的方法，实现了人进沙退的奇迹。这项经几代科学家和宁夏百姓用半个世纪探索出来的日趋成熟的生物治沙技术，不仅获得了国家科技进步特等奖，还被联合国环境规划署确定为“全球环境保护500佳”。也正因如此，作为中国防沙治沙的最佳方案，很快就从宁夏走向了世界。

在民族团结方面，《家园》用讲故事的手法，逐一介绍了灵武市郝家桥镇王家嘴村党支部书记朱秀娟、吴忠市“兰花热心小组”志愿者王兰花、西夏区长城须崎社区“宁夏妈妈”王菊茹和永宁县插队落户的杭州知青方平的生动事迹。从各民族交往交流交融和共建精神家园的角度，解读宁夏成功实施民族区域自治制度的典范价值，以及缔造中华民族命运共同体意识的成功

实践。

宁夏的脱贫始终是全自治区的重点工程。西海固，一个许多中国人都知道的地方，它的名声来自“苦瘠甲天下”的生存环境。西海固人口占宁夏近三分之一，贫困百姓却占全区 80% 以上，成为中国 14 个集中连片贫困地区之一。1982 年，这里被纳入国家“三西”扶贫开发计划，开启了中国乃至人类历史上有计划、有组织、大规模开发式扶贫的先河。从此之后，宁夏一张蓝图绘到底，开始了发展生产、易地搬迁、生态补偿、社会保障等一系列扶贫努力。目前拥有 680 多万人口的宁夏，已累计减贫 330 多万人。《家园》用“手足相亲”和“同心圆梦”两集，分别从民族团结和精准脱贫的角度进行了解读。

从总体看，《家园》站位高、选题好、立意新、故事精、画面优美、逻辑性强，这些要素是其获得好评的主要依据。

《家园》从“社会主义是干出来的”切入，回顾各族人民脚踏实地、艰苦奋斗、创新发展的非凡历程。以全区风生水起的改革创新实践为主线，展现了 60 年来，特别是党的十八大以来，宁夏改革发展取得的突出成就和新时代的新风貌。

《家园》力求以小见大，以点带面，很多故事都发生在老百姓的身边。从产业创新到民族团结，从生态治理到脱贫致富，题材平凡普通，老百姓本色出演，每一个鲜活的事迹，都代表了一种现象，一种对宁夏家园、对命运共同体的呵护和尊重。

在故事选择方面，《家园》力求突出地域特性，在民族团结、环境治理、脱贫致富等环节选取了极具代表性的人和事。用朴素真诚的语言，勾勒出一个个生动真实的故事，围绕《家园》这一主题，让老百姓自己演绎自己的生活。

《家园》全片画面优美，气势磅礴，不仅展现出一幅“望得见贺兰山，看得见黄河水，记得住塞上江南风情”的生动景象，更让人们对黄河与沙漠的奇异组合叹为观止。

伏案沉思，可以说政论片《家园》既是一部宁夏回族自治区60年发展史的生动缩影，也是各族同胞守望相助的真实再现。

（作者系大型政论片《家园》制片人）

（《光明日报》2018年09月23日03版）

守护九渠之首青铜峡的人们

宋喜群　李　慧

天下黄河富宁夏，九渠魁首青铜峡。

作为“塞上江南发源地”，秦渠、汉渠、汉延渠、唐徕渠、西干渠等引黄古渠系由青铜峡而发，密织如网，贯穿了整个宁夏平原，滋养着沿岸的广阔大地。

1958年，黄河流域第二座水利枢纽工程——青铜峡拦河大坝——开工建设。1960年，建设者们在青铜峡黄河上修筑了一座高42.7米、长697米的拦河大坝，并同时建成了装机30.5万千瓦的中国第一座闸墩式水电站，形成了一座容量为600万立方米、回水5公里的峡谷型水库，形成了集发电、灌溉、防洪于一体的大型水利枢纽工程。

青铜峡拦河大坝的建成，开启了宁夏回族自治区经济社会发展的新征程，造就了青铜峡市这颗“塞上明珠”。而青铜峡水利枢纽工程则见证着古峡岁月沧桑、多彩辉煌的发展历程，承载着几代人建设美好家园的夙愿与梦想。

一腔热血　高峡出平湖

六十年，一个甲子的轮回。

作为与宁夏回族自治区同龄的大型工程，青铜峡大坝的一代代建设者，用他们的青春、奋斗与奉献，谱写着青铜峡的壮美诗篇。

罗秀明老人是土生土长的青铜峡人，1937年出生的他，从小就跟随父母在家务农。“那时候，每年春天要开始准备引水灌溉了，黄河两岸人山人海，都是为了打坝引水，干活的人每天都是一身泥土，收成却有限，毕竟还是靠天吃饭。”罗秀明告诉记者，大坝开工时，自己还不到20岁，从那时起他就把自己的一切都交给了大坝。和他一样常年在水下工作的工友，关节都不好。罗秀明的一个儿子因公殉职，三个儿子至今还都坚守在青铜峡最艰苦的岗位上。

光明日报　要闻　05

黄坤明在内蒙古调研时强调

推动基层宣传思想工作强起来
更好满足人民精神文化生活新期待

砥砺奋进六十载·塞上宁夏谱新篇

守护九渠之首青铜峡的人们

萨仁其其格多民族家庭的幸福生活

红色教育
第一课

民族英雄吉鸿昌：恨不抗日死

司法鉴定出新规：
部分鉴定机构须具备通过认证认可的检测实验室

大坝的建设给宁夏带来的巨大变化，

罗秀明更是有着切身感受。青铜峡水利枢纽工程的建成，结束了宁夏平原两千多年来无坝引水灌溉的历史。大坝的建成，减少了黄河宁蒙河段冰凌的危害，让宁夏引黄灌区成为全国稳产、高产的商品粮基地。

李亚南是黄河水电宁电分公司青铜峡水电站财务部党支部书记，也是青铜峡水电站的“二代”工作者。她的父亲李德天 1958 年从当时的长春水电学院毕业，1960 年从北京正式调到宁夏参加青铜峡大坝建设，生前曾担任青铜峡水电站发电厂厂长。

谈到父辈们的创业和奉献，李亚南热泪盈眶。在李亚南的童年记忆中，父亲总是很忙，尤其是在每年汛期的时候，他在家的时间就更少了。年幼的她，经常要从家里到水电站给父亲送饭。“汛期一到，随时都有可能发生紧急情况，根本回不了家。”李亚南说。

青铜峡大坝的总设计师万宗尧 40 多岁就英年早逝。在李德天的主持下，人们把万宗尧的墓迁到了青铜峡。如今，每年清明节，李亚南都会去给万宗尧扫墓，近几年她更是有意识地带上孩子一起去。她告诉自己的孩子：“姥爷说了，咱们要永远记住这个爷爷。”在无尽的缅怀和回忆中，青铜峡充满了力量感与时空感。

薪火相传　精心聚精神

作为党支部书记，李亚南经常会给支部的年轻人讲讲老一辈们的奋斗历程。在李亚南看来，铭记老一辈的故事，是公司的财富，而这种奋斗精神也需要一代一代薪火相传。

青铜峡人就是这样，秉承着前辈们的奋斗和奉献。2018 年 8 月，大型原创现代眉户剧《青铜峡》在宁夏人民剧院首演，生动再现了当时大坝建设者们如何克服种种艰难险阻，建成青铜峡水利枢纽工程的峥嵘岁月，吸引了很多青铜峡水利枢纽工程的建设者和他们的家人前来观看。

谢剑锋是青铜峡水电站运行分部唯一的女性副值长。1993 年，21 岁的她走上工作岗位，从那一刻起她下定决心：一定要通过学习，掌握过硬的技术本领。那时候的她还只是一名实习生运行值班员，尽管所学专业对口，但当看到密密麻麻的控制线路、厚达半米多的系统图纸时，谢剑锋感到了前所未有的压力和责任。

凭着一股没有过不去的“火焰山”的钻劲，谢剑锋把全部精力都投入到工作中，碰到技术难题，就虚心向师傅请教，并时刻留心观察师傅的一招一式。她的身影经常在现场设备旁出现，同事们开玩笑说她是“风一样的女子”。

谢剑锋告诉记者，“三查法”是她攻克技术难题的关键法宝——查系统、查图纸、查数据。而脚勤、手勤、嘴勤、脑勤，让她从一名值班员迅速成长为班组带头人，也让她先后获得宁夏电业工会“巾帼建功标兵”、黄河水电公司“优秀女职工”等荣誉。

精益求精　点滴成伟业

担任副值长以来，谢剑锋每天总是先于其他人到岗，查看设备缺陷，了解运行情况。她在掌握安全生产状况的基础上，布置安排每天的运行生产工作和安全措施，有效地杜绝了误操作事故的发生，提高了运行操作的可靠性。同时，她有意识地加强班组人员反事故处理能力，有针对性地进行反事故演习，还要求班组成员恪守运行值班员的职责，在操作时始终坚持精益求精，举一反三，“在巡回检查时一定要走到、看到、摸到，这样才能发现机组的大小缺陷”。

功夫不负有心人，仅在 3 月份，该组班员就接连发现各类设备缺陷，其中重大设备缺陷三次。正是因为这样精益求精的工作精神，才让这个发电 50 年的电站经受住了一次又一次黄河洪峰来袭的考验。

对宁电分公司的职工而言，洪峰的来袭就像一道指令，让他们严阵以待，更让他们各司其职，团结协作，全力迎战洪峰。一波一波洪峰的到来，给河面带来了大量的漂浮物，堆积和附着在拦污栅上，影响了泄洪和机组的运行效率，严重威胁机组安全运行。

险情就是命令，清污就是责任。检修公司宁夏项目部调集技术人员严阵以待；维护分部抽调各班组精兵强将组成清污突击队蓄势待发清污；办公室将管理人员分成两班随时等待支援，每个人都换上工作服，分成四班倒，24 小时不停地鏖战在清污第一线……

无论是过去还是现在，青铜峡人把毕生的情感都倾注在这里，守护着大坝，创造着辉煌。

（《光明日报》2018 年 09 月 03 日 05 版）

宁夏现代农业绘就新画卷

鲁元珍　彭景晖　王建宏

“天下黄河富宁夏。”黄河流经宁夏393公里，创造了得天独厚的灌溉条件，丰富的农业资源，造就了“塞上江南”的美丽风光。

“水稻种植在宁夏历史悠久，但传统种粮方式效率低、利润空间小。这几年，水稻产业在发展现代化农业方面走在了前列。”来到青铜峡市的水稻生产示范基地，宁夏正鑫源现代农业集团董事长包立新告诉记者：“现在，公司发展有机农业，生产高端优质的水稻产品，并通过电商等途径树立品牌，在全国范围打开了市场。”

20世纪80年代，包立新回乡创业，从创办米面加工厂起家，几十年的探索实践让他积累了不少经验，也带领公司通过水稻基地、农业机械等业务不断探索现代化农业发展的路径。自2009年起，公司在有“贡米之乡”之称的青铜峡市先后流转土地12600亩，依托当地土壤富含硒元素的优势种植富硒水稻，建立了全区规模最大的有机水稻生产示范基地及黄河金岸现代农业万亩水稻高标准示范区。

在包立新看来，以工业理念发展现代农业是未来的方向，也是多年实践证明了的正确之路。“比起传统耕作方式，规模化、标准化种植生产更有利于农业机械的运用，能大大提高农业生产效率。例如我们生产的收割机，一天收割 80 亩水稻，效率是以前的 4 倍。”包立新说。

“叶盛贡米”“塞外香”“兴唐”“法福来”……品牌源自品质，气候和地理环境的优势造就了品质优良的宁夏水稻，也让宁夏大米品牌声名远播海内外。在首届中国大米品牌大会评选的“中国十大好吃米饭”中，宁夏的大米品牌就占了两席，多家龙头企业在种植、加工、品牌打造、营销等方面发挥了带动示范作用。

光明日报 要闻 03

李克强主持召开国务院常务会议

听取今年减税降费政策措施落实情况汇报 决定再推新举措支持实体经济发展

部署完善国家基本药物制度 保障群众基本用药需求减轻药费负担

十三届全国人大常委会举行第十二次委员长会议

听取有关议案和草案审议情况的汇报

栗战书主持

韩正会见日本副首相兼财务大臣麻生太郎

第十次中日韩文化部长会议在哈尔滨召开

党的优秀地下工作者李子纯：为大多数人谋幸福

砥砺奋进六十载·塞上宁夏谱新篇

宁夏现代农业绘就新画卷

来自国新办新闻发布会的报道

“塞上江南”谱新篇

——国新办举行宁夏回族自治区成立60周年新闻发布会

除了传统水稻产业外，在宁夏南部的固原市原州区，冷凉蔬菜成为特色优势农业的“新生力量”。2000 米左右的高海拔、6℃左右的平均气温、充足的光照，加上昼夜温差大、无工业污染、病虫害少的优势，使当地成为生产优质蔬菜的沃土。

来到姚磨村闫堡万亩冷凉蔬菜基地，展示区的南瓜、辣椒、西红柿、茄子等十几种色彩饱满的蔬菜映入眼帘，菜地里大片整齐的羽衣甘蓝、花椰菜等绿色蔬菜望不到边际，几位女工正在地里忙着除草、打理菜苗。

正在打工的何在拜对家乡农业产业的发展感受深刻：“我现在在基地打工一天能挣 80 元。以前没有想过家门口可以这么大面积地种蔬菜，我们自己种了也没有销路，现在产业发展起来了，也增加了我们的收入。”

十几年前，姚磨村以种植玉米、小麦为主，受干旱、大风、霜冻等自然灾害影响大，产量差，农民收入低。2008 年，返乡的姚选当选为姚磨村的党支部书记，成立了瑞丰蔬菜产销合作社，通过流转 2000 亩土地建起原州区首个冷凉蔬菜基地。经过几年的发展，已经带动了周边多个村共同发展冷凉蔬菜，基地也发展到了近 4 万亩。“农民以土地、现金入股方式参与蔬菜产业发展，年底进行分红；每天在基地打工的也有 350 人次以上。用这种基地 + 合作社 + 农户模式带动大家增收致富，并转变传统的种植观念。去年，姚磨村人均收入达 1.35 万元，80% 的收入来自冷凉蔬菜。”姚选说。

“这里的蔬菜生长周期长，不需要农药，因此蔬菜质地脆嫩，肉厚纤维少，价格也更高。”原州区委常委、副区长刘世贤说，“同时，气候特点让宁夏的冷凉蔬菜与其他省市的蔬菜错开成熟期，促进了宁夏冷凉蔬菜在全国的推广。比如广东人喜爱的菜心，有不少就来自宁夏的冷凉蔬菜基地，现在人们不仅知道广东菜心，也开始打出宁夏菜心的牌子了。”

近年来，原州区建成以北部清水河谷川道区为轴线的生态型冷凉蔬菜产业带，共建成 3 个万亩、12 个千亩标准化露地蔬菜基地和 26 个设施农业园区，带动全区种植冷凉蔬菜 20.2 万亩，年蔬菜产量 70.8 万吨，总产值 11.05 亿元。

“宁夏农业特色优势产业产值已占农业总产值的 87%，探索出了具有宁夏特色的现代农业发展路子。”宁夏回族自治区农牧厅副厅长赖伟利指出，“宁夏以推进农业供给侧结构性改革为主线，着力构建现代农业产业体系、生产体系、经营体系，实施特色产业优质产品品牌战略，优质粮食、现代畜牧、酿酒葡萄、枸杞、瓜果等‘1+4’特色农产品生产正不断向高品质、高端市场、高效益方向发展。”

（《光明日报》2018 年 08 月 31 日 03 版）

宁夏沙坡头：

从荒山沙漠到绿色宝藏

鲁元珍

在宁夏中卫市的沙坡头景区，一望无际的黄沙成为旅游资源，来自世界各地的游客来到这里畅游沙海，为广袤无垠的沙漠和奔涌不息的黄河所惊叹。然而几十年前，这里却是另一番景象。

“沙坡头地处腾格里沙漠南缘，几十年前，这里是被称为‘天上不飞一只鸟，地上不长一棵草’的死亡之海，常年流沙侵袭，黄尘蔽日，沙漠成为悬在中卫人民头顶的一大祸害。”参观车上的工作人员介绍起了沙坡头的治沙历程，“后来，深受沙害困扰的中卫人民探索出的‘麦草方格’治沙法，成了让世界都为之惊叹的‘治沙魔方’。”

汽车停在了一座座沙丘之间的道路旁，记者看到，道路一边是只长出零星草苗的黄色沙漠，道路另一边却在黄沙中长满了茂盛的绿色植被，植被下方还可以看到已经腐化的方格形状麦草的痕迹。

“将麦草扎成一米见方的方格扎进沙子里，可以固定住流动的沙丘，在麦草方格里播种草籽、树籽，让绿色生命扎根沙漠，麦草腐化后形成一层‘沙结皮’，既是植物生长的养分，又进一步固定了沙丘。”中卫市林业生态建设局外援项目办公室负责人唐希明说。

20 世纪 50 年代，我国第一条沙漠铁路包兰铁路建成通车，为保护这条西北交通大动脉的畅通无阻，治沙成为最严峻的考验。治沙需要先固沙，然而，最初尝试过的卵石铺面、沥青拌沙、草席铺面等固沙方式，都在一场大风过后宣告失败。

“麦草方格的出现是个偶然。”一位当地居民告诉记者，有一次，一位农民将麦草和铁锨放在了沙子里，一夜过后，铁锨已经被风沙吹走消失不见，但麦草还留在了原地。治沙研究人员受到了启发，便由此进行大量实验，尝试用麦草扎出圆形、三角形、马蹄形，最终发现，一米见方的麦草方格是效果最好的固沙方法。

光明日报 要闻 03

金正恩再次会见栗战书
并为中国党政代表团举行欢迎活动

韩正会见出席第十五届中国－东盟博览会的各国领导人

全国教育大会在京闭幕
孙春兰出席并讲话

陈希会见澳新高级公务员研讨班一行

来自中国－东盟“两会”的报道

战略合作休戚与共 东博盛会共享共赢
——写在第十五届中国－东盟博览会召开之际

寻淮洲：红军中年轻有为的青年将领

砥砺奋进六十载·塞上宁夏谱新篇
宁夏沙坡头：
从荒山沙漠到绿色宝藏

海口舰先进事迹报告团到上海作巡回报告

长期从事治沙防沙工作的唐希明还发明了一种“水分传导式精准型沙漠植苗工具”，获得了国家知识产权局“实用新型专利证书”。“过去植树，一边挖树坑，沙子一边垮塌，加上水分的蒸发流失，树苗成活率很低。”唐希明一边演示一边说道，“这是一种‘干’字形铁制工具，只需用末端卡住树苗根部，点在麦草方格中央，两手扶上横杆，脚踩住下横杆，往沙里一扎，一棵树苗就栽好了。”不扰动沙层，不造成沙层水分流失，这种造林器可以把苗木根系末端直接送入湿沙层，大大提高了沙漠造林的效率和树苗成活率。

在沙区治理过程中，中卫市大力培育沙区产业，实现了利用性保护，创造了林科一体化、林景一体化、林能一体化、林纸一体化、林果一体化的产业与治沙相结合的模式。“‘五个一体化’拓展了群众生产生活空间，有效地改善了沙坡头区工农业生产条件，为繁荣地方经济发展奠定了生态基础。”中卫市林业生态建设局副局长李宏然说，截至目前，中卫北部168万亩沙区，已治理利用面积达147万亩。

如今，腾格里沙漠东南沿的6万亩沙漠光伏产业园区，已形成了宁夏新能源产业的发展优势；沙化土地较为严重的南山台子，打造了16万亩以枸杞、苹果、红枣为主的特色生态经济林，筑起了一道守护地方经济社会发展的生态屏障；大漠、黄河、高山、绿洲的壮阔美景，吸引了无数海内外游客。昔日的荒山沙漠变成了瓜果飘香、游人如织、产业丰富的绿洲，也成为当地农民增收致富的绿色宝藏。

（《光明日报》2018年09月12日03版）

宁夏固原：

林草产业铺就生态富民路

鲁元珍　彭景晖　王建宏

宁夏“西海固”曾经“苦瘠甲天下”，成为了贫困的代名词。地处黄土高原西北边缘的固原，因过度砍伐放牧、水土流失、气候干旱等原因，生态环境十分脆弱。

“当初的一片荒山秃岭，通过退耕还林、封草禁牧、封山育林等措施，已经发生了巨大的改变。”固原市林业局局长陈胜远20世纪80年代就来到固原工作，他是固原林业生态变化的见证者。

据陈胜远介绍，目前，固原市林地面积已达668万亩，其中退耕还林的就有280万亩。绿树多了，生态环境改善了，降雨量也多了起来，从过去的年均200毫米左右，增长到近几年的600毫米到1000毫米之间。

“多年的努力使得荒山秃岭变成了绿水青山，下一步我们要让绿水青山转化成金山银山。”陈胜远说。

2017年，固原市提出了生态与经济并重、山绿与民富双赢的发展思路，“一棵树、一株苗、一枝花、一棵草”的“四个一”林草产业试验示范工

光明日报
综合新闻 05
老兵本色
——记隐姓埋名37年的一等功臣吴洪甫
让广大干部愿干事敢干事能干成事
砥砺奋进六十载·塞上宁夏谱新篇
宁夏固原：
林草产业铺就生态富民路
树立敢于担当的执政风尚

程启动实施。据陈胜远介绍，“一棵树”，就是找到适合大面积种植、能够形成产业的经果林，长远解决民富问题；“一株苗”，就是选准适宜区域气候特点、有市场前景的特色苗木树种，解决本地长期形成的云杉、油松、樟子松“三棵松”品种单一、经济效益低的问题；“一枝花”，就是选育适宜的景观花卉，解决城市绿化和美丽乡村建设色彩单一问题；“一棵草”，就是找出适宜大面积种植的既有经济价值、又有观赏价值，既能与草畜产业结合、又能与全域旅游相结合的品种。

记者来到宁夏固原“四个一”林草产业试验示范园，这里有西府海棠、红叶石楠球、美国红枫、红梅杏……上百种花卉、果树、苗木茁壮生长。“这里很多品种都是以前固原没有的，现在这些花木完全适应了当地的气候和环境。”固原绿峰园林绿化公司总经理王勇告诉记者。

54岁的王勇是土生土长的固原人，“四个一”政策的实施让他看好种植经济林果的发展前景。2017年下半年，王勇在原州区承包了300亩荒草滩，打造起了自己的“四个一”绿峰园区。2018年3月，园区初步成形，荒草滩变成了花果园。

园区的发展为当地农民提供了更多就业机会。“从三月到现在，每天大约有20到40个务工人员来这里，他们一个月可以收入近3000元。”王勇说，将来，随着成熟产品的推广，不仅可以发展绿色农业，也可以发展旅游观光、果蔬采摘等业态的生态文化产业，让百姓获得更多增收致富的途径。

近两年，包括绿峰公司在内，固原市引进了多家公司共同建设“四个一”示范园，并通过闽宁合作模式聘请了福建、宁夏高等院校的专家团队进行技术指导。目前，固原市已完成“四个一”重点试验示范园39个，总面积2.1万亩，共引种149个树（草）种303个品种进行试验示范。如今，林草产业的蓬勃发展让固原新添了绿景、新添了财富，铺就出一条生态富民的新路。

（《光明日报》2018年09月06日05版）

幸福社区凝聚民族团结

鲁元珍　彭景晖　王建宏

走进宁夏吴忠市胜利镇富荣社区，记者立刻被整洁的社区环境、贴心的标语、橱窗中的制度公约所吸引。在社区综合文化服务中心，一阵悠扬的葫芦丝乐声从一间活动室传来，那是余莉领着几个孩子在学习经典葫芦丝乐曲《竹林山水》；二楼的舞蹈室、电子阅览室、书法绘画室，成了社区居民休闲娱乐的空间。

“现在我已经有 20 多个学生了。”余莉自豪地说。3 年前，她开始义务教社区的老人孩子学习葫芦丝。“我也是前几年自己学会的葫芦丝。后来，我发现社区的老年人退休后没太多事可做，而学会一门乐器可以让他们更快乐、更有自信，积极参与到社区活动中来。”余莉说。

富荣社区是一个远近闻名的民族团结示范社区，社区 10200 名居民中，有 4512 名是少数民族，相处氛围格外融洽。余莉告诉记者，大家都会尊重彼此的风俗习惯和宗教习惯，“今年端午节和回族的开斋节赶到了一起，大家纷纷请邻居到家中一起包粽子。为了尊重回族邻居的习惯，甚至在邀请时就帮他把锅碗背过来了”。

余莉也是社区的阳光公益慈善协会成员，她通过参与爱心活动帮助了不少有困难的居民。她跟记者讲了这样一个故事：“记得社区有一个回族的三口之家，20多岁的孩子出车祸去世，父母又都身患重病，家里很困难，于是协会就号召大家捐款，到他们家里帮忙干活，这家人非常感动，后来也加入到这个组织里来了。”

光明日报　要闻 03

李克强和日本首相安倍晋三向“纪念中日和平友好条约缔结40周年中日大学生千人交流大会”致贺词

栗战书主持部分全国人大代表座谈会强调
善于从大局和全局上思考问题提出建议 紧扣党中央决策部署履行职责做好工作

为新时代凝聚侨的力量 谱写民族复兴的新篇章
——在第十次全国归侨侨眷代表大会上的致词
（2018年8月29日）
赵乐际

韩正在大气污染防治专题工作会议上强调
坚决打赢蓝天保卫战　用实际成效取信于民

砥砺奋进六十载·塞上宁夏谱新篇
幸福社区凝聚民族团结

红军“虎将”旷继勋：一腔热血写忠诚

“社区里像这样的故事还有很多。”社区党支部书记何芳说道，这些年社区开展了许多活动来帮助有困难的居民，比如为单亲家庭儿童、留守儿童找大学生志愿者辅导功课，逢年过节给老人们送粮油等；社区成立的爱心超市，接收爱心人士、单位的捐赠物资，可以让有困难的群众来领取。“今年已经是社区开展社区邻居节的第13年，我们还开展了一系列活动，让邻里间的距离越来越近。”

“多年来，吴忠市坚持‘回汉一家亲’的民族融合理念，有很多像富荣社区一样的多民族社区，邻里融洽，民族团结。”宁夏回族自治区民委副主任胡绍皆说，“宁夏的少数民族人口比例高，决定了民族宗教工作在各方面工作中的重要地位。多年来，自治区党委、政府把民族团结工作作为‘生命线’工程、‘一把手’工程，将其扛在肩上、抓在手上、放在心上。在宁夏，民族团结不是写在纸上的，而是在老百姓生活的生动实践中，构建社区和谐、团结的邻里关系，将成为加强民族团结的重要载体和重要一环。”

（《光明日报》2018 年 08 月 30 日 03 版）

农民讲习所传技艺聚人心

鲁元珍　彭景晖　王建宏

在宁夏固原市隆德县张楼村，“新时代农民讲习所”里热闹非凡，“巾帼脱贫行动手工培训班”的红色横幅挂在讲台上方，房间里里外外坐满了前来学习手工编织的村民。田慧君和其他几位老师手中正拿着手工编织的半成品，手把手地给学员们示范和讲解。

田慧君是宁夏慧君职业技能培训学校的校长。自 2017 年 6 月开办培训班以来，她让固原市各村各户的妇女们学会了刺绣、手工编织，深受大家的欢迎。作为一名宁夏刺绣传承人，田慧君从小就和母亲学会了刺绣、编织等技艺，为了将这些快失传的手艺传承下去，她决定创建一所培训学校。

“我发现很多村都有同样的现象，年轻人出去打工了，只剩下中老年人留守在村里，尤其是农村家庭妇女们很多都没有收入，让她们学习这些技能，做成手工品可以卖些钱补贴家用。”田慧君说。

44 岁的王有维学了有一段时间了，她告诉记者，她已经编好了 10 双鞋子，等着学校把成品收走代销。“我想着多学一点手艺，技多不压身。现在我们做的鞋有西安的订单，做的包有青海的订单，一起做活的姐妹们

02 要闻 光明日报

栗战书在第二十四次全国地方立法工作座谈会上强调

推动地方立法工作与时代同步伐 与改革同频率与实践同发展

王继才小故事

妻子辞职上岛

喜迁新居 憧憬未来

——北京大兴国际机场安置房回迁工作启动速写

何叔衡："我要为苏维埃流尽最后一滴血"

第15届东博会和商务与投资峰会闭幕

砥砺奋进六十载·塞上宁夏谱新篇

农民讲习所传技艺聚人心

《最美的青春》致敬塞罕坝

每个月可以增加800元至1500元收入呢。"王有维兴奋地说。

这次的编织培训班是张楼村第一书记马军邀请来的，属于农民讲习所各类活动中比较受欢迎的一场。两年前，马军第一次来到村里，心里一直记挂着如何能让百姓们脱贫致富。当时他发现，村里的氛围不算活跃。"我就在想，怎么让村民们团结起来、活跃起来，能有脱贫致富的动力。"马军说。结合自己作为固原市委宣传部讲师团副教授的讲课特长，他办起了一个农民课堂，给村民讲政策、讲法律、讲传统美德，传授产业致富的经验。

多场活动办下来，马军发现，让村民的身边人讲身边事，有很好的效果。"当初有5个务工返乡的农民回来发展种植产业，为大家讲他们脱贫致富的经验，那一次全村来了很多人，里面坐不下就都坐到了外面。"马军回忆说，"还有一次村里举办宣讲员选拔赛，11名村致富能手、脱贫光荣户代表、村道德模范代表积极上台讲述自己的脱贫感受和对孝道等传统美德的理解。”

“到今天，我们已经开班 15 次了。”马军说。从实用技能、产业发展培训，到乡风建设、惠民政策、十九大精神的讲解，讲习所的讲师们用大家喜闻乐见的语言进行授课，让村民们看到了靠自己的双手脱贫致富的路径，也坚定了努力脱贫致富的目标和信念。

2018 年 4 月，张楼村启动新时代农民讲习所授牌仪式，自此之后，农民讲习所在固原市的各个村里遍地开花，扶贫与扶智、扶志结合起来，成为新时代新农民凝心聚力的阵地堡垒，成为基层党委、政府联系群众的纽带，也成为宣传新时代强国建设的扩音器。目前，固原市共建立农民讲习所 820 个，开展讲习活动 911 场次，共培训农民 4.9 万余人。如今，老百姓屋内屋外亮起来的同时，心里也亮了起来，思想观念转变了，精神面貌也发生了巨大变化。

（《光明日报》2018 年 09 月 16 日 02 版）

创新驱动

宁夏中卫：乘“云”而上

王建宏

一排排黑色机柜默然矗立，柜内的服务器指示灯闪烁跳动，这是高速运转的“数据大脑”眨着智慧的眼睛……7月6日，在宁夏中关村西部云基地，伴随着云计算企业信息流吞吐的律动，这片不毛之地正在成为中国云计算版图上的热点区域。

“大漠孤烟直，长河落日圆。”对于位于腾格里沙漠边缘的宁夏中卫市，大风、干燥一直是困扰经济社会发展的制约因素。

然而，这也恰恰是云计算产业发展的适宜“土壤”——凉爽、干燥、能源富集。工信部在《关于支持宁夏加快内陆开放型经济试验区建设有关事项的复函》中将宁夏纳入国家云计算产业发展布局；国家发改委发布的《西部地区鼓励类产业目录》中，宁夏是适宜发展“大型或超大型数据中心建设及运营”类产业不多的省区之一。

习近平总书记在宁夏考察时强调，越是欠发达地区，越需要实施创新驱动战略。在传统产业困局中苦苦挣扎的中卫市决心走创新之路，换道超车，谋求高质量发展。

换道，就是放弃产业梯度转移理论，不再争抢东部腾“笼”之“鸟”。

数据中心 50% 以上的运营成本是电。在中国，西部地区有无可比拟的能源优势。出于成本因素，“云”随电走、大“云”西移成为云计算产业发展的重要趋势。

将云计算产业引进来，在国家产业整体布局中，变跟着东部走为与东部一起走、变承接东部产业转移为与东部同时创新起步。经过深入对接，宁夏与北京签署合作建设宁夏中关村科技产业园的战略协议，以“前店后厂”的创新模式在中卫共建云计算产业基地。

光明日报
GUANGMING RIBAO
2018年8月8日 星期三 农历戊戌年六月廿七 今日16版

宁夏中卫：乘“云”而上

在习近平新时代中国特色社会主义思想指引下——新时代新作为新篇章

百折不挠 绿富同兴
——库布其奇迹的绿色启示

如何看待当前经济形势

办好民生实事 增进百姓福祉

扎根人民 奉献国家

弘扬爱国奋斗精神、建功立业新时代

风雨无阻创造美好生活

一线城市是“前店”，中卫市为“后厂”，“前店”与“后厂”之间距离上千公里。在传统思维中，宁夏是目前除西藏外唯一没有通高铁的省区，无论处于国家地理版图的“几何中心”还是“几何重心”，都难掩交通劣势。但在大数据时代，时间完全可以拉近空间距离。

经过努力磋商，中国移动、中国联通、中国电信三大运营商为中卫开通了直达北京、西安和太原的

4×100G光纤骨干网络。经实测，中卫到北京网络延时不到10毫秒，到西安、太原不到5毫秒。如此一来，机房放在中卫，其性能和放在北京、上海等发达城市没有本质差别。

土地资源丰富、地质构造稳定，到全国各大城市的距离均在2000公里以内，是光纤网络覆盖全国的最优路径选择点。一定意义上，在“信息交通”领域，中卫成为互联网时代北京、上海、深圳等大城市的数据郊区。

“随着越来越多的知名云计算企业落户中卫，产业聚集效应已经开始显现。”正如中央网信办信息化发展局副局长张望7月6日在中卫市首届“云天大会”上所说，在亚马逊AWS等龙头企业带动下，美国ZT、微软公司、德国世图兹、中国移动、中国联通等一批云制造、云服务、云应用项目和企业陆续落户中卫。

2017年12月12日，全球最大的云计算厂商亚马逊AWS宣布，与中国云服务提供商宁夏西云数据科技有限公司展开战略技术合作，由西云数据运营的AWS中国（宁夏）区域正式开放。几年前，亚马逊AWS入驻中卫时，对数据中心选址近乎苛刻，要满足282个选址条件。

在美利云中卫数据中心，记者感受到了大数据产业带来的“凤凰涅槃”。“美利云”的前身是中卫一家老牌企业——美利纸业。由于市场、技术、环保等各方面原因，美利纸业一度陷入困境，沦为“僵尸企业”。后来，美利纸业利用上市平台吸收战略投资者，采用混合所有制模式，计划投资120亿元，建设40万台服务器发展云计算产业，一个传统造纸企业从而转型为“电子纸”（云计算）企业。美利云副总经理杨晓刚说，如今，美利云市值一跃居于宁夏上市企业之首，成为央企混合所有制改革的一个成功案例。

PUE(电源使用效率)值是衡量数据中心绿色化程度的重要指标，直接关系着运营成本。在中卫，云计算企业通过技术创新建设的两个大型新一代云计算数据中心集群，采用全自然风冷、专用高性能服务器、模块化定制，PUE 值可降低到 1.1，远低于 2.5 的国内平均值，较常规数据中心节能 50% 以上。

在吸引企业落户的同时，中卫市积极探索各种方式，培养、吸引、留住云计算人才。潘晓东 2018 年刚刚从宁夏大学亚马逊云计算学院软件工程专业毕业，从事后端开发工作。2015 年 7 月，宁夏大学、亚马逊 AWS 和中卫市合作在宁夏大学中卫校区设立宁夏大学亚马逊云计算学院，开展云计算专业人才培养，现已招收 800 多名云计算专业学员，141 名首届毕业生已走向工作岗位。

截至目前，亚马逊云计算中卫合作一期项目 5 万台服务器正式上线运营，美利云数据中心二期 4 栋机房主体已封顶，中国移动数据中心计划 6 月投入运营。中国联通、人民网、天地通等一批数据中心项目加快推进。

“在曾经的戈壁荒漠中，建成云计算基地，体现了中卫市对云计算趋势的精准把握，通过努力，把中卫建成中国乃至世界数据信息智慧存储基地，就会成为工业制造、媒体等行业的‘大脑’。”宽带资本董事长田溯宁说。

大数据产业带动高质量发展的特征日益显现。近 3 年，中卫市信息产业投资占比从 1.1% 提升至 2.5%，信息产业增加值年均增长 35.1%。2018 年一季度，中卫市信息传输、计算机服务和软件业增加值增速 47.7%，对 GDP 增长的贡献达 15.9%。

7 月 6 日在中卫举行的首届云天大会上，签订了国家电子政务云数据中心体系西部节点建设等 9 项合作协议。国家信息中心“国信安全网络安全创新应用基地”、工信部信息中心“数据中心产业发展研究所”，以及中国电信天翼云宁夏节点和沃库工业网、亚信科技联合建立的“环境与智能制造工业互联网实验室”也落户中卫。

距离西部云基地不远，是著名的大麦地岩画，一万年前，人类祖先在这里刻石作画，留下了古代的“数据库”。今天，中卫市正在大力发展云计算产业，乘“云”而上，打造现代化数据中心。

（《光明日报》2018 年 08 月 08 日 01 版）

银川：

汇聚科技势能 激活发展动能

王建宏 韩业庭

在中国，中关村是创新驱动发展的一个“标志”。12月20日，银川·中关村创新中心在宁夏银川市正式揭牌运营。

就在当天，首批24家企业意向签约银川·中关村创新中心。这些企业中，不乏甲骨文、联想等在科技界大名鼎鼎的高科技公司。

中关村1区16园的物理空间不到北京市国土面积的3%，但每年创造的产值占北京经济总量的四分之一。近年来，“中国硅谷”中关村早已走出北京、走向海外，在创新要素相对聚集的美国硅谷、加拿大渥太华等地设立“分号”。

此次，中关村创新中心为何首次跨越“胡焕庸线”，进驻创新要素相对贫瘠的西北？

将“中国硅谷”的品牌和创新生态植入宁夏大地

中关村为什么进驻银川？

“创新始终是中关村的一面旗帜，中关村首先考量的是一个城市的发展理念和创新氛围。”面对记者们的疑惑，北京中关村信息谷资产管理有限公司银川项目负责人姚建林说，宁夏第十二次党代会把“创新驱动战略”摆在了“三大战略”之首，提至了最高优先级。作为宁夏的首府，银川市已有的科技基础和城市定位，与中关村的发展理念完全同频。

宁夏第十二次党代会闭幕不久，2017 年 6 月，宁夏回族自治区党委副书记、银川市委书记姜志刚就北上中关村，寻求合作事宜——银川市准确务实的定位、合作共赢的情怀、良好的产业基础和投资环境打动了中关村。

光明日报 光明视野 07

新时代新气象新作为

银川：

汇聚科技势能 激活发展动能

银川与北京协同创新

“两园三区”搭建创新驱动大平台

放松管理的手，铺好创新的路

创新驱动被置于最重要位置

记者手记

解开思想的疙瘩 打开创新的大门

专家感言

打造类中关村的银川特色创新生态系统

充分释放非公经济创新潜能

此后，北京中关村科技园区管委会、中关村发展集团先后 4 次派人到银川对接考察。经过双方再三对接洽谈，9 月 30 日，银川市人民政府与中关村管委会、中关村发展集团签订战略协议。

“不到三个月时间，银川 · 中关村创新中心便正式揭牌投入运营，这体现了银川与中关村创新合作的务实高效，更展现了银川所蕴含的巨大潜力。”北京中关村信息谷资产管理有限公司总经理石七林说。

银川·中关村创新创业科技园由一中心和一基地组成，一中心即银川·中关村创新中心，选定宁夏创业谷10万平方米合作载体进行建设；一基地选址在宁夏高校聚集的西夏区，项目计划分三期建设，通过1年时间，在银川·中关村创新中心引进并聚集50家企业，创新服务体制机制初步形成；3年引进150家企业，初步形成产业聚集效应；5年引进300家企业，产值突破100亿元，成为北京—银川协同创新示范区。

“通过银川与北京的协同创新，汇聚强大发展势能，将推动区域间创新要素的高效流动与优化配置。”银川市代市长杨玉经说，“银川将最大限度提供优质高效服务，推动银川·中关村创新创业科技园成为引领银川新兴产业发展的‘策源地’，带动银川经济发展的‘新引擎’，西北地区创新产业‘新标杆’。”

“两园三区”搭建创新驱动大平台

事实上，银川·中关村创新创业科技园只是党的十九大召开以来银川市布局的创新驱动发展平台之一。该市还在其核心区启动规划建设银川丝路经济园，集中发展以非公经济为主的生产性服务业。目前园区已开工建设，首批签约企业20家，投资意向182亿元。

银川·中关村创新创业科技园、银川丝路经济园，加上已有的银川经济技术开发区、滨河新区、综合保税区，“两园三区”将形成协同互补发展。

在位于银川经济技术开发区的共享集团，从传统铸造车间到铸造智能工厂，两者距离不到百米，却“穿越”了一个时代。通过自主研发的铸造3D打印技术，这个企业让整个行业从“傻大黑粗”进化至“窈窕淑女”。

企业负责人介绍，眼前这个柴油发动机缸体铸件模具，过去需要5名高技能工人花费两周时间，用25块部件拼成，即使在最顺利的情况下，成品率也只有50%。如今通过3D打印技术，生产效率提高5倍的同时，成品率也提高了20%~30%。目前，共享集团80%以上的客户都是世界500强和行业领先者。

同在这个园区的银川隆基硅材料有限公司，率先在国内同行业研究并规模化推广应用金刚线切割技术。企业负责人钟宝申说，仅这一项技术，就使硅材料使用率提升30%以上，硅片成本降低30%。2017年10月，由其母公司隆基股份牵头制定的“SEMI PV-0817硅片标准”向全球发布，该标准给全行业带来50亿元以上的价值贡献，是加快光伏“平价上网”的重要举措。

银川丝路经济园地处银川市金凤区，中阿博览会、WCA世界电子竞技大赛、TMF全球智慧峰会等国际活动在这里常态化举办，是目前宁夏政务效率、城市化率、国际化率最高的区域。园区将非公经济确定为核心主导产业，对标“一带一路”重要节点城市功能核心区和形象展示区建设要求，重点布局民营总部经济、金融贸易、现代服务、智慧产业等四大类非公经济，预计全面建成后可吸纳就业8万人，居住人口2万人，完成固定资产投资350亿元，实现地区生产总值200亿元，成为自治区、市重要的经济增长极。

在银川滨河新区，宁夏如意科技公司智能纺纱、高端面料、个性化服装定制及科研教育等多位一体的现代纺织全产业链已经形成。通过“互联网+”大数据等新技术的嫁接，量体裁衣实现了3D扫描剪裁，只要往机器前一站，30秒即可生成180个数据，最快两小时就可以成衣。在智能化生产水平方面已成为国内高端智能纺织产业发展的引领者。

银川市围绕“产业链”部署“创新链”，以恒天、如意公司为代表的智慧纺织，以共享铸钢、巨能机器人公司为代表的智能制造，以隆基硅、佳晶公司为代表的新材料，正以技术的群体性突破，从“追赶者”向“领跑者”跨越。

然而，作为欠发达地区的银川，创新土壤依然贫瘠，还必须通过东西部联动来增加科技创新力量。

“两园三区”对外科技协作的方向各有侧重：银川经济技术开发区重点深化与北京经济技术开发区的合作，目前，与中国航发北京航空材料研究院的军民融合项目——总投资40亿元的石墨烯项目年内开工建设，投产后可形成100亿元年产值；银川滨河新区与苏州工业园区深度合作，发展大数据、智慧制造、通用航空、大健康产业；银川综合保税区将复制国内自贸试验区创新政策，打造投资贸易便利化示范区。

放松管理的手，铺好创新的路

创新是一个复杂的生态系统。只有造就适于创新的“雨林”生态，才能进化出新的“物种”。

“10月份才开始跟银川市有关方面接触，11月份就完成了公司注册、项目落地的各种手续。尤其是公司注册，上午提交材料，下午就拿到了营业执照，这种高效率，是很少见的。”玉汉尧石墨烯储能材料科技有限公司总经理周大桥说。

记者溯流程而上，来到银川市民大厅，一层的展示柜里，被永久封存的59枚公章静静地躺在那里。这59枚审批公章，既是曾经繁琐行政审批流程的“亲历者”，也是行政审批制度改革的“见证者”。银川市在全国率先成立行政审批服务局，将发改、住建等26个部门153类审批事项及审批人员统一划归审批服务局，实现“一枚印章管审批”，时限压缩了

86%，人员减少了 90%。

商事制度改革惠及的不仅是石墨烯这样大投资的高科技企业，也激发了大量中小企业创新创业的热情。“原来需要填 4 个表格，提交 9 个申请要件，如今一张表格解决所有问题。”在银川市民大厅行政审批服务局审批窗口，宁夏德晟泰大药房连锁有限公司的徐娟通过“一表通”申办零售药店《药品经营许可证》核发事项。从接件到受理仅 12 分钟，从受理到初审仅 1 小时 58 分钟。

创新生态不是“管”出来的，而是“放”出来的。据介绍，改革以来，银川吸引了 46812 家企业高效注册，同比增长 48%，新增电子商务、游戏、信息化等 8 类新型产业 860 多家。

“但这还是物理整合，我们正启动新一轮改革，推动行政审批的化学整合。”银川市行政审批服务局副局长强娟说，下一步的“投资项目大厅”和“商事服务”大厅建设，要实现“一小时办结企业注册，一天完成企业开户和税票办理，30 天完成工业企业投资项目审批，40 天完成政府投资项目审批。”即“113040”新模式。

银川引领整个宁夏进入创新驱动发展时代

沿黄河地区聚集了宁夏 60% 人口、创造了 90% 的 GDP，是宁夏创新要素最富集的地区。2017 年 8 月，在科技部支持下，银川、石嘴山、吴忠、中卫四市和宁东基地成为沿黄科技创新改革试验区，并被纳入国家区域创新布局。

2017 年 12 月 22 日，宁夏回族自治区党委、政府召开银川都市圈建设工作推进会，《银川都市圈建设实施方案》提出，打造以银川为核心，辐射带动石嘴山、吴忠、宁东基地协同发展的银川都市圈。

无论是沿黄科技创新改革试验区，还是银川都市圈，银川都是龙头，创新驱动都被置于最高位置。在产业层面，聚焦高端装备制造、新材料、新能源、葡萄酒、现代服务业、新能源汽车和生命健康等十大产业，形成产业集群。12 月 21 日，银川市政府与比亚迪股份有限公司签订投资合作协议，推动云轨生产基地、纯电动客车生产基地、纯电动乘用车生产基地“三个产业”落地银川。

互联网时代，最宝贵的资源是数据、最通畅的交通是带宽。银川都市圈加快布局 5G 等新一代通信技术，利用已经走在前列的“智慧银川”建设成果，建设高效泛在的都市圈智慧服务平台，让数据多跑路，让群众少跑腿，为企业创新创业提供基础设施。

银川，在沿黄科技创新改革试验区和银川都市圈建设中走在前、做表率，带动创新驱动发展的龙头在宁夏高高擎起。

（《光明日报》2018 年 01 月 24 日 07 版）

解开思想的疙瘩打开创新的大门

韩业庭　王建宏

在银川采访期间，有一个政府部门引起我极大的兴趣，那就是银川市大数据管理服务局。大数据作为高科技“新贵”，与北、上、广、深等一线城市似乎更搭配，银川这样一个欠发达地区的城市缘何要成立这样一个机构？

银川市大数据管理服务局80后局长王川这样回答我的疑问：当全国很多地方都还没有起步的时候，银川主动将发展方向瞄向大数据，就是要先下手为强，创造发展优势。

虽然银川市大数据管理服务局成立才一年多，但大数据带来的变化在银川已经可触可感。在银川市智慧城市管理指挥中心，记者看到，从机动车的行驶轨迹到在线医疗的患者情况，从人口的迁徙到空气质量的变化，从家政服务到餐饮购物，几乎所有能够量化的信息都汇集到了同一个大屏幕上。这些不仅提升了城市管理者的决策效率和质量，也方便了市民的生活。接下来，银川将继续挖掘沉睡中的数据资源，发展大数据产业，将冰冷的数据转化成发展的活力。

银川地处西北内陆，在发展大数据行业方面，按说人才、区位、资金、市场等各方面均没有任何优势。如果按照传统思维，银川大可不必发展大数据，只守着省会城市的牌子过着“小富即安”的日子，但那样永远只能跟人脚步，仰人鼻息。幸运的是，银川的干部群众没有故步自封，没有不思进取，没有怯于竞争，而是勇敢抢占发展制高点，从而取得了创新发展的新突破。银川在大数据方面的成功实践说明，只有解开思想的疙瘩，才能打开创新的大门。

解放思想与勇于实践、勇于创新密切相关，没有思想的先导，就不会有行动的跟进；思想上能否破冰，直接决定行动上能否突围。很多欠发达地区之所以长期发展不起来，固然有自然资源不足、区位优势不明显等客观因素，但主观上的求稳怕变思想更让其在“不敢想、不敢做、不敢碰”的瞻前顾后中错失了大量发展良机。所以，欠发达地区要想发展，必须创新，而要创新首先得解放思想。

当然，解放思想不是坐而论道，不是纸上谈兵，而是要以观念的更新推动改革的突破，要以理念的提升带动发展的加速，把解放思想真正落实在办法的创新上，落实在跨越发展的推动上。对于欠发达地区，尤其要在“实干”上下功夫，在认准的新领域，要首先干起来，在干中探索和开拓，努力走出新路子，总结新经验。

落后并不可怕，可怕的是甘于落后、习惯于落后、麻木于落后。希望更多欠发达地区能够像银川一样，奋起直追，敢为人先，在新时代的伟大征程中书写属于自己的辉煌。

（《光明日报》2018 年 01 月 24 日 07 版）

宁夏：

大数据产业助力经济向高质量发展

王建宏

“即使站在全国乃至全球的层面看，中卫大数据产业在某些领域也是领先的。”5 月 27 日，在贵阳举行的中国国际大数据产业博览会上，前来参会的宁夏中卫市云计算和大数据发展服务局副局长周涛说。

近年来，宁夏大数据产业蓬勃发展，经济发展高质量特征更加凸显。

在银川市滨河新区如意服装有限公司，3D 试衣系统通过前端激光扫描，30 秒便能生成身高、肤色、肩宽等数据，系统根据采集数据自动配料生产，3 个小时就能拿到成衣。

智能化运用把“个性化”生产变成了“批量化”生产。如今，越来越多由大数据衍生出的新产业、新业态，正在为宁夏传统产业的转型升级注入新动能。

位于腾格里沙漠边缘的宁夏中卫市，与美国凤凰城有着极其相似的沙漠环境和气候资源。近年来，中卫市抢抓“大云西移”等市场机遇，创新采用“前店后厂”模式，大数据和云计算产业迅速崛起。目前，亚马逊

AWS、微软公司、德国世图兹、中国移动等国际国内知名的云制造、云服务、云应用项目和企业陆续落户中卫。

“严格地说，中卫连四线城市都算不上，但在云计算产业上，却已成为一线城市。”周涛说，中卫已按照亚马逊云计算国际标准，开通了第一条云计算信息高速公路，双向四通道，实测中卫到北京网络时延不到10毫秒，到西安、太原不到5毫秒，包括亚马逊、奇虎360、美团等多家互联网企业已开始测试投用。这也意味着，中卫已成为互联网时代北京、上海、深圳等大城市的数据郊区。

光明日报 综合新闻 03

宁夏：大数据产业助力经济向高质量发展

广西：“智慧旅游”让游客舒心出行

专家研讨大数据时代文化产业发展路径

我国已有6000多家数字企业进入国际市场

科学社会主义永远是共产党人的旗帜

“沙不值钱，我们就转成硅，硅不值钱，我们转成电，电多余了，我们迁到云，利用云平台发展壮大产业。”周涛说，中卫市以云计算为核心，已形成了“沙—硅—电—云—金”核心产业链。2018年一季度，中卫市信息产业同比增长41.1%。在云计算为主的第三产业强力拉动下，中卫市2017年地方公共财政预算收入增长率为14.5%。

在民生领域，大数据产业的发展带来的新业态，已逐步融入到每一个宁夏人的生活中。

“中兴通讯与银川市政府合作打造的‘银川模式’是智慧城市的新范本。”在数博会中兴软创公司展位，中兴软创方案总监荣晓夏说。作为全国以城市为单位进行顶层设计的智慧城市样本，银川基于智慧医疗、智慧政务、智慧交通等领域的智慧城市建设，正在为大数据解决城市发展普遍问题提供借鉴。

自银川市开展“互联网＋医疗健康”事业以来，互联网医疗企业已达到29家，通过各平台在银川备案注册的医生总数达到2.06万名，累计服务患者700多万人。前段时间，银川市还正式上线运行互联网医院监管平台，对各平台的运营合规性、医院资质、医生信息备案，以及在线问诊、分诊、开具处方、病历书写、药品配送等核心业务通过“自动核查预警＋人工干预方式”进行实时监督和管控。

作为西北地区唯一一个入选2018共享经济协同治理十大案例的城市，银川在打造互联网医院产业集群方面的优秀经验，也被此次博览会广泛推介。

变“数据铁笼”为“云端共享”，大数据分析、数据衍生产业已经借智慧银川大数据中心，为市民带来了一个“聪明”的银川。2016年，银川整合全市55部热线电话，统一形成“12345一号通”平台，按照“集中受理、分类交办、限时回复、统一回访、督查督办、考核问责”的标准化工作流程，已累计受理市民诉求50.1万余件，并形成民意民声分析报告。

此外，借助大数据，银川市还形成了行政审批人员的高效调配、盛大游戏的服务器租赁服务等模式，释放出政务管理、公共服务、经济发展的红利。同时，智慧银川大数据中心还深化大数据在文化产业、普惠金融等各行业的创新应用，让传统行业在银川摸到了转型升级新路。

（《光明日报》2018年05月28日03版）

“互联网 + 医疗健康”的宁夏示范

高 平 万玛加 王建宏

宁夏的 60 年，从来不缺乏锐意进取、改革创新的勇气与执着。2018 年 7 月，宁夏被确定为国家唯一的“互联网 + 医疗健康”示范区。宁夏打破地区、部门壁垒，先行先试，初步建成了智慧医疗服务网络，让优质医疗资源普惠更多基层群众，看病难、看病贵问题得到有效破解。

乡镇卫生院的巨变

在银川市永宁县望远镇卫生院，72 岁的板桥村村民李学成安静地躺在心电图室，护士王艳艳熟练地操作检查。密密麻麻、曲线复杂的心电图，王艳艳看不太懂。但她不慌不忙，把采集的图像上传到设在银川市第一人民医院的“宁夏电生理远程诊断中心”，诊断报告 3~5 分钟内就返回卫生院。一个小时里，王艳艳已经为 23 名患者做了检查。

做完检查的李学成很满意：“得了病不舒服，现在在家门口就能看病，心里舒坦多了。”

最近感到腰疼的袁海山来到放射室，五六位患者排队拍片。刚刚毕业到卫生院工作的谢会霞说：“这里胸片、骨片都可以拍，昨天就拍了55人。但我们卫生院看不了片，要传到银川市第一人民医院，他们的专家会把结果很快传回来。”

袁海山的检查结果很快传了回来，腰肌劳损并有增生，病情加重，需要卫生院转诊到市里的大医院看。袁海山交了58元，而上次在市里的三甲医院拍片，花了80元。

在卫生院的“银川在线互联网门诊”，银川市4所三级医院每周各科室门诊的值班医生名单都可以看到，可以选择预约。在卫生院的病房，也有“远程查房”，一台移动的平板电脑里就有“专家”。电脑视频里的永宁县医院心内科主任医师李志明与患者面对面对话诊疗。

04 综合新闻

光明日报

砥砺奋进六十载·塞上宁夏谱新篇

“互联网+医疗健康”的宁夏示范

陈树湘：“为苏维埃新中国流尽最后一滴血”

立心铸魂兴伟业

“拍片在基层，诊断在三甲。以前卫生院根本做不了心电图、影像、化验等检查，因为培养这方面的诊断医生太难。没有诊断，如何看病？”卫生院院长马军说，“过去我们经常说一句话，‘去市里看去吧’，把病人打发走了，看着老乡的背影，我们心里也愧疚，现在有了互联网远程医疗，我们背后有县、市两级医院的专家做诊断，分级诊疗实现了，病不重的患者也不用跑冤枉路了。”

智慧医院的雏形

宁夏“互联网 + 医疗健康”工程的实施推进，离不开银川市第一人民医院。2018 年上半年，国务院总理李克强、国务院副总理孙春兰先后来这里调研“互联网 + 医疗健康”发展情况。

一年前，医院“银川影像诊断中心”正式运行，目前诊断量 4 万余例，日均诊断量 200~300 例。记者在诊断中心看到，19 位副主治医师以上职称的医生正在聚精会神地看片，银川市 62 家乡镇医院、社区医院、企业医院、县医院的影像都通过网络汇聚于此，需要他们迅速做出诊断。望远镇卫生院患者袁海山的骨片就是通过这里实现远程快速诊断的。

宁夏影像诊断中心的曹晔医生介绍，现在中心连接着银川市 60 多台影像设备，每天平均收到 300 多份影像数据。医生只要利用碎片时间就可以完成上传来的影像诊断。经测算，如果满负荷工作，每名医生看四五百张片子没有问题。当前，每看一张片子医院会给医生奖励 3 元钱绩效工资。后续还会开通病理、超声等远程检测与诊断服务，且都是实时诊断。

银川市的电生理诊断中心、肿瘤多学科会诊中心都设在这家医院。为了推动区域医疗一体化网络的铺开，医院引进“好大夫在线”等互联网医疗平台，大开绿灯，出台扶持政策，让互联网智慧医疗辐射开来。

医院的“全国专家会诊中心”，采用的是“好大夫在线”平台。记者采访时，骨科主任、主任医师梁志军正与上海瑞金医院的骨科专家朱渊进行视频会诊，为 37 岁的脚踝患者王军给出了手术方案。王军说：“远程专家号450元，但我不用去上海了，节省费用不说，更免去了车马劳顿，真是方便快捷。”梁志军则说，“每一次会诊，都是向大医院专家学习的机会，开眼界、提业务，如同不出门的深造。”

“好大夫在线”平台提供的一组数据显示，截至2018年6月4日，通过平台可以与全国2000多家医院互联互通，有19万名医生注册开通“好大夫在线”平台，为全国患者提供疾病咨询、线上复诊、预约转诊、远程门诊等服务。其中，73%的医生来自三甲医院。“好大夫在线”平台上的医生，仅2017年就为社会贡献了近200万小时碎片时间。目前，“好大夫在线”平台已服务全国患者4400余万人，每日医患沟通次数超过25万次。

入驻银川市第一人民医院一年来，“好大夫在线”平台已经为1600多位患者提供了远程诊疗服务。这一年，银川市到北京看病的患者从过去每年的上万名，下降到8000人左右。

可复制的未来医疗模式

“大医院人满为患，看病如同打仗，煎熬困顿；基层小医院门庭冷落，濒临关门。大量的医疗设施、设备如何发挥作用，专家的智慧和技术如何共享？‘互联网+医疗健康’为此打开了窗口。”银川市第一人民医院院长、银川市卫生计生委主任马晓飞说。

目前，宁夏已初步建成了远程医疗服务网络，接入了全区80%二、三级公立综合医院。为全国1.6万名专家在银川办理了多点执业备案，成为随时可以在线会诊、复诊的“远程专家”。已帮助4.2万名宁夏患者接受全国医生“互联网+医疗”服务，单异地就医的交通成本一项，就为患者节省了数千万元。基层医疗卫生机构服务能力持续提升，分级诊疗常态化。患者不动、信息动，病人不动、专家动，家门口享受全国优质医疗资源的目标得以实现。

目前，宁夏680万人口，已建立居民电子健康档案660万份；全区40万例高血压、10万例糖尿病等慢病患者得到网医跟踪管理与指导。挂号时间长、候诊时间长、取药时间长、就诊时间短、就医难等问题得到缓解。

宁夏卫生计生委副主任黄涌表示，下一步，宁夏将利用建设“互联网+医疗健康”国家级示范区的契机，充分运用“互联网+医疗健康”新业态，建设覆盖全区、带动周边的区域医疗中心。探索“互联网+医疗”服务的医保报销方式和报销比例，鼓励有资质的药店送药到偏远地区、送药到基层。让人民群众共享网络时代的变革成果，让人民群众有更多的幸福感、获得感、安全感。

（《光明日报》2018年09月10日04版）

脚踏实地　打印梦想

——在3D打印工厂体验宁夏工业发展成果

彭景晖　王建宏　鲁元珍

“同样的产品，5年前制作要一两个月时间，今天只需要一个小时。”刘铁骄傲地说。作为宁夏共享集团股份有限公司的青年技术骨干，他工作的车间叫共享装备铸造3D打印智能工厂，主要制作装备制造业所需的砂模。

这里整齐地排列着10余台自主研发的3D打印机，完成来自世界各地的订单。“它不只打印砂模，”刘铁说，“也打印着宁夏人的梦想。”

铸造是装备制造业的基础环节，铸造技术的创新和使用对我国工业发展非常关键。长期以来，铸造行业环境差、强度大、效率低。“把抓当前与谋长远,稳增长与转方式调结构结合起来,对宁夏有着特别重要的意义。”宁夏回族自治区经信委总经济师麦欣甫说，实现创新发展、绿色发展，是铸造行业迫在眉睫的硬任务。

2012年，共享集团投产建设3D打印智能工厂，开始艰苦扎实的软件研发工作。“6年的钻研和奋斗，我们终于迎来梦想实现的时刻。”刘铁边输入参数边说。

随着砂箱推入打印，铺砂器开始均匀铺砂。上万个50微米的喷孔，在计算机控制下，根据砂芯的截面图形喷射树脂。一小时之后，经过几千层的堆叠，装载着砂芯的砂箱驶向吹砂台，浮砂缓缓吹散，固化的砂芯渐渐成型——一件砂模制品高效地完成了。

在内陆欠发达地区建立先进的工业生产基地，不是一件容易的事。

“宁夏的发展得益于对‘五位一体’总体布局和新发展理念的贯彻。”麦欣甫说。

光明日報
GUANGMING RIBAO
2018年8月22日 星期三 农历戊戌年七月十二 今日16版

把我军党的领导和党的建设工作抓得更紧更实
——习主席在中央军委党的建设会议上的重要讲话在解放军和武警部队引起强烈反响

在习近平新时代中国特色社会主义思想指引下——新时代新作为新篇章

创新是唯一出路
——北京市海淀区领跑首都经济发展的启示

大江奔流——来自长江经济带的报道
开启高质量发展之路

砥砺奋进六十载·塞上宁夏谱新篇
脚踏实地 打印梦想
——在3D打印工厂体验宁夏工业发展成果

一带一路·五年来
合作共赢路 文化交流桥
——塞尔维亚人眼中的“一带一路”

走新型工业化发展道路，是宁夏近几年来秉持的理念。2017年，宁夏工业技术改造投资完成433.23亿元，同比增长15.1%，占全部工业投资的比重达34.6%。

共享集团在“创新技术＋绿色智能”的转型升级路上，突破了“球墨铸铁件UT标准”“液力缓速器”等世界性难题，在国内率先实现了大型3D打印机产业化应用，成为7个国家双创示范企业之一，国家智能铸造产业创新中心，国家增材制造创新中心。

“除了工业级砂型 3D 打印机，共享集团还拥有世界先进的尼龙、光敏树脂、模具钢等 3D 打印设备。”国家智能制造产业中心共享工业云推广经理郭军军介绍，将来铸造行业 90% 以上的细分产业都可以用 3D 打印生产，前景十分广阔。

在宁夏，铸造 3D 打印促成了新型工业的发展浪潮，以手工为主的多品种小批量砂型铸造生产方式将被彻底改变。

宁夏在交通、技术、人才等方面都不占优势，能取得这样的成绩，收获这样的发展成果，得益于踏实稳健的工作态度，离不开对梦想执着的追逐。

（《光明日报》2018 年 08 月 22 日 01 版）

宁夏吴忠：

自主创新打开“中国智造”大门

鲁元珍

走进宁夏吴忠仪表有限公司，宽敞明亮的车间里，一排排现代化机械设备呈现在眼前，工人们娴熟地操作着设备，他们面前的电脑显示屏格外引人注意。

吴忠仪表是我国流程工业自动化控制中控制阀行业的龙头企业，20世纪60年代由上海搬迁到宁夏吴忠。经过几十年的发展，如今公司的控制阀技术达到国际同等水平，成为吴忠市工业化建设的典范。

成育德在公司车间工作了11年，记者采访时，他手中正拿着一个数字化测量工具，测出的数值直接显示在电脑显示器上。“自从去年开始使用这个检测系统以来，我们的工作内容和方式都发生了很大变化。”成育德说，现在他的工作不仅包括生产，还包括检测自己做的产品，“每个人都对自己的工作成果负责，每一样产品都可追溯源头。”

“管理创新是公司创新的一个重要方面。”吴忠仪表公司董事长马玉山说。在他看来，将信息化渗透管理的每个环节，是企业达到提升质量、降低成本两个目标的重要途径。

十几年前，公司曾因技术人员流失经历了一段低谷期，在生死关头，企业开始了创新与转型之路。“从最初的销售管理系统，逐步发展到现在的 ERP、4CP 系统，信息化的大量应用使企业管理水平上了很大的台阶，过去 1.5 亿元产值时需要 1400 人，现在 12 亿元产值只需要 800 人，可以看到，劳动生产率已经大大提升。”马玉山说。

“创新的另一个重要方面，是产品技术创新。多年来的积累探索，大量的科研投入，我们获得了若干科技进步奖和 300 多项专利，培养了一批经验丰富的工程技术人员。”马玉山感慨道，多年以前，墨西哥湾漏油事件就是因为阀门泄漏，造成很大的污染，给所有从业者敲响了警钟。“阀门密封工艺是我们的一项重要核心技术，控制阀承受一百多公斤的压力，频繁作业，保证 20 年不漏，加工精度达到纳米级。”

“过去，公司以

中低端产品为主，竞争力弱。通过十几年的努力，公司走上自主创新之路，产品已经实现了从中低端向中高端的转变。”马玉山说，“如今，公司成了可以和美国、德国公司竞争的民族企业，实现了‘中国智造’。”

“现代化工业体系的建立是一个地方发展的重要支撑。近年来，吴忠市集中精力抓工业建设，在动能转换、转型升级方面迈出了坚实的步伐。”吴忠市工信局局长马玉祥表示，吴忠市实施“工业强市”战略，打造工业集聚区，同时，强化结构调整，逐步优化产业体系，推进创新驱动，提升发展质量。

如今，吴忠仪表、宁夏伊利乳业、恒丰纺织等一批具有较强竞争力的龙头企业快速发展壮大，太阳山开发区、金积工业园区的总产值均超过百亿元。

（《光明日报》2018 年 09 月 13 日 10 版）

盐池：金融创新照亮脱贫路

王建宏

40 多年前，到这里考察的联合国专家，面对千沟万壑、干旱缺水的严酷自然环境，给出了令人绝望的评价：“这里不具备人类生存条件。”

前不久，经国家评估考核通过，宁夏正式向世界宣告：盐池县以综合贫困发生率 0.66%、群众认可度 97.71% 的高标准，退出贫困县序列。

“面对贫困这个全球性难题，中国创造了人类减贫史上的奇迹，盐池县脱贫退出就是璀璨银河系中一颗闪亮的星。”时任宁夏回族自治区党委常委、自治区副主席马顺清说。

盐池县地处毛乌素沙漠南缘，1986 年被列为国家级扶贫开发工作重点县，贫困发生率一度高达 75% 以上。是什么让盐池县在宁夏 9 个贫困县中率先摘掉了贫困的帽子？

40 多年后，来自中国社会科学院的专家们在这里深入调研后认为：山沟里的金融创新浇开了特色产业之花，成为打开贫困群众增收致富之门的“金钥匙”。

“盐池滩羊”早在清乾隆年间就被列入当时宁夏最著名的五大物产之一。但因长期缺乏金融支撑，难以形成养殖规模，始终处于“提篮小卖”

的自然经济状态。

“滩羊产业是我们农业农村的‘一号产业’、精准脱贫的有力抓手。”盐池县委书记滑志敏说，只有从金融层面破解资金瓶颈问题，才能让养殖上规模，从而撬动产业大发展、快发展。

“过去，村民贷款非常难，有段时间还需要公职人员担保才贷得上。”盐池县花马池镇惠泽村村支书官玉说，“由于少数人不按时还款，金融机构在贷款上非常谨慎。”

光明日报 要闻 03

习近平对三北工程建设作出重要指示强调

坚持久久为功 创新体制机制 完善政策措施

巩固和发展祖国北疆绿色生态屏障

李克强作出批示

韩正出席三北工程建设40周年总结表彰大会并讲话

携手前进，共创未来

百城百县百企调研行

盐池：金融创新照亮脱贫路

辉煌60年·壮美新广西

贺州：粤港澳的菜篮子

庆祝改革开放40周年基层行·乡镇篇

河南孟楼蝶变记

扶贫先扶志，脱贫先脱旧。金融创新首先要建立起乡村信用生态，改变过去不讲信用的陋习。惠安堡镇狼布掌村党支部书记杨锋说：“贫困户之所以贫困，主要原因就是缺乏内生动力。通过结穷亲，评选表彰典型户，老百姓触动很大，过去一些懒汉、穷汉都行动起来，开始养滩羊、种黄花、学技术，寻找致富门路。”

盐池县改变原有银行评级授信标准，

创新建立建档立卡贫困户“631”评级授信系统，即诚信度占60%，家庭收入占30%，基本情况占10%。根据评级结果，发放“金扶卡”，从根本上解决贫困群众无人担保、无抵押物的难题。在此基础上，又建立了乡、村、组、户四级信用评定系统，将全县所有农户的信用情况分为四个信用等级。信用等级越高，享受贷款优惠越多。

“60岁以上不能贷款”是金融机构一项刚性政策，但在农村，不少60~70岁的老人都是养殖能手，有劳动能力且发展意愿强烈。盐池县为此成立工作组，反复与银行对接协商，在共同摸底调查基础上，将这部分建档立卡贫困户及非恶意“黑名单”贫困户纳入评级授信范围。目前，该县共为60岁以上贫困户贷款6004万元，释放“黑名单”贫困户968户，放贷金额7373万元。

“不让你担保，就怪你手长。”在冯记沟乡马儿庄村，8年前因给亲戚担保贷款被列入信用“黑名单”的牛信，前几年老被老伴数落。非恶意“黑名单”贫困户解禁后，牛信这个养牛能手顺利贷到5万元，扩大了养牛规模，他高兴地说：“党的政策实在没啥说的，我老牛要是养不好牛、脱不了贫，就对不起这个好政策。”

“信用可以当钱使。”这些经历，开始让村民把信用看成命根子。

罗刚，盐池县青山乡古峰庄村村民。通过贷款，把滩羊养殖规模从200多只扩大到1200只。在三户联保第二轮还贷的最后期限，其中一户因家庭变故无力偿还3万元贷款，罗刚就主动替他还了款。“这样讲诚信的客户，需要贷多少，我们就贷多少。”盐池农业银行有关领导得知后，将罗刚的贷款额度从5万元提高到30万元。

“30万元能买400只羊，一年出栏三茬，就能赚六七万元，比替人还的3万元贷款多，不吃亏。”憨厚的罗刚这样算账。

解决了“贷款难”，还面临“贷款贵”。2012年4月，村民张国定在农信社贷款8万元，贷款期限为两年。年底，张国定的羊卖了8万元，但因贷款没到期，只好先存入银行，结果活期存款利息只有91元，贷款利息却高达2263元。对此，盐池县创新定制“富农卡”这一信贷产品，用时随时贷，不用随时还，使用“富农卡”后，仅一个季度，张国定就节省了2172元。

脱贫靠产业，产业靠金融。在金融活水浇灌下，盐池县以滩羊为主导，牧草、小杂粮、黄花、中药材为支柱，一些小品种为补充的“1+4+X”特色优势产业格局日渐清晰。

贫困户收入的80%以上来自特色产业，以滩羊为主导的特色产业对农民增收的贡献率超过80%。“盐池滩羊肉”品牌价值68亿元，名噪大江南北，成为金砖国家厦门峰会、G20杭州峰会、上合组织青岛峰会专供食材。

“辛苦奔小康，一病全泡汤。”为破解返贫难题，盐池县将保险的功能发挥到了极致，创新推行“2+X”菜单式扶贫保模式，其中“2”是建档立卡贫困户大病医疗补充保险和家庭综合意外伤害保险，“X”包括特色农业保、羊肉价格保、金融信贷保等系列扶贫保险，从而构建起了贫困群众风险保障体系，将因病、因灾、因市场波动而造成的影响降到了最低。

“脱贫摘帽不是终点。”滑志敏说，我们将继续保持攻坚态势，不断巩固提升脱贫成果，确保贫困群众精准稳定可持续脱贫。

（《光明日报》2018年12月01日03版）

宁夏科普 e 站把知识送到百姓家门口

王建宏　田峻颉

“这个科普 e 站真是好啊，操作简单，信息量大，让我们不出家门就能学到各种养殖知识和致富经营的好经验，真的是把科普知识送到家门口了。”1 月 29 日，宁夏银川市贺兰县优质稻米产业技术协会联合会的工作人员吕永杰看着新安装的“宁夏科普 e 点通”乡村 e 站触摸屏高兴地说。通过眼前这块屏幕，科学热点、科普报刊、天气情况、养殖技术、脱贫攻坚、网络书屋……一系列趣味信息近距离呈现在村民面前，学习实用技术、接受专家远程视频培训、销售自产农产品……这些看似互不着边的事，却在一个小小的“科普 e 站”里都可以实现。

2017 年 6 月以来，宁夏科协组织实施“科普中国 · 百城千校万村行动”，公开招标“宁夏科普 e 点通”服务项目，包括触摸屏、技术软件、科普资源内容、五年服务等，集成科普中国云、科普宁夏、本地资源和其他优质信息化科普文化资源，建成“宁夏科普 e 点通”云平台，实现触摸屏、手机等移动端和电脑 PC 端等终端的交互应用，并与“宁夏科普 e 点通”微信等第三方应用信息互通。在服务项目落地过程中，宁夏科协精选了一批有网络、有场所、有终端、有活动、有人员等“五有”条件的社区、

08 教科新闻 2018年2月8日 星期四 光明日報

网售医疗器械须有实体店

本报记者 陈海波

1 火爆之中存隐忧

2 开网店得有实体店，购买要认准家庭自用

3 风险监测必不可少

宁夏科普e站把知识送到百姓家门口

迎新春 学面塑

九位老师对一个学生的义务辅导

师者，不失其赤子之心

交通兴百业兴

产业强 村民富

乡村、校园、机关单位，为30个社区、40个乡村、5个学校、16个自治区厅局单位和19个基层科普行动计划先进单位共安装配备了110台“宁夏科普e点通”触摸屏，统一配备了“科普中国e站”标牌，达到“五有一统”要求，各类科普e站运行良好。

“宁夏科普e点通”科普e站分为科普乡村e站、社区e站、校园e站、行政e站四类，充分利用科普中国优质资源，包含上万册融合文字、图片、视频、动画、特效等的全媒体专题，根据人群的不同精准推送科普信息，实现本地新闻、服务信息的自助发布，具有远程部署、多级工作站管理、立体化呈现等特点。受众可以利用科普e站在线学习、连线专家、发布供需信息，开展科普教育、培训、竞赛等线上线下结合的科普活动，也可以通过关注“宁夏科普e点通”微信公众号、下载“移动网络书屋”APP等多种渠道，在手机等移动端和电脑PC端随时随地浏览自己感兴趣的内容信息，参与互动。

据介绍，在宁夏科协的推动下，宁夏已建成424个科普e站，发展科普宣传员1276人，传播分享“科普中国”APP文章45100余篇，全面推广“科普中国”和社会优质科普资源，做好科普信息落地应用工作，着力搭建线上线下互动融合的科普信息化服务新阵地，不断扩大科普信息化覆盖面，提高科普信息化水平，初步实现了传统科普工作与新媒体科普工作连接整合，形成了“互联网+科普”的科普工作新局面，科普传播“最后一公里”的问题得到有效解决。

（《光明日报》2018年02月08日08版）

脱贫富民

“闽宁方案”，为中国扶贫史增辉

——闽宁对口扶贫协作接力长跑二十二年

刘文嘉　李　慧　王建宏

谢兴昌的命运，在22年前出现转折。

时年，作为宁夏西吉县王民乡红太村的村支书，他最终下定决心要带着村民搬出这片苦瘠之地。领着两户，辗转三天，走过了中宁长山头、石嘴山大武口、银川镇北堡，最终停在了永宁县刚刚命名的闽宁村。

黄河在这里形成世所罕见的几字形转弯，把华夏文明的力量浇灌在银川平原；贺兰山脉阻断了来自西伯利亚的冷风和腾格里的沙暴，使农耕人口能够在这里定居和栖息。对这些，谢兴昌有自己的敏锐：“我看了两块地，玉米棒子、高粱穗都长得好、长得凶呢。”

他和村民们说，别看现在是个干沙滩，“人家福建都投资，只要黄河水上来，那是个好地方”。

1997年7月15日，他在这片干沙滩上见证了闽宁村的奠基仪式。此前一年，以时任福建省委副书记习近平为组长的“福建省对口帮扶宁夏领导小组”正式成立，习近平随后为搬迁脱贫点闽宁村选址和命名。身材瘦小的谢兴昌在奠基现场不停地往前挤着，“都知道福建有个省委副书记叫习近平，听人家读他的贺信呢”。

2016年7月19日，宁夏东西部扶贫协作座谈会召开之前，谢兴昌最终见到了20年前在奠基仪式上就想看到的人。闽宁镇原隆村的崭新村居里，他坐在习近平总书记对面，说起了当年的那封贺信，和留住他的那片茂盛的玉米。

光明日报
GUANGMING RIBAO
2018年7月19日 星期四
习近平在阿联酋媒体发表署名文章
携手前行，共创未来
『闽宁方案』，为中国扶贫史增辉
——闽宁对口扶贫协作接力长跑二十二年
百年史中的22年
社会主义是干出来的
凝心聚力耕好试验田
——统一战线倾力帮扶毕节试验区30年发展综述

物换星移，长河不息。从几千人的戈壁村庄到6万人的新型城镇，闽宁已经不是当年的闽宁；跨越2000多公里、接力22年，从单向扶贫到深度互惠，“闽”与“宁”，也早已不是当年的“闽”与“宁”。与谢兴昌一样的680万宁夏儿女，正在亲历历史——

贺兰山的长风呼啸，鼓浪屿的大海潮音，竟然在当代形成和声。

百年史中的22年

不是每个搬迁户都像谢兴昌这么主动。时任玉泉营经济开发区（闽宁镇前身）办公室主任的王富荣，几十年都在体会扶贫搬迁的难。

奠基后的闽宁村，就是两万亩的沙滩，第一批来自西海固地区的搬迁户，都在沙滩上搭建窝棚。白天搭建的帐篷，到了晚上就被大风吹走了。“有的人，第二天就把移民指标换成一条金驼烟回去了。”

宁夏人民与贫困的缠斗，由来已久。与“大漠孤烟直，长河落日圆”同样深入人心的句子，是西海固“苦瘠甲天下”；“塞上江南”的名号背后，是“有水赛江南，无水泪也干”的现实。因此，从 20 世纪 80 年代初开始，宁夏就开启了“吊庄移民”工程，将深山里的贫困群众，迁移到有水、有路的灌溉区。

黄土高原，数千年来见证着中国人与土地之间最坚韧的关系。移民“拔穷根”，某种意义上正是与这种关系角力。闽宁协作，势必要正面破解“迁徙”这一中国性难题。

西海固昔日的贫困山村，在闽宁协作示范村庄建设中凤凰涅槃

光明日报记者王建宏摄 / 光明图片

这需要顶层谋划。

习近平同志倡议两省区建立联席会议制度，每年轮流举办一次，党委、政府主要负责同志出席商定协作帮扶方向和重点。22 年 22 次，承诺的协作事项逐一跟踪落实。他本人则先后 5 次出席联席会议，“创新帮扶机制，拓宽合作领域”“加大企业和社会力量扶贫协作的规模和力度”，为搬得出、安得下打开了思路。

这需要基层定力。

还未搬来的，干部要一户一户动员，用“大轿子”（大巴车）请去参观，看吃水、看走路、看上学。已经搬来的，干部要帮助建房，拉砖、买木料、打土坯。“（最初建房时）在沙滩上挖地坑搭建窝棚，上面盖上玉米秆子和麦草，晚上人在下面睡觉休息。天热了地坑就像蒸笼一样，热得人透不过气来。创业难，没有吃苦精神是不行的。”王富荣说。

22 年弹指。从干沙滩到金沙滩，从搬得来到稳得住，从人均年收入 500 元到 10000 余元，从基础设施建设到公共服务提升，从数十家福建企业进驻到葡萄种植、光伏农业、肉牛养殖几大产业全面发力，从分散移民到整村生态移民，闽宁协作就这样被具象化为贺兰山下一座朝气蓬勃的城镇。

而这样的闽宁示范村在宁夏有 42 个，异地搬迁安置区多达 320 个。

借助闽宁协作的巨大推力，经过几次大的移民工程，到 2017 年，宁夏已累计搬迁 128 万人，完成了百万大迁徙。这个规模，甚至数倍于很多欧洲国家的总人口。

借助闽宁协作的模式创新，“第一个一百年”视野下的宁夏，开拓了脱贫新境界。8000 多个日夜久久为功，中国贫困地区通过对口协作实现共同发展的经验，不仅是宁夏的“地方志”，也成为中国的“当代史”。

正如刚刚召开的中央党校第四届精准扶贫论坛上的专家学者所言，以

22年闽宁协作为代表的东西部扶贫协作，既是实现精准脱贫的有效途径，又展现了社会主义制度的优越性，更是加强党对扶贫工作集中统一领导的具体体现。

110国道以西，闽宁镇新的生态移民村原隆村已于2010年落成。10000多户整村移民人口，成熟的配水、供电、绿化、学校，正在无声讲述新的闽宁故事。今天，作为新一代移民，村民柯具林早已不必再用王富荣动员：

“当然愿意来，什么都给准备好了。以前我送孙子上学，得走5里沙土路，5点就得出门，现在学校就在下巴颏底下，咋不愿意来？”

多增加的4个字

7月的闽宁镇镇史馆，厦门市政府办公厅副主任陈通汕带领的赴宁调研考察团概览了闽宁镇产业说明，来不及坐下喝一口水。

这只是他们的第一站。陈通汕说，这次的任务就是深挖可以培育和发展的特色产业，这是践行闽宁对口扶贫协作第22次联席会议精神的具体举措。

一个联席会议，开了22次，横跨了22年。

1996年，党中央、国务院做出推进东西部对口协作的战略部署。作为福建对口帮扶宁夏领导小组组长，习近平同志明确了“优势互补、互惠互利、长期协作、共同发展”的指导原则。

细心的人会发现，对口扶贫协作，当年的国务院文件是“优势互补、互惠互利、共同发展”的12字原则，福建确定闽宁协作原则时增加了“长期协作”4个字，发展为16字原则。

正是“长期协作”4个字，在漫长的时间中造就了闽宁协作的纵深度。

22年，从省区协作到村级结对，“闽宁方案”呈现了协作深度——

闽宁协作充分发挥两省区党委在扶贫协作中的领导核心作用，22年来坚持联席会议、共同决策的机制从不间断，在此基础上把协作帮扶的触角从省、市、县（区）下沉至村一级的“神经末梢”，建立了对口扶贫协作机制的组织保障。

在这种机制中，遍布宁夏的闽宁协作示范村镇都有着似曾相识的名字：闽宁镇、石狮镇、南安村、惠安村、泉港村，2000多公里外的福建就在眼前。

22年，从政府推动到市场接棒，从经济民生到科教文卫，“闽宁方案”造就了协作的广度——

政府、企业、社会形成合力，科技、教育、文化、卫生、人才培养立体化协作，一批又一批援宁干部真心奉献，数以万计的闽商创新创业，数万名宁夏贫困群众稳定就业。这些人，将历史写在了纸页间，也写在了宁夏大地上。

“帮扶不仅体现在经济和产业上，更体现在社会事业的发展中。”隆德县残联理事长彭云珠深有感触。在她所在的闽宁福馨托创园，残疾人电商创业中心、灯笼设计制作室里，人们不仅能看到残疾人专心致志的劳作场景，也能看到“托养一人、解放一家、脱贫一户、幸福一生”的希望。

22年，从单项帮扶到互惠共赢，“闽宁方案”重新定义了东西部协作的内涵，为中国沿海与内陆省区之间的合作，设置了新的时代议题。

在固原市隆德县观庄乡前庄村的人造花扶贫车间里，55岁的张淑芳、32岁的张文霞、31岁的刘喜香……这些朴实的农村妇女第一次实现了在家门口就业，“照顾老小和庄稼”从此不再遥不可及。“将来新车间还将设有微波炉，工人中午能在这里就餐，孩子可以送到旁边的中心小学，生活更加方便。”谈到未来，车间主人、闽商潘回家的话中透出责任。

170公里外，海原县纺织工业园内，闽商王剑辉同样在筹谋建设新厂房。

“在福建，每月5000元可能还招不到工人，而在宁夏，丰富的劳动力为劳动密集的纺织产业发展提供了巨大的空间。”目前，他的企业订单已经安排到2019年4月。随着当地产业链的完善，再加上银川综合保税区的优势，海原生产的服装还可以通过中欧班列直接运达德国。

位于中部干旱带的吴忠市红寺堡区，是全国最大的异地生态移民区。22年闽宁协作囊括了其所有建设过程，在亘古荒原新开发的处女地上，枸杞、葡萄酒、黄花菜等产业以特有的高品质成为吸引闽商发展加工贸易和电商产业的独特资源。

闽宁“长期协作”的第22个年头，“优势互补”已深度呈现。闽商们感受到的，不仅有帮扶的责任，更有发展的预期。

10批次与8万人

固原市隆德县与福州市闽侯县，是结对帮扶的两个县。隆德县县长助理林隽，2016年由“八闽首邑”来到了六盘山集中连片特困区，“从习惯吃米，变得习惯吃面，如今3天就要吃一顿牛肉拉面”。

“西海固”，中国扶贫史里带着沉甸甸分量的3个字。在脱贫攻坚最后两年倒计时中，林隽觉得肩头有千钧之重。2017年末固原至福州航线正式通航之前，他和每一位在宁挂职的福建干部一样，要“从福州飞到西安，再辗转坐7个小时大巴回到固原”。而他做教师的妻子，要兼顾繁忙工作和马上小升初的孩子，唯一一次来看他，还是因为来给隆德县留守儿童讲课。

同样来自福州市、同样支援固原市，原州区副区长李仲福甚至将家都搬到了“西海固”。2017年9月，李仲福援宁的第二年，妻子陈莹作为福建省赴宁夏支教的30名教师之一也来到了固原，一同前来的，还有他们年仅11岁就读小学五年级的儿子。在一家三口的字典里，“故乡”二字，已经有了跨山越海的宽阔定义。

家乡在闽江畔，也在黄河畔；故土是武夷山，也是六盘山。

闽宁协作22年，谨记习近平同志“干部挂职”“人才交流”的叮嘱，10个批次、161位福建援宁干部接力在脱贫一线奋斗，80个批次、2000多位专业技术工作者先后对教育、医疗等各项事业千里驰援。他们见证了闽宁协作从单向扶贫到互利共赢的历程，从政府行为拓展至企业、社会全方位协作的历程，也经历了两省区融为一个紧密的情感共同体，“闽宁”成为一个专有名词的全过程。

这个共同体里，闽商同样至关重要。

潘文贤，2011年带着自己的人造花工厂从泉州来到隆德，如今已是一位资深“宁夏人”。7年来，除了总厂外，他在隆德各社区、村镇建立了10个扶贫车间和17个外发点，安排了大量建档立卡户和残疾人在家门口就业。无论在哪一个车间里，工位上都摆着安装了工具箱的黑色特制软椅——这是残疾人专用的椅子。

黄玉仁，2017年来到隆德，进入马铃薯产品研发生产领域，成为新一批入驻宁夏的闽商之一。一年时间内，就将国内最先进的生产线引入马铃薯产地，也付出了长期和家人分离的代价。“我们福建人常说，企业家，有企业就没有家。做不好，对不起固原百姓也对不起自己。”

他们的两家企业，隐没在闽宁扶贫产业园的46栋标准化厂房之中；闽宁扶贫产业园，构成了六盘山工业园的一部分；而六盘山脚下的这片工业园，仅仅是5600多户福建在宁企业、8万多名闽籍人员的集结地之一。

从中部干旱带的吴忠市盐池、同心、红寺堡，到南部山区的原州、西吉、泾源、隆德、彭阳，更多的商户，坐落在城市的街巷中；更多的闽籍创业者，行走在宁夏的山路与田间。如春风吹拂水面、如雨露渗入土地，挑战贫困的力量从八闽大地向六盘山汇集，为西北中国的这方厚土，平添了一种朝气、注入了一种自信。

“福建人吃美了手抓肉，宁夏人喝惯了功夫茶。”“闽宁方案”中最珍贵却又最难以用语言表达的部分，是情感的沉淀。

“敢拼会赢”和“不到长城非好汉”

区域性贫困是地理环境和人文生态环境共同作用的结果，其背后有着深层的文化心理与思维定式。

“福建人的吃苦精神太值得我们学习了！刚开工的时候，老板 60 多岁的老母亲在机器上干了两个多月，谁有问题她就手把手教谁，从来没有不耐烦的时候，把我们大家都教会了。”时值盛夏，海原县纺织工业园的制衣车间内飞针走线、一派繁忙，负责封包的女工乔永香一边忙碌一边感慨：“我们很多姐妹都说，看看人家，真是钱没有白来的，好生活没有闲来的！”

文化是最深沉、最持久的力量。搬不动头脑中的贫困，就搬不动现实的贫困。

位于固原市彭阳县长城塬的闽宁现代食用菌科技示范园，一排排整齐的现代化厂房内，密密麻麻的杏鲍菇、海鲜菇挤满菌棒，一年四季生产空调恒温，里面看不到一粒土。

“没有闽宁协作，不是福建人敢拼会赢的奋斗精神，就没有今天的菌草产业。”复转军人祁登荣是土生土长的彭阳人，他创办的菌业企业，2018 年销售额已 5000 多万元。

“一开始很难，很多当地群众都不接受，常常是福建人干、当地人看。由于福建与彭阳的气候差异巨大，一些福建专家的试验也失败了。但他们毫不气馁，一遍一遍地试。”祁登荣说，恰恰不是一帆风顺，让很多人看到了福建人身上锲而不舍、艰苦探索的精神。也是这种精神让彭阳人接过了创新的接力棒，这几年在菌草产业方面取得了2个发明专利、6个实用新型专利。

周勇，西吉县火石寨乡大庄村农民，从1997年闽宁协作开始，便注册成立了西吉县第一家民营淀粉厂，从向福建供应淀粉用于鳗鱼饲料，到精深加工速食，从在周边“提篮小卖”到建立全国销售网络、带动2000多户乡亲脱贫致富，他所走过的每一步都受到闽商的启发。

“通过参加在厦门举办的高层管理培训研修，我们建立了自己的电商销售体系，目前线上销售量已达到实体店的40%。”周勇说，闽宁协作带来的不仅是技术、管理，而更多的则是全新的思维方式。

闽宁协作的22年，打破了“西海固”相对静止的低水平经济状态，使这里的人们重新建立了参照坐标。不仅催生了一批本土小老板，还让更多农民工以劳务输出的方式走进福建，如今长期在闽稳定就业的就有4.5万人。在福建和其他沿海地区经风雨见世面、“换了脑子”的青年打工者返回家乡，成为当地创业致富的主力军。

精神能量的传递并不是单向的。“我在身患绝症仍坚持在工作岗位上的泾源县黄花乡党委书记马新娟身上，进一步读懂了什么是共产党员的鞠躬尽瘁死而后已，明白了合格党员的真实含义。”厦门援宁干部、泾源县副县长陈忠义说，“近两年来，我耳闻目睹了基层县乡村干部废寝忘食奔波在脱贫攻坚一线，真切感受到了西部欠发达地区干部群众的脱贫之志，也从宁夏干部群众艰苦奋斗的优良作风和‘不到长城非好汉’的精神中汲取了营养。”

“不到长城非好汉，屈指行程二万。”这句写于六盘山的诗句，传诵了80余年，写中华民族之志气，给宁夏儿女以魄力，在每一个重要历史关头，传递着“长缨在手”的信念。六盘山是中央红军在长征中翻越的最后一座高山，是胜利之山，也是贫困之山。新时代，面对2020年全面建成小康社会这一宏伟目标，闽宁两省区山海携手，必将共缚贫困苍龙。

（《光明日报》2018年07月19日01版）

社会主义是干出来的

光明日报评论员

两年前的7月18日至20日，习近平总书记在宁夏回族自治区就落实“十三五”规划、推进脱贫攻坚工作进行调研考察，并主持召开了东西部扶贫协作座谈会。调研中的一个场景，让宁夏父老久久难忘——

在宁东能源化工基地，正在施工的员工们站在作业平台前齐声向总书记问好，习近平频频向他们挥手致意，并对员工们说：“社会主义是干出来的，我向为社会主义大厦添砖加瓦的所有建设者、劳动者表示敬意！”

他所站立的位置，是黄河千百万年冲积而成的银川平原，北望是“塞北江南旧有名”的贺兰山，南望是“红旗漫卷西风”的六盘山，历史风云犹在，今已换了人间。“社会主义是干出来的”，既是对数十年奋力摆脱贫困的宁夏人民说的，也是对所有立志打赢脱贫攻坚战的中国的建设者们说的，更是对在复兴道路上砥砺前行的中国人民说的。

宁夏在中国革命史上占有重要地位。

将台堡是长征的会师地，六盘山是中央红军长征途中翻越的最后一座大山。二万五千里征途，处处是险境、步步关生死；七百多个昼夜，无数人跋山涉水、爬冰卧雪。这场远征用最有张力的历史语言，书写了中华民族的气节和中国革命的精神；用最惊心动魄的历史事实勉励后人，要始终保有长缨在手、胜必在我的信念。每一代人有每一代人的长征路，要取得今天新长征的胜利，要翻越中国脱贫征程上的“最后一座大山”，既不能怕，也不能等，只能靠埋头苦干、真抓实干，铺石开道、跬步千里。

宁夏呈现了中华民族的历史命运。

脚下是黄土高原，耳畔是黄河涛声——包括宁夏在内的中国西北人民，曾最先感受过华夏文明的成熟。大漠孤烟、长河落日、高天厚土，和世代生活在其中的勤劳质朴的父老，构成了一个宏大的时空场域，呈现着中华民族独特的文化传统、独特的历史命运、独特的基本国情。与贫困的漫长对抗，曾让人饱受苦难，但也让中华民族形成了一种生存伟力；对发展的长期渴望，曾在一代又一代人间传递，也因此积蓄了一个民族在历史机遇期的爆发力。在中国人民“前所未有地接近实现中华民族伟大复兴的目标”的背景下，“社会主义是干出来的”，是坚定信念，也是深沉呼唤。

现在，两年过去了，对于有着脱贫攻坚任务地区而言，两年中的每一天都在创造新的未来。聚焦宁夏，闽宁对口扶贫协作已经进入了第 22 个年头，践行了习近平总书记的精准脱贫思想，形成了中国脱贫史上的“闽宁方案”，写下了世界减贫大业中的“中国篇章”。放眼中国，脱贫攻坚战风劲角弓鸣，960 多万平方公里的土地上已经形成了强大的扶贫合力，新时代的改革发展已经呈现出了更加波澜壮阔的气象。

世界上所有的伟大事业都一样，艰难与成就永远成正比，靠近胜利本身就是靠近挑战。实现第一个一百年奋斗目标还需攻克难中之难、坚中之坚，中国发展正在经历诸如经贸摩擦这样的复杂外部挑战，但正如六盘山和贺兰山的故事所展现的，每一个这样的历史关头，恰恰是中国人民展现出巨大的凝聚力和爆发力的时刻，恰恰会成为中华民族经百折而犹向前的见证。

社会主义是干出来的。这句话，此刻有着巨大的时代回响。

（《光明日报》2018 年 07 月 19 日 01 版）

闽宁协作：踏上新征程 创造新经验

高建进 王建宏

在福建农林大学“国家菌草工程技术研究中心”楼前的山坡上，数丈高的巨菌草直指蓝天。22 年来，这抹金子般珍贵的绿色，已经从福建的山头田间，蔓延到宁夏的荒漠戈壁，成为闽宁合作的一道亮丽风景。“目前，菌草技术已经在宁夏的 9 个县区推广应用，带动数万名农户年均增收 3000 元。”2018 年 75 岁的国家菌草工程技术研究中心首席科学家、福建农林大学教授林占熺高兴地向记者介绍。

1996 年，中央确定福建对口帮扶宁夏。1997 年 4 月，林占熺响应号召，背着 6 箱菌草草种到宁夏彭阳县办起了培训班。这些年来，他先后 20 多次来到宁夏，带着团队攻克多个技术难题，使菌草产业在宁夏全面开花。林占熺的故事，就是 22 年来闽宁对口帮扶的一个生动缩影。

巍巍贺兰山下，福建、宁夏，这段跨越了近 3000 公里的守望相助，如今走进了新时代，迈入了新征程。近年来，闽宁两地把特色产业扶贫、生态扶贫列为协作重点，瞄准精准帮扶，为对口协作的“闽宁模式”注入新的活力。

提到闽宁协作，不得不提宁夏永宁县闽宁镇。22年来，闽宁镇从无到有，经济发展从弱到强。曾经“天上无鸟飞、地上不长草、风吹砂石跑”的闽宁镇，如今“一村一品”初步成型，特色种植产业成果喜人，特色养殖产业发展壮大，光伏产业突飞猛进，2017 年人均可支配收入 11976 元。

闽宁镇是习近平同志 22 年前亲自倡导推动建设的，是东西部扶贫协作的典范。福建省委书记于伟国表示，我们要认真贯彻落实习近平总书记在东西部扶贫协作座谈会上的重要讲话精神，深入推进闽宁互学互助对口扶贫协作，不辜负习近平总书记和党中央的殷切期望。宁夏回族自治区党委书记石泰峰表示，要在贯彻落实习近平总书记关于东西部扶贫协作重要讲话精神上走在前、作表率，推进闽宁对口扶贫协作在新时代创造新经验。

不但要为宁夏“披金”，还要让荒漠“带绿”，这就是闽宁合作的一条新经验。在宁夏彭阳县的闽宁现代食用菌产业示范园，现代化温棚里的蘑菇长势喜人。这个产业示范园由福建省投资兴建，是宁夏现代化程度最高、规模最大的食用菌产业示范基地。“菌草技术在彭阳的引种成功，打破了‘西海固’地区以粮为主的传统种植模式，开辟了一条高效农业之路，也改善了这里的生态环境。”彭阳县农牧局有关负责人说。

山绿与民富要实现共赢。福建农林大学、福建省农科院与固原市政府签订三方对口帮扶框架协议：在福建和固原分期举办林草产业示范工程系列培训班；在固原市原州区和隆德县分别建设不少于 500 亩的闽宁生态示范林，大力开展

10·11　专刊

聚焦精准深化帮扶确保实效　全面打赢脱贫攻坚战

——东西部扶贫协作22载的故事

北京：对接内蒙古频次数量创历年之最

“山海结盟”谋共赢

加强东西部扶贫协作　携手助力脱贫攻坚

闽宁协作：踏上新征程　创造新经验

两广携手奔小康

一条长江水，廿载沪滇情

苏陕协作：22年携手并进的扶贫路

鲁渝协作：创新方式　扩大范围

一个贵州七个帮

生态扶贫，促进“生态美”与“百姓富”有机统一。

22年来，福建先后选派9批140名干部、1300多名专业人才到宁夏“西海固”地区挂职。宁夏也先后选送了15批244名基层干部到福建挂职。截至2016年，双方合作建设了一批闽宁产业园区，签订50多项投资协议，协议金额400多亿元。目前，福建在宁夏的企业有5600多家，年上缴税收超10亿元，安置当地劳动力就业10万多人，其中：建档立卡贫困群众近两万名；长期稳定在福建就业的宁夏籍人员达4.5万人，月均收入3000元以上。

22年来，福建和宁夏成为山海隔不断的亲人。闽宁两地的9对县（区）、39对乡镇、37对建制村建立了“携手奔小康”关系，包括医疗、教育、旅游等部门在内的38对单位开展了交流合作。遍布宁夏的160个闽宁示范村镇都有着似曾相识的名字：闽宁镇、石狮镇、南安村、惠安村、泉港村……

“当前，我们正以更大决心、下更大力气打造闽宁扶贫协作升级版，继续走在东西部扶贫协作的前列，帮助宁夏贫困群众打赢脱贫攻坚战，与全国人民一道全面建成小康社会。”福建省第十批援宁工作队领队陆菁表示。

（《光明日报》2018年07月19日11版）

乡村振兴是解决“三农”问题的总抓手

——访宁夏回族自治区副主席、固原市市长马汉成代表

王建宏

“3 月 17 日，十三届全国人大一次会议举行全体会议，选举产生新一届国家机构领导人员，习近平总书记全票当选中华人民共和国主席、中华人民共和国中央军事委员会主席，全党全军全国各族人民都感到非常振奋。”在接受记者专访时，宁夏回族自治区副主席、固原市市长马汉成代表的激动之情溢于言表。

习近平总书记在党的十九大报告中指出，农业农村农民问题是关系国计民生的根本问题，必须始终把解决好“三农”问题作为全党工作的重中之重。

马汉成代表表示：今年的政府工作报告中提出实施乡村振兴战略，是解决宁夏城乡发展不平衡、农村发展不充分问题，与全国同步迈入全面小康社会的重大机遇和必然路径，也是解决‘三农’问题的总抓手。”

马汉成代表认为，固原市要把脱贫攻坚与乡村振兴有机衔接、有效推进，重点从六个方面发力。

第一，让农业产业对标市场旺起来。产业振兴是乡村振兴的物质基础，要加快现代农业发展，推进一、二、三产业融合发展，提高农业创新力、竞争力、全要素生产率。具体而言，要拓展产业体系，深化农业供给侧结构性改革，发展观光农业、乡村旅游等新业态，做强六盘山黄牛、冷凉蔬菜、道地中药材和马铃薯等特色产业。同时，优化生产经营体系，借助“互联网+”打响“六盘山”生态农产品品牌。

第二，让优秀人才为农所用活起来。要强化乡村振兴的人才支撑，激励各类人才大施所能。例如，实施好“引凤还巢”工程，让愿意留在乡村建设家乡的人留得安心，让先进的经营理念、创业模式、文化知识释放新动能。要探索推行“岗编适度分离”机制，引导农业科技人员更好地为新型农业经营主体和农户提供技术服务。同时，打造一支有技术、善经营、留得住的人才队伍。

光明日报 两会特刊 09

两会专访

乡村振兴是解决『三农』问题的总抓手
——访宁夏回族自治区副主席、固原市市长马汉成代表

提高高等教育水平 回应时代社会需求
——访重庆大学党委书记周旬委员

代表委员面对面

不断提升人民群众的获得感

改善民生满足群众现实需求
——访天津河东区委书记李建成代表

政策配套缓解女性职场压力
——访海南师范大学副校长过建春委员

中医中药推动人民健康事业
——访江西仁和集团董事长杨文龙委员

企业发展助农牧民共享成果
——访伊利集团质检控制中心主任李翠枝代表

第三，让乡村文化富有内涵火起来。要坚持物质文明和精

神文明一起抓，培育文明乡风、良好家风、淳朴民风。首先要以社会主义核心价值观引领农村文化健康发展，发挥好“农村文化大院”等基层文化阵地作用，弘扬主旋律和社会正气。其次要传承创新优秀乡土文化，特别是保护好泥土里蕴藏的农耕文化和非物质文化遗产，让乡土文化在新时代焕发新风采。再次是移风易俗树新风，发挥红白理事会、村规民约、公序良俗教化群众、淳化民风的作用，让文明之风浸润乡村生活。

第四，让农村生态环境更有“颜值”美起来。统筹做好山水林田湖草系统治理，实施好全域绿化、碧水蓝天、生态富民“三大行动”，结合400毫米降水线以上区域造林绿化工程建设，把“一棵树、一株苗、一枝花、一棵草”生态产业培育成为固原山绿与民富的种子。争取到2020年，实现森林覆盖率超过30%。此外，通过实施农村人居环境整治行动计划，推进厕所、污水、垃圾、厨房的改造，2018年计划改造水冲式厕所1.2万户、改造危房危窑1.1万户，实现阳光沐浴工程全覆盖，让农村成为养生休闲的乐土。

第五，让乡村组织深得民心强起来。要建立健全现代乡村治理体系，让乡村生活充满活力、安定有序。马汉成代表表示，要加强农村基层党组织建设，深入推进“两个带头人”工程；要深化村民自治实践，加强群众性自治组织建设；要做到依法治理全覆盖，深入开展打黑除恶专项斗争，完善社会治安防控体系，建设平安乡村。

第六，让农民同步全面小康富起来。马汉成代表表示，固原要做好“准”和“实”的脱贫文章，解决好9.55万贫困群众的脱贫问题，确保到2020年如期脱贫。要通过培育新型农业经营主体、深化农村改革等措施，千方百计增加农民收入，让全部农民兄弟同步迈入全面小康社会。

（《光明日报》2018年03月18日09版）

和谐宜居 惠及民生

——访宁夏回族自治区银川市委副书记、市长杨玉经代表

王建宏 王清彬

2018年的政府工作报告提出,发展是解决我国一切问题的基础和关键。宁夏回族自治区银川市委副书记、市长杨玉经代表在接受记者专访时说:“银川作为一座西部城市,在经济规模、产业基础等方面与东部地区有不小差距,我们将努力践行‘绿色高端和谐宜居’城市发展理念,全力推动高质量发展。”

杨玉经代表说,坚持绿色发展,要牢固树立绿水青山就是金山银山的理念,着力推动发展方式由环境资源消耗型向绿色共享智慧型转变,重点是培育发展新产业新业态新技术新模式,加大落后产能淘汰力度,打破对资源环境等要素的路径依赖。要着力构建有技术含量、就业容量、环境质量的绿色产业体系。同时深入实施生态立市战略,全力打好蓝天、碧水、净土攻坚战,实施大规模国土绿化行动,让“风景”变成“产业”,将“美丽”变成“生产力”。

“坚持高端发展,就是瞄准国际标准和科技前沿,大力实施创新驱动

战略，推动质量变革、效率变革、动力变革。”杨玉经代表说，要加快“互联网+”、大数据、人工智能与实体经济的深度融合，全面提升银川中关村双创园等现代化产业园区水平，积极推进内陆开放型试验区平台建设和模式创新，为高质量发展注入持续动力。

杨玉经代表说：“坚持和谐发展，就是始终把人民对美好生活的向往作为工作的出发点和落脚点。我们将坚持抓发展与惠民生相结合，深入实施脱贫富民战略，建设更具幸福感的城市。”

光明日报 两会特刊 07

两会专访

围绕“新”字下功夫

——访辽宁省高级人民法院党组书记、院长张学群代表

代表委员面对面

建设天蓝、地绿、水清的美丽中国

荒山变绿 美不胜收

——访河南新乡市委副书记、市长王登喜代表

抢救洱海 刻不容缓

——访云南大理白族自治州委副书记、州长杨健代表

和谐宜居 惠及民生

——访宁夏银川市委副书记、市长杨玉经代表

绿色建筑 提升品质

——访青海师范大学校长刘同德委员

转型发展 共同富裕

——访河北邢台沙河市栾卸村党总支书记李长庚代表

能源革命 保护生态

——访国网江西省电力有限公司董事长于金镭代表

杨玉经代表表示，坚持宜居发展，就是按照“精明增长”要求，不断放大银川平原宜居宜业的独特优势，全面提升银川的美誉度。

（《光明日报》2018年03月13日07版）

宁夏石嘴山：

一个资源枯竭型地区的乡村振兴路径

王建宏　何小红

“这条路以西，就是20世纪60年代建设的西北煤矿机械一、二、三厂。”2018年10月10日，沿着长胜路南行，宁夏石嘴山市农办工作人员马文华对记者说。贺兰山下的这些厂房承载着“塞上煤城”的记忆。在整座城市就是一个大“矿区”的时代，这里的乡村也或多或少与煤有着千丝万缕的联系。随着2008年被国务院确定为首批国家资源枯竭型城市，面临转型升级的石嘴山市，注定要走出一条独特的乡村振兴之路。

产业富民

2018年10月11日一早，在宁夏最北端的惠农区红果子镇宝马村，300多村民纷纷“下田”，有的前往距村子3公里远的新材料生产车间，有的来到建在本村的大型奶牛场。“全村500多劳动力，一大半成了产业工人。”宝马村党支部书记彭学芳说。

乡村振兴的根本是产业振兴，而发展产业需要人才支撑。石嘴山市便为每个特色小镇和美丽田园乡村聘请了一名本地企业家作为“名誉村主任”，充分发挥他们靠近市场、联系广泛的优势，促进人口、资金、技术等要素向农村流动。

从宝马村走出来的企业家魏创林就是这个村的“名誉村主任”，除了在修桥筑路、助学养老等方面提供支持，更重要的是想方设法地为村里培植产业。2017年以来，宝马村对全村经营性资产进行评估，使“资源变资产、资金变股金、农民变股民”，村集体用这些盘活了的资产和资金进行投资，每年可产生55万元的固定收益，不仅使农村资源实现了更高效率、更高效益配置，也创造了更多就业岗位。目前，宝马村人均纯收入达到14600多元，比宁夏平均水平高出4000多元。

以前，村里人打工主要去煤矿、铁合金厂等厂矿，随着石嘴山市非煤产业在转型中兴起，现代农业、制造业公司成了吸纳

06 综合新闻 光明日报

乡村振兴战略实施一年来

宁夏石嘴山：一个资源枯竭型地区的乡村振兴路径

提高公民法治意识是建设法治国家的基础

普及国家通用语言文字 是实现各民族团结平等的重要保障

增强职业技能是实现脱贫增收的重要手段

就业的主渠道。石嘴山市在扶贫整村推进中，还因地制宜建设“扶贫车间”，吸纳2000多名贫困群众在家门口务工，每人年收入达3万元，既带动贫困群众增收脱贫，又为发展壮大村集体经济开辟了新的路径。

生态塑形

沿101国道向北行驶，贺兰山东麓，一片郁郁葱葱的丛林中，大武口区龙泉村若隐若现。从高大的牌楼下入村，彩色的人工步道两旁格桑花摇曳生香。复行数百步，300余户民居错落有致，山环水绕。

“过去的龙泉村可不是这个样子，几年前，这里还是个垃圾山洪冲、晚上黑漆漆的荒山野坡。”73岁的徐长江说，龙泉村土地很少，听老人讲，新中国成立前，龙泉村人就靠毛驴从贺兰山里驮煤炭、伐木头换口粮。后来，村里不少人挖煤运煤、搞运输，靠山吃山。没想到，如今好多人都吃上了“旅游饭”。

“一开始可难了。去年村里被列为美丽家园示范村，不少人不理解、不支持，挖污水管从谁家地里过一下都不行，在屋后放置个垃圾池也不让。”大武口区长胜街道办事处副主任张震说，“随着村庄越变越美，村民从抵触到观望，如今积极参与、乐在其中。前几天，龙泉村又被评为2018年中国美丽休闲乡村。”

“全村一半以上的家庭都在城里有楼房，很多村民都把闲置的农房租出去，重新改造后发展民宿。”龙泉村村委会副主任刘建云说，“依托‘龙泉山庄’乡村旅游，2018年以来，龙泉村接待游客近10万人。”

如果说龙泉村的优势是山，那么，石嘴山市另一美丽家园试点村——距此50余公里的惠农区礼和乡银河村，其特色则是河。银河村北临黄河，拥有1万亩黄河湿地，其中3000亩红柳林、500亩沙枣林、近7000亩湿地草甸，生态资源非常丰富。

“2018 年，我们以保护湿地岸线为主，通过产权改革试点，村集体成立合作社，并设立旅游开发公司，打造银河湾生态休闲旅游度假村。”银河村党支部书记王学锋说，“目前，村庄绿化、河道净化、道路硬化、路灯亮化及民居美化等工作陆续完成，还增建了 3 座污水处理池。”“酒香不怕巷子深”，村庄美了，还没有开始宣传推介，银河村就陆续迎来自发前来的观光客。

按照“一村一景”“一村一品”的思路，石嘴山市 10 个生态旅游示范村正竞相发展。

文化铸魂

走进大武口区潮湖村中庄子 131 号，便走进了一个葫芦的世界，屋檐下、墙根边、花园栏杆上，一排排大大小小、形态各异的葫芦“憨态可掬”。在这个普通的农宅内，“瑞宝葫芦专业技术协会”的标牌提醒着来客这是一个非遗传承基地。陶瑞珍，一个地地道道的农妇，自小受爷爷的熏陶，喜欢剪纸、绘画、烙葫芦。几年前参加一次展览，她的葫芦烙画被抢购一空。陶瑞珍才发现，这个农闲时候的小手艺居然是一个颇有“钱景”的产业。

“当时，我种一亩玉米一年才能收入 800 元，一个葫芦就能卖 600 元。”陶瑞珍开始把葫芦烙画当成正事来干，不仅成立了合作社，而且还收了 11 个徒弟。摆件、茶具、U 盘、水杯……各种用葫芦制成的文创产品在网上受到很多年轻人的追捧。

在惠农区燕子墩乡简泉村，村民朱秀平 2018 年夏天第一次在家门口摆起了小摊开始卖水、卖烤肠，最好的时候一天就能卖 1600 元，而这都得益于简泉村的文化资源。

“简泉村是个小村庄，但有 1.7 亿年前形成的化石沟，还有西夏遗迹昊王台。”燕子墩乡党委书记安乐华说。文化就是吸引力，经过简单挖掘整理，这个村 2018 年仅停车费就收入 10 万元。

除了挖掘历史文化，石嘴山市实施乡村优秀文化铸魂行动，到 2020 年，将打造集村史村情、崇德尚行、乡风文明、美好家园和农耕文化体验元素于一体的农村文化阵地 50 个。

（《光明日报》2018 年 10 月 14 日 06 版）

文化扶贫扶到“根”上

宁夏大力实施文化扶贫工程

王建宏

宁夏六盘山下，山窝里的隆德县陈靳乡，气温已低至零下8℃。2017年年末，65岁的王登科老人听说隔壁的新和村又有马社火表演，便匆匆赶来。古色古香的街道上，喧天的锣鼓、斑斓的油彩，高头大马上的各类历史传奇人物，演绎着一个个忠烈节义的精彩故事，让这个原本十分静谧的小山窝变得热闹非凡。

“这个村子山大沟深、靠天吃饭，前几年村里人都盘算着往外搬，这没几年光景，村子里竟然来了这么多旅游的人，收入很不错，看得人眼热哩。”王登科所说的这些变化，源于文化扶贫工程的实施。这个山村的蜕变，还吸引了国务院扶贫办、科技部、农业部等国家部委及28个省市区140多位代表观摩。

村综合文化服务中心全达标全覆盖

“我们依托马社火这一独特的文化资源，建立了马社火非物质文化遗产传习基地，建成农家乐20家，牵头创办专业合作社3家，采取‘支部+合作社+基地+致富带头人+贫困户’的模式，依托基础设施建设和产业基地，发展形成了以民俗文化、农家乐、生态养殖等为主的乡村民俗文化旅游产业。”新和村党支部书记赵小龙说，“一年多时间就接待各地游客5万余人，带来直接经济效益近30万元。”

文化扶贫，不仅体现在将传统的文化资源转化为旅游产业，从而带动村民致富。更重要的是，扶贫扶志，成风化人，激发出贫困地区村民打赢脱贫攻坚战的内在动力。

光明日报 2018年1月16日 星期二 光明视野 07

新时代新气象新作为

黑土地崛起网络文学之城

牡丹江市涌现网络文学“东北军团”

本报记者 赵洪波 张士英

作家像大熊猫一样珍贵

培养网络文学沃土

打造经济社会新引擎

更好发挥兵团凝聚共识的作用

兵团文化事业稳步推进

本报见习记者 秦伟利 本报记者 王瑟

文化扶贫扶到“根”上

宁夏大力实施文化扶贫工程

本报记者 王建宏

村综合文化服务中心全达标全覆盖

“文化阵地+”成为乡村治理综合平台

东西协作奏响文化扶贫“交响乐”

宁夏率先在全国贫困地区实现村综合文化服务中心全达标全覆盖，9县（区）606个村和555个功能提升村达到文化设施到村、文化服务到户、文化普及到人、文化扶贫到“根”的四到目标。

2017年12月18日至12月22日，宁夏文化馆“十九大精神下基层”巡展在红寺堡区、海原县、同心县、原州区、彭阳县 5 个贫困地区举行，新建设的文化服务场所成为演出主阵地，音乐快板《颂歌高唱十九大》、宁夏坐唱《文化扶贫乐万家》、情景诗朗诵《不忘初心》等新创排的节目赢得阵阵喝彩。

在彭阳县王洼镇李寨村，“小舞台演绎大文化、新民风凝聚精气神”的巨幅对联悬挂在戏台两侧。正在篮球场上挥汗如雨的村民们说，这里早已成为辐射周边乡村、矿区的文化客厅。村干部武金宝深有感触地说：“门口有了村综合文化服务中心，村部的人气也被带旺了，干群关系也更紧密了。”

“文化阵地 +”成为乡村治理综合平台

“家家种草，户户养畜。搞养殖，咱们现在既有充足的饲草料，也有大量的劳动力资源。基础母牛、基础母驴，一头补 2000 元，黑山羊补 500 元，其他羊补 200 元，鸡 100 只以上 500 只以下一只补 20 元，就看你会养啥、能养啥……”在西吉县吉强镇龙王坝村，文化礼堂同时也是农民的田间学校。课堂上，西吉县委副书记王林接地气的授课，让全县 120 多名农村党员带头人、致富带头人直呼过瘾。

基层文化阵地既是党和政府服务基层群众、带动增收富民的重要载体，同时也成为党和政府联系群众的桥梁和纽带。

2017 年 12 月 15 日，冬日暖阳下，吴忠市盐池县王乐井乡官滩村的文化广场上响起《好运来》明快的曲调，20 多位乡亲随着节奏舞起扇子。在这个村，“支部 + 老年饭桌”“支部 + 乡村大舞台”“支部 + 红白喜事集中待客点”“支部 + 文化长廊”，基层组织建设与文化建设深度融合。王乐井乡党委副书记朱娜告诉记者：“只要彩礼、随礼符合相应的规定，就可以免费使用红白喜事待客点，通过移风易俗进乡村，攀比少了，风气也好了。”

在银川市的郊县，有不少从南部山区整体搬迁的移民村，贺兰县欣荣村就是一个。贺兰县文广局在这里建设了村图书馆、文化馆分馆，并针对移民群众经常外出务工、留守儿童课业无人辅导的情况，开办“四点半学堂”，聘请大学生志愿者开展留守儿童课业辅导；贺兰县为欣荣村的综合文化活动室、农家书屋配置了电脑、展柜等硬件设施，增加了电商产业服务功能；这个村还被纳入“宽带乡村”项目，建设有线电视骨干网，安装了免费WIFI，农民足不出户就可以享受到便捷的互联网医疗服务。

在宁夏，基层文化阵地集宣传文化、党员教育、电商产业、普法教育等功能于一体，已经成为宁夏文化建设的重要阵地和提供公共服务的综合平台。

东西协作奏响文化扶贫“交响乐”

宁夏各级各部门还多方位整合社会资源，把“请进来”和“走出去”相结合，集智聚力，奏响文化扶贫“交响乐”。

在宁夏回族自治区旅发委的支持协调和福建省第十批援宁工作队的牵线搭桥下，地处六盘山下的泾源县2017年12月20日迎来了浙江传媒学院主动上门、千里结亲帮扶协作。浙江传媒学院将发挥传媒教研优势，帮助泾源县全面做好传媒人才培训、广电节目采编等工作，写好文化扶贫新文章；随行的浙江传媒学院教师还现场进行新闻、播音、摄像、制作等业务教学，令基层广电从业者受益匪浅。泾源县文体广电局局长马志清十分激动：“有浙传这样大力支持，我们将创作更多更好的精神文化精品，去满足脱贫攻坚一线干部群众日益增长的美好生活需要。”

文化扶贫正与闽宁协作深度融合。2017 年 12 月底，福建省援宁领队陆菁带领固原市代表团到福建的文化、广电部门、文创基地学习交流，汲取新的精神文化力量。

“作为西部贫困地区，能够动这么多脑筋，把资源挖掘得这么好，以‘富脑袋’带动‘富口袋’，这使我们很受启发、很受教益。”来自江苏省扶贫办的干部丁国明这样评价。

（《光明日报》2018 年 01 月 16 日 07 版）

扬黄工程更新改造项目全线通水

陕甘宁盐环定老区 “水困”历史彻底改写

王建宏 张文攀

2018年4月7日上午9时，宁夏中部干旱带的盐池县，经过7天梯次试水，黄河水举高一百多米，进入新建的6泵站1号机组。至此，陕甘宁盐环定扬黄工程更新改造项目全线顺利通水。水到之处，满目生机，汩汩清流浸润着大西北干渴待哺的黄土，直达干旱带群众的心田。

旱地变成水浇地 实现靠双手脱贫致富

地理上，宁夏盐池、甘肃环县、陕西定边就像一块拼在一起的标本——把三省区最干旱缺水的地带剪贴在西北大地上。深度贫困地区和干旱地带的叠加，使这里的人把水看得比命都重。据统计，盐环定地区年降水量不足300毫米，蒸发量却是降水量的7倍。直到20世纪七八十年代，还常常是人与牛羊共饮一坑积水，人民生活始终笼罩在生存压力的阴影之下。

1996 年，受高氟水和干旱风沙“荼毒”已久的老区群众迎来了盐环定扬黄工程的全线投入使用。工程供水范围辐射了陕甘宁的 7 县（区），供水领域由人饮、农业供水拓展到城镇、工业、生态等多领域全方位供水，为受水区饮水安全、粮食安全、生态安全和经济社会发展提供了重要的水资源支撑。甘甜的黄河水一度让老区人民喜极而泣，引黄上塬改变了他们的命运，也改写了盐环定地区贫困落后的历史。

然而，由于财力所限，盐环定扬黄工程建设之初标准很低、先天不足。投运以来，工程长期处于小流量运行，供水能力达不到设计标准，成本居高不下。特别是宁夏专用工程原规划设计的人饮工程没有实施，黄河水没有经过净化处理，只能澄清后直接饮用，水量和水质都难以保证，人畜饮水依旧十分困难。

光明日报 综合新闻 03

扬黄工程更新改造项目全线通水

陕甘宁盐环定老区“水困”历史彻底改写

旱地变成水浇地 实现靠双手脱贫致富

不仅是生命之水，也是生态之水

给工程植入“最强大脑”，彻底改变粗放式供水

铁路调图：提升的不仅是速度

河南商丘：40.5万人稳定脱贫

4月10日起 全国铁路实行新列车运行图

2016 年春节前夕，盐环定扬黄工程更新改造项目确定实施，这为盐环定老区人民送上了一个脱贫“大礼包”，也拉开

了盐环定扬黄工程“升级版”的序幕。按照正常建设进度，盐环定18座扬黄泵站更新改造工程需5年时间才能完成。然而，面对老区人民脱贫攻坚的历史重任，自治区党委、政府向中央承诺，5年工程3年完成，确保尽快发挥工程效益。

“改造一个工程，比新建一个工程的难度高出数倍。”宁夏回族自治区水利厅厅长白耀华说，盐环定更新改造项目需要在原址上施工，且原有工程要继续运行，确保良田灌溉和人畜饮水不受影响。尤其是管道置换必须避开灌溉期，冬季施工无疑给工程带来更高难度和更大成本。

“春水贵如油。我们拖不起，40多万群众和40多万亩良田更是等不起！”白耀华说。

除去繁杂的工程前期工作，有效施工期只有一年半的时间，上百次对方案的优化论证为工程高效推进打下坚实基础。施工期间，数万名参建者压茬推进、争分夺秒，即使在北方冬天这样的“施工禁区”也昼夜不停，全力以赴保障了4月春灌的正常进行。2017年冬季，工程人员给所有设施搭上暖棚，棚内温暖如春，棚外寒风凛冽，为保证工程质量，大家宁愿自己在棚外冻着，也要保证混凝土的温度不差毫厘。

“有了充足的灌溉水源，旱地变成水浇地，就可以安心种地、靠双手脱贫致富了！”盐池县冯记沟乡马儿庄村村民王占胜说，他家种了15亩玉米，虽然引黄灌溉结束了靠天吃饭的历史，但大水漫灌绝对不行。每年分给每亩地的水只有47立方米，只有发展滴灌，才能将宝贵的脱贫水用在刀刃上。

不仅是生命之水，也是生态之水

盐环定扬黄工程引来的不仅是生命之水，也是生态之水。

陕甘宁盐环定扬黄工程更新改造项目紧张施工中　　光明日报记者王建宏摄 / 光明图片

春风拂来，地处毛乌素沙漠边缘的盐池县冯记沟乡黎明村，老树抽出新芽。曾几何时，这个村一度被风沙逼得四分五裂，草场退化、沙尘弥漫。如今，这里绿染大地，蔬果飘香。

事实上，这些年来，在宁夏中部干旱带，“黎明村”的故事俯拾皆是。

据统计，近年来，盐池县依托盐环定扬黄工程，着力打造绿色产业、绿色村庄、绿色通道、绿色屏障，已开发种植可利用柠条 300 多万亩，灌木采种基地 100 多万亩。

宁夏中部干旱带探索建立了统筹水资源保护、水环境治理、水生态修复，兼顾生产、生活、生态用水的水安全保障体系。

多年来，盐环定扬黄工程每年向灌区安全供水 1.2 亿立方米，保障了 40 万亩人工绿洲的灌溉用水。远道而来的黄河水不仅让饱受干旱和风沙侵扰的旱地变成了水浇地，更造就了沃野田畴、纵横阡陌，为发展饲草产业和畜牧业提供了基础保障，构筑起了祖国西部生态安全屏障。

“这次升级改造的定位很明确，就是在工程辐射范围内，建设高标准生态长廊，进一步提高对宁夏生态环境建设的贡献。”宁夏水利工程建设管理局局长窦元之说，“通过这次提升改造，老区人民的‘水困’历史将彻底改写，也将更好地保障宁夏‘生态立区’战略的实施。”

给工程植入“最强大脑”，彻底改变粗放式供水

“这次更新改造，绝不是旧的翻版，必须广泛运用新技术，给工程植入‘最强大脑’。”白耀华说，盐环定更新改造项目设计之初，信息化与自动化就成为这次改造工程的重要标准。

盐环定扬黄工程更新改造项目借助钱学森智库，高位嫁接中国航天十二院的技术优势，开展军民融合，打造智能化工程运行控制体系。

“泵站自动化技术的应用，彻底改变了过去的粗放式供水，大大减少人工分配水资源产生的供水不均衡、水耗大等问题，提高了供水的精确度和安全系数。”宁夏水利工程建设管理局副局长蒋昊良介绍。在传统的人工供水系统中，水量调配全凭工作人员的经验，不仅无法保障准确按需供给，而且长期频繁开关机对设备损耗较大，也增加了很多不必要的运行成本。而更新改造后的盐环定扬黄工程，泵站数由原来的18座精简到了13座，供水扬程也由以前的三四十米提高到了一百多米。

在盐环定扬黄工程2泵站的前池入口，自动捞草机不停运转，将水流中所携带的树枝、杂草等杂物捞出，通过皮带传输机运送到一旁，避免有害污物进入前池，进而污染水源。升级改造后，这些先进技术应用到了泵站运行的每个环节。

盐环定扬黄工程2泵站副站长侯学东见证了工程的“脱胎换骨”，也为它重获新生感到欣慰。“盼了20年，终于迎来了翻天覆地的变化。改造后电机的温度、油位等若有问题，就会自动报警，爆管、跳闸概率几乎为零。”侯学东说，工程改造后，运行中水泵、电机的温度、转速、震动等将形成曲线图，如果水泵出现问题，通过电脑上的图谱就可以看出故障原因。

“实现测控一体化，其实就是问题的可视化。过去需要把每个设备打开，逐一找出原因，动辄还要请专家来一趟。现在机器可以在线‘自诊断’了。”盐环定扬黄工程新8泵站站长贺满焱说。

更新改造后的扶贫扬黄工程，正与盐环定革命老区一起，迎来建成全面小康社会的曙光。

（《光明日报》2018年04月08日03版）

把信用当命根子

——宁夏盐池县曾记畔村党支部书记朱玉国带民脱贫的故事

王建宏

夏日的宁夏中部，云淡风轻，山塬上的柠条随风起舞。“这是高蛋白，营养价值很高，用来养羊事半功倍。”5 月 25 日，盐池县王乐井乡曾记畔村党支部书记朱玉国兴奋地告诉记者，村里建设的柠条加工厂开始正式运营了。

曾记畔村是一个偏远山村，没有一寸水浇地，祖祖辈辈靠天吃饭。曾经，这个只有 2000 多人的村子里，大部分村民穷得叮当响，贫困就像大石，压得村民喘不过气来，不少村民面对“一方水土养活不了一方人”的现状，背井离乡，异地谋生。

但朱玉国却守在村里，立志改变贫困面貌。2006 年 10 月，曾记畔村被国务院确定为全国首批村级互助资金试点村。“这是一次重要机遇。”朱玉国说，在曾记畔村，不少村民的祖上曾经做过生意，很多人骨子里仍保留着勤劳致富的传统。

国家拨付给曾记畔村 20 万元扶贫互助启动资金，朱玉国多次召集村委会听取各方意见，商量如何用好互助资金。此前，扶贫资金的使用基本以“输血”为主。习惯了“白给”的村民听说用这个钱还要还，一时无法接受。他们说：“过去给了就不往回要了，这个不仅要还，还要入股、收利息。”

扶贫先扶志。朱玉国意识到，脱贫首先要解决的是动力问题，要从根子里，让贫困群众从以前“站墙根、晒太阳，等救济、睡着吃”的观念变为“靠双手干着吃”。朱玉国大胆尝试，在村里掀起“头脑风暴”，大力倡导勤劳致富，不断健全村里的各项规章制度，调动老党员、村干部、大学生村官的工作激情，发挥他们的带头作用。

■开天辟地、敢为人先的首创精神
■坚定理想、百折不挠的奋斗精神
■立党为公、忠诚为民的奉献精神
红船初心特刊
光明日报 05

让“红船精神”引领新时代脚步

□秦亮

“红船精神”是中国共产党人初心使命的动力源头

“红船精神”是迈进新时代开启新征程的力量保障

“红船精神”是咸阳爬坡过坎追赶超越的信念支撑

最美基层干部

把信用当命根子

——宁夏盐池县曾记畔村党支部书记朱玉国带民脱贫的故事

王建宏

经过多轮商议，村委会和全体村民定下规矩：从互助基金贷款，要入股互助社，按4∶6的比例发放贷款，贷款实行五户联保，党员和贫困户“一帮一”。

金融是血液，产业是躯体。已有数百年养殖历史、因肉质鲜美名扬天下的盐池滩羊开始在杠杆撬动下，从小农经济发展为曾记畔村的支柱产业。一些村民依靠一两千元的互助资金借款起步，滚动发展，通过养殖、种植，有了人生“第一桶金”。

村民王昶、鲁永胜家里太穷，没有人愿意联保。朱玉国就带着他们到信用社担保贷款，帮助他们制定脱贫计划。“信用社主任都替我担心，说风险太大。”朱玉国说，“不怕没钱使，单怕没信用。”当年年底，他们均按约定时间还清了贷款，第二年，信用社又给贷了款。

“信用可以当钱使。”在朱玉国的带动下，村民们都把信用当命根子，不少以前的贫困户，现在也给别人提供信用担保贷款。10年多来，全村人的贷款总额已从每年的400多万元上升到5300多万元，农户都能把所借款用于发展项目上，至今没有一人违约。

朱玉国利用扶贫小额信贷政策，将互助资金和“千村信贷”捆绑，把“双到资金”注入互助社，撬动了数倍的发展资金，并采取支部+产融保+党员“一帮一”的模式，扩大贷款额度。有了更加充足的资金，村民们增收致富的积极性空前高涨。曾记畔村的互助资金发展到800万元，朱玉国也通过互助资金实现了向全村村民描绘的教育、医疗、养老“三个梦想”。

2016年，曾记畔村党支部荣获“全国先进基层党组织”称号，村支书朱玉国也摘得了“全国脱贫攻坚奋进奖”。2017年，朱玉国当选为党的十九大代表。参加十九大回来之后，朱玉国陆陆续续宣讲十九大精神60多场次。他从没忘记自己作为山村“当家人”的本分，始终想着如何防止农民返贫、提高脱贫质量。

2018年以来，村里滩羊饲养量又增加了3000多只。为了降低养殖成本，盘活漫山遍野的柠条资源，朱玉国又带领大家兴办起了柠条加工厂，就地解决饲料问题。

“不仅要村民富，还要村子美。”朱玉国还带领大家开展乡村环境整治，仅2018年就种树1万多株，配备大小垃圾箱100个，村里有了保洁员，还装上了路灯。

亮亮堂堂、干干净净的曾记畔村，吸引着很多离村村民返乡。村民张林 20 多年前离开村子，去了一百多公里外的一个煤矿。这两年，他时时听到村里的变化。眼见很多村民通过互助资金脱了贫致了富，张林也回到村里盖起了房，和父亲一起养殖滩羊。

2016 年，曾记畔村甩掉了贫困村的帽子。前不久，记者在宁夏文化小康助力脱贫富民和乡村振兴战略启动会上见到朱玉国，他说，2018 年曾记畔村要在提升农民精神风貌上再发力，不能让富起来的村民再当精神上的贫困户。

（《光明日报》2018 年 06 月 04 日 05 版）

深化闽宁协作　决胜全面小康

——《滴水穿石三十年——福建宁德脱贫纪事》在宁夏引发热烈反响

王建宏

5月31日，光明日报头版刊发的长篇通讯《滴水穿石三十年——福建宁德脱贫纪事》及评论员文章，在宁夏引发热烈反响，《宁夏日报》在6月2日3版进行转载。1996年，中央确定闽宁对口扶贫协作关系，闽宁两省区按照习近平同志倡导的“优势互补、互惠互利、长期协作、共同发展”指导原则，以“滴水穿石”的精神和马上就办的作风，推进闽宁协作取得了丰硕成果，创造了东西部扶贫协作的典范。宁夏广大干部群众表示，宁德脱贫攻坚的成功实践，为进一步深化闽宁对口扶贫协作提供了精神指引和实践经验，赋予了宁夏打好脱贫攻坚战、决胜全面建成小康社会的信心。

“滴水穿石，久久为功。福建宁德三十年精准脱贫的不懈探索和成功之路，是习近平精准扶贫思想的理论渊源和实践结晶，是指导我们打好脱贫攻坚战、决胜全面建成小康社会的根本遵循和行动指南。”宁夏回族自治区党委常委、自治区副主席马顺清说，22年来，闽宁两省区扶贫协作结出了丰硕果实。从宁德实践、闽宁模式，到党的十八大以来的脱贫实践，生动体现了习近平精准扶贫思想的策源和发展，充分彰显了以人民为中心的发展思想。打好脱贫攻坚战，是“必须完成的任务”“硬仗中的硬仗”。宁夏要解决9个贫困县区和23.9万贫困人口的脱贫问题，需要以“滴水穿石”“弱鸟先飞”的毅力和勇气，集中资源、集中政策、集中力量，打赢打好精准脱贫攻坚战，确保到2020年现行标准下农村贫困人口如期脱贫、贫困县全部摘帽，与全国同步迈入全面小康社会。

光明日报 2018年6月9日 星期六 要闻 03

李克强会见俄罗斯总统普京

栗战书会见哈萨克斯坦总统纳扎尔巴耶夫

全国政协召开双周协商座谈会
围绕“基本解决执行难问题”协商议政 汪洋主持

中宣部出版局开展纪念马克思诞辰200周年重点图书捐赠活动

“滴水穿石”精神是宝贵财富
——《滴水穿石三十年——福建宁德脱贫纪事》在云南引发热烈反响

深化闽宁协作 决胜全面小康
——《滴水穿石三十年——福建宁德脱贫纪事》在宁夏引发热烈反响

从海员到工人运动的杰出领袖——苏兆征

聚焦海峡论坛

闽台同名村镇续缘 台胞入闽寻根谒祖

“认真读完《滴水穿石三十年——福建宁德脱贫纪事》一文，感触良多，受益匪浅。”宁夏回族自治区党校常务副校长蒋文龄说，福建宁德曾是全国18个集中连片贫困地区之一。30年前习近平同志倡导的“滴水穿石”精神、“弱鸟先飞”意识、“靠山吃山唱山歌、靠海吃海念海经”“必须有个好支部”等思想，不仅为宁德摆脱贫困指路导航，对新时代全国的脱贫攻坚更具指导意义。

蒋文龄说，宁夏银川市永宁县闽宁镇，在闽宁对口扶贫协作带动下，20多年来，以产业发展带动当地农民脱贫致富，创造了“干沙滩”变“金沙滩”的奇迹。宁夏闽宁镇依靠产业的发展给贫困群众带来了持续、稳定的收入，为脱贫攻坚奠定了坚实基础。因此，打好脱贫攻坚战，要因地制宜发展种植养殖业，培育新型农民经营主体，发挥“大户”带“散户”的作用，促进一、二、三产业融合发展，带动贫困户脱贫致富。

打赢脱贫攻坚战，深度贫困地区是难中之难、坚中之坚的硬骨头。海原之“海”，是西海固之“海”。“福建宁德的脱贫攻坚成功样本，赋予了我们在深度贫困地区打好脱贫攻坚战、决胜全面建成小康社会的定力与信念。”宁夏中卫市委常委、海原县委书记徐海宁说，从整村推进到精准扶贫以来，海原县农村基础设施和群众生产生活水平发生了巨大变化，这是习近平总书记扶贫开发战略思想在少数民族地区和深度贫困地区的实践成果。下一步，我们将坚持以人民为中心的发展思想，深入学习贯彻习近平精准扶贫思想，围绕“两不愁、三保障”目标，全面实施自治区脱贫富民战略，稳扎稳打、扎实推进，坚决打赢脱贫攻坚战。

（《光明日报》2018年06月09日03版）

宁夏贺兰县：

水稻田边话丰收

王建宏　何小红

“前面这片都是我们的稻田，我炸的就是从稻田里捞的鱼。”62 岁的王秀芳一边指着眼前一望无际的水稻田，一边把孜然粉轻轻撒到刚刚炸好的鱼上。

2018 年中秋，宁夏首府银川市近郊的贺兰县长信乡四十里店村格外热闹。“贺兰岿然，长河不息。塞上江南，鱼米之乡”16 个大字屹立在四十里店村的“稻渔空间”。在这里，从空中俯瞰，稻穗变换成“油彩”，描绘出各种各样栩栩如生的巨型图案，早已成为各种短视频平台上的“网红”景观。

“每逢节假日，我们村就非常热闹，旅游观光者络绎不绝。”四十里店村村支部书记张立说。

以前，四十里店村的生活可不是这样的，虽处塞上江南精华地带，单靠种植水稻，一亩地的收益还不到上千元。

2011 年，四十里店村充分利用城市近郊、紧邻京藏高速等区位优势，发展都市农业，邀请广银米业、科海渔业、马莲湖农庄等颇具规模的水稻、蔬菜种植企业陆续进驻，形成了如今的生态休闲观光园“稻渔空间”。四十里店村摇身一变，成为“宁夏首批十大特色产业示范村”。

王秀芳在“稻渔空间”已经工作生活 3 年了，说起四十里店村，她就开心地说个不停，“村里人好、环境好，每个月能挣 3000 元”。

“村里现有 13000 多亩土地，已经流转了 6000 多亩。”张立说。如今，四十里店村改变传统种植模式，通过土地流转，以蔬菜种植、有机水稻种植和稻渔养殖为主，农民获得土地流转费和企业务工工资双丰收。

04
中秋节专版
2018年9月25日 星期二
中秋节的团圆和丰收意蕴
河南沈丘县：
团圆夜里墨飘香
宁夏贺兰县：
水稻田边话丰收
辽宁铁岭市清河区：
梨园树下讲奋斗

“平常你是看不到螃蟹的，螃蟹都藏在稻田里。我的工作就是巡逻检查，防止螃蟹从稻田里逃走。”广银米业渔业养殖场负责人赵建军说，2018 年在四十里店村养殖了 800 多亩稻田蟹，比往年长势还要好，蟹大膏多，十分鲜美。

如今，四十里店村成了远近有名的休

闲乡村。2018 年还被选为宁夏首届“中国农民丰收节”的主会场。四十里店村 1076 户人家与慕名而来的全区 5 市农民朋友一起过了个热热闹闹的中秋节。

钓鱼、捉蟹、摸泥鳅、抓鸭子……假日里，很多家庭举家来到这里，既体验农趣，又家庭团聚。

“爸爸，钓上了没有？”“还没呢，再等等。”这边，一方鱼塘边，从宁夏南部西吉县新营村驱车 300 余公里的李亮亮带着儿子一起来到四十里店村，体验与六盘山地区完全不一样的农业生态。

那边，刚刚收割过的稻田里，随着裁判一声令下，抓鸭子比赛开始，30 位参赛选手一趟又一趟地奔跑在田野里，一只又一只鸭子被“抓获”，逗得观众哈哈大笑。23 号选手、四十里店村的黄宝宁气喘吁吁地说：“很累，但是很开心！”

在“蟹王争霸赛”中夺得“蟹后”桂冠的张建军，骑着他的奖品——一辆崭新天蓝色电动三轮车穿梭在四十里店村的“稻渔空间”，他身后是一望无际的金灿灿的水稻田，秋风拂面，沉甸甸的稻穗与精神抖擞的村民们共同讲述着中秋团圆和丰收的故事。

（《光明日报》2018 年 09 月 25 日 04 版）

带着文化移民，移出大文化

——宁夏吴忠市红寺堡区形成新的“移民文化”

庄电一

位于宁夏中部干旱带、不显山不露水的红寺堡，最近出了个“文化名人”：读完初中就辍学的马慧娟，在田间炕头、劳作之余用拇指在手机上写作，写出了上百万字的散文、随笔，按坏了七八部手机。2016 年 7 月，她登上北京电视台“我是演说家”的讲台，讲述自己生活、写作的经历，语惊四座，她也因此被人称为“拇指作家”。许多人很快记住了她：一个有两个孩子的普通农村回族妇女。而更令人兴奋的“新闻”还在后面：2017 年 12 月，马慧娟被所在的红寺堡镇聘为文化站站长；2018 年年初，她又被选为全国人大代表。

马慧娟是 1999 年从自然条件很差的泾源县移民到红寺堡的，也是在那边读完初中的，贫困让她过早辍了学。生态移民，改变了她的命运。她用手机写作，也是在生活改善、基本解决温饱之后的事。2008 年，她有了第一部手机，而用手机写作则是从 2010 年开始的。自此以后，手机在她手里便从通信工具变成了写作工具。

作为镇文化站的站长，马慧娟现在承担着重要的责任和使命。她对记者说，现在，乡亲们吃饱了，生活也稳定了，就要引导他们接触文化，了解外面的世界。2018 年 4 月 28 日，她在玉池村办起了“泥土书香读书社”、组建了 4 支文艺队，一下子就吸引 47 户农村妇女参加。经过学习，有几个原来不识字的妇女，已能认识三四百个字，并可以用手机接发简单的短信了。

像马慧娟这样搬迁到红寺堡、解决了温饱之后，充分发挥自身优势，自觉弘扬优秀文化，也提高了自己文化修养，进而成为文化使者的，在红寺堡还有很多。他们移民到红寺堡时，除了带来全部家当，自身还携带了文化的种子和基因。有了红寺堡这块合适的土壤，这些种子很快就萌芽、长大，落地生根。

光明日报 综合新闻 03

带着文化移民，移出大文化

——宁夏吴忠市红寺堡区形成新的“移民文化”

外交部发言人就美领导人无端指责中国表明立场

外交部发言人就美领导人在涉台等问题上无端指责中国答记者问

中国文化纪录片展映韩国蒙古日本

新疆题材纪录片备受关注

红军虎将黄甦

红寺堡会聚了宁夏南部山区 8 个县区的移民。红寺堡人认为，这些县区都有各自不同的传统文化和民间艺术，在红寺堡都应该得到传承、发展，而传承、发展这些传统文化，对红寺堡来说具有特别的作用和意义。

大河乡香园村55岁的村主任郭锐，是红寺堡最早开发时从传统文化相当浓厚的隆德县搬迁过来的。搬迁20年了，他当村干部也近20年。虽然自小就喜欢耍社火，也了解高台社火的制作工艺。到了红寺堡后，家庭收入迅速增加，到2008年解决温饱了，郭锐的个人爱好也就有了施展的舞台。他先是自带乐器拉起一支自娱自乐班。没有戏服、道具，他便自掏腰包4万元购买。第二年，又购置锣鼓，搞起了高台社火，把全村10个队的人全部调动起来了。短短几年，郭锐个人为此投入已有40万元。高台社火，经他手焕发出更加诱人的光彩，他也因此成为自治区“非遗”传承人。

像马慧娟因为有文化和有专业特长而得到关怀、鼓励、扶持一样，不少“文化能人”也被红寺堡区委、区政府当作宝贵人才，进而给予特别的关爱。赵氏刺绣第六代传承人、红寺堡境内刺绣方面唯一的自治区级非物质文化遗产传承人赵秀兰被请进区文化馆搞创作，文化馆免费为她提供了工作室，让她在舒适的条件下安心传授刺绣技艺。郭锐的高台社火，几乎每年都能把头奖揽入怀中，有关部门常常以奖代补，尽量补偿他的高额投入；农民书法爱好者李忠勤也多次被请到文化馆讲授书法、为乡亲们书写春联，有关部门在经费紧缺的情况下以不低的标准为他发放误工费，对他书法创作的进程，各级干部也都十分关切。

红寺堡重视文化建设，并没有把目光局限在几个文化能人身上，而是在注重发挥文化能人作用的同时，以更大的精力发掘、扶持、弘扬群众文化，以吸引更多的群众加入其中。现在，高台社火制作文化大院、剪纸文化大院、书法绘画文化大院、手工扎制花灯文化大院，都成为当地耳熟能详的文化品牌了。

红寺堡区重视文化建设是长期的、一贯的，独具特色的“移民文化”

因此形成。在红寺堡正式设区不久，有关部门就开始筹建宁夏移民博物馆了。2013 年，移民博物馆在红寺堡落成并向游客开放。移民博物馆再现了红寺堡开发的全过程，展示了独特的移民文化。现在，它已成为红寺堡的地标建筑和文化名片。

生态移民，让红寺堡人摆脱了贫困；带着文化搬迁，文化在新的土壤里生根、发芽、开花、结果，移民因此过上了越来越有品位的生活。

（《光明日报》2018 年 10 月 06 日 03 版）

厦门大学探索高校扶贫之路

马跃华　李　静

一边是厦门大学工会“服务教职工惠民展”上，宁夏隆德县牛肉等土特产展台前人头攒动；另一边是教室里，隆德县60名医护人员正在接受专题培训。这是记者日前在厦门大学看到的情景。相距几千里的福建厦门大学和宁夏隆德县已像“走亲戚一样得常来常往，融洽密切”。

自2012年年底，厦门大学与宁夏隆德县建立定点扶贫结对关系5年多来，厦门大学按照“隆德所需，厦大所能”的方针，紧紧围绕隆德县经济社会发展亟须项目，整合有效资源、开展精准对接，打出一套包含教育、智力、产业、医疗扶贫等在内的“组合拳”，全力帮助隆德县打赢脱贫攻坚战。

智力“架桥”

在“惠民展”上，厦门大学干部杜海林、吕铖变身为宁夏隆德县土特产的代言人，向厦门大学师生卖力地宣传马铃薯粉丝、枸杞以及张树村牛肉。最终，他们成功推销近万份粉丝、两千多份牛肉。

这两个原本和隆德没有交集的厦门大学人，因为几年的扶贫挂职，现在对隆德这片土地充满着深深的感情。

2015 年 8 月，厦门大学人事处干部吕铖被选派至隆德沙塘镇张树村挂职，就任该村党支部第一书记，任期三年。就在他去挂职的大半年前，这个村被确定为贫困村。一年后，厦门大学继续向隆德县派驻扶贫力量，该校材料学院党委副书记杜海林随即被派出，就任隆德县委常委、副县长，协助分管扶贫工作。

尽管岗位不同，工作地点不一，但他们都在积极发挥着桥梁纽带作用，将能利用的厦大优势和资源源源不断地引向这个宁夏小城。

光明日报 2018年3月29日 教科新闻 11

整顿培训机构、叫停违规赛事、问责有偿补课——

多地再出减负组合拳

北京：斩断通过校外培训机构择校择生途径

成都：叫停“华赛”“奥赛”等违规赛事

南昌：15人因有偿补课问题被问责

上海：“亚太杯”“走美杯”等大小杯赛被叫停

学大教育、昂立教育：逐一自查摸排，发现问题马上整改

厦门大学 探索高校扶贫之路

智力“架桥”

产业“造血”

精准帮扶

钟扬的“博物馆奇妙夜”

湖南省长沙市2018年度哲学社会科学重大项目招标公告

到任不久，杜海林便确立了“学校、学院、支部三级对接，重心下移，协力扶贫”的工作思路。吕铖则住在村部一间 9 平方米的小房内，天天和村民们泡在一起。他迅速摸清了村情，明确了自己的工作重点和方向：在抓好村党

组织建设的基础上，依托厦大资源和优势，通过抓教育和强产业，带领村民走上致富路。

在厦门大学和隆德县委、县政府的共同努力下，张树村在一点一滴地改变：村里的基础设施完善了，村子变漂亮了；厦门大学帮助村子建设的电商服务中心开始运作，村里优质的牛羊肉和土特产通过电商平台销往全国各地；扶贫车间建在了村子里，仅一个车间就聘了 20 名村民，人均保底月收入 1600 元，实现了村民就地就业增收脱贫。2017 年，该村成功摘掉贫困村的帽子。现在的张树村，是脱贫致富的明星村、示范村。

在隆德的厦门大学人不止杜海林、吕铖两个。这几年，出现在这个小县城的厦大人多了起来：学校领导每年都率团深入隆德县调研，每年派遣研究生接力支教，组建博士服务团赴隆德开展志愿服务、社会实践。

当厦门大学师生北上隆德时，也有众多隆德人南下走进厦大。厦门大学围绕隆德县实际需求，免费对县党政部门和乡镇主要领导、中小学和幼儿园教师、医务工作者等进行培训。目前，仅在厦门大学就举办了 11 期培训班，每期 7 天，共轮训学员 600 多名。

产业“造血”

厦门大学 2014 级 EMBA 校友、福建康业投资有限公司董事长林小辉大半时间都待在隆德县厦门大学康业扶贫产业园里。2015 年 10 月 17 日国家扶贫日上，厦门大学与福建康业投资有限公司签署协议，共同建设该扶贫创业园。

在这个园区里，厦门大学以合作开发、技术转让、技术入股等方式，积极推动厦大的科技成果在园区转化，推动当地优势特色产业向先进生产力转化，从而建立可持续发展的科技扶贫模式。目前，该园区入驻企业

30多家，解决就业3000多人。这是厦门大学对隆德进行产业扶贫的一个生动的观察点。

另一个观察点则是厦门大学在2017年96周年校庆日精心举办的“厦门大学—宁夏隆德县对口帮扶暨经贸合作推介会”。厦门大学之所以把这个推介会安排到校庆日，是因为众多校友会在这天返校。校方认为，这是向校友们推介隆德的绝佳机会。

很多企业家校友参加完校庆大会后直奔推介会而去，多家校友企业与隆德县签署了建设协议，内容涉及农副产品深加工、生物医药、智慧园区建设、服装加工、电商平台等。不仅如此，厦门大学还在当天的推介会上举办了“厦门大学—宁夏隆德书画非遗作品交流展”，在校园里一间1500平方米的展厅里，集中展览了隆德县的书法、刺绣、农民画、剪纸、泥塑、砖雕等各类作品450余幅。这些作品受到参会企业家的追捧，近百件作品被现场订购。

在推介会上，厦门大学党委书记张彦表示，帮助隆德县脱贫攻坚是厦门大学和隆德县共同的事业。他说，要继续实处发力，主动融入闽宁合作大局，充分发挥学校优势，“输血”“造血”结合，全力助力隆德县打赢脱贫攻坚战。

精准帮扶

林勤是厦门大学附属第一医院肿瘤放疗科主任医师。时至今日，她依然清晰地记得自己两年前去隆德县人民医院进行医疗帮扶的情景。让她印象最深的是当地医务人员的上进心，“他们学习热情很高，抓住一切机会主动向我们要求学东西”。

一周时间里，包括林勤在内的10名厦大医疗专家服务团在隆德县开展了专家门诊、手术示教、专题讲座、教学查房等，受到隆德县人民医院和广大患者的一致好评。

厦门大学医疗专家服务团由来自该校附属第一医院等单位的人员组成。每年，厦门大学会根据隆德病谱，从其附属医院中选派10名左右科主任一级的“精兵强将”前往该县进行有针对性的医疗帮扶。

在定点扶贫过程中，厦门大学不仅牵头走在前面，而且注重“重心下移”，让各学院和附属单位、广大校友充分发挥自身优势和专长，成为扶贫的生力军。2017年10月，该校“发挥校友作用，推动定点扶贫工作见实效”项目获评教育部第二届直属高校精准扶贫精准脱贫十大典型项目。

在隆德县委书记袁秉和看来，厦门大学给隆德带来了人才、智力、信息等各种优势资源，更带来了稳步推进隆德县发展进步的精神和力量。特别是厦门大学把隆德脱贫攻坚当成自己的事，动员全校力量为隆德县添砖加瓦、鼓劲加油，让隆德人民深受感动。

（《光明日报》2018年03月29日11版）

“土坷垃”里种出“金疙瘩”

王建宏 王 楠

2月26日已是初春，西北的田野里散发着万物复苏的气息。在这升腾的春意里，宁夏吴忠市利通区金积镇大庙桥村村民吴建斌额头渗出的汗水，竟化成心头的一丝甜味。

记者找到吴建斌时，他正和妻子在自家的西瓜大棚里忙活着，举手投足间尽是抑制不住的暖暖笑意。吴建斌说：“头几年种粮食的时候一年到头只落下一万块钱，家里七口人吃啥喝啥？如今我在这片‘土坷垃’里一年种出了十万块钱，真是想都不敢想。”

原来，吴建斌描述的“土坷垃”，就是他这一年辛勤种植的5个设施大棚，3棚辣椒、1棚茭瓜、1棚西瓜，如今都成了他家的“金疙瘩”。

吴建斌所在的大庙桥村有9个村民小组，580户，2349人。这个村虽位于“塞上江南”黄金地带，但前些年只有“江南”之景，却无“江南”产业之实。这么好的自然条件，为何走不通触手可及的致富路呢？关键是缺少当家产业！村支书马自忠说，我们按照“支部建在产业链、党员聚在产业链、农民富在产业链”的发展思路，摸索出了“支部＋合作社（协会）＋基地＋党员”的党建和产业发展模式。把原村部改造成了

光明日报　要闻 03

李克强向第五届中德创新大会致贺信

中国裁判文书网累计公布裁判文书4260余万篇

访问总量逾132亿次

张高丽接见平昌冬奥会中国体育代表团

新春走基层

无锡山联村：

春看油菜秋赏菊　百花香里脱真贫

“中国重载第一路”上的共产党员剪影

“土坷垃”里种出“金疙瘩”

山西：

县乡医卫机构一体化改革全覆盖

大庙桥村农村党校，邀请党政领导、党校老师、专业人才及“田秀才”“土专家”、农民经纪人和种植大户经常性地开展“田间课堂”、实用技术培训，逐步形成了支部引领、协会运作、党员带头、群众参与、共同致富的良性循环工作格局。

在党建工作引领下，这个村建立了产业发展示范基地，依托产前——育苗中心，产中——三农呼叫中心、农资综合服务站，产后——“鲜之宝”物流配送中心，解决了设施温棚种植、贮存、销售三大痛点。标准化日光温室发展到508个，拥有设施蔬菜交易大棚5000多平方米，保鲜冷库1500平方米，标准化育苗中心5000多平方米。2017年村集体经济收入达到30万元，全村农民人均可支配收入达14660元。

“我们村虽然小，但集科研、开发、生产、经营、示范于一体，和周边的青海、陕西、甘肃等地形成了稳定的供销关系和销售网络，种植户从来不操心销售的问题。”马自忠一边帮村民摘着辣椒一边说，“我们正在谋划建立休闲农业基地，等村里的旅游业发展起来了，日子可就同这手上的辣椒一样火辣啦！”

（《光明日报》2018年02月28日03版）

宁夏：

用活金融水　浇开脱贫花

王建宏

经过数年攻坚，宁夏固原市贫困人口由2012年的44.8万人降到2017年的9.4万人，脱贫35.4万人，贫困发生率由35.2%下降到8%，下降27.2个百分点。

进入脱贫倒计时，如何提高脱贫质量、怎样巩固脱贫成果，成为宁夏两会会场内外代表委员和干部群众最关心的热议话题。

固原市代表团是宁夏回族自治区党委书记、人大常委会主任石泰峰所在的分团，1月26日下午分组审议时，石泰峰作为一名普通代表发言。他说，习近平总书记在学习贯彻党的十九大精神研讨班开班式上指出，时代是出卷人，我们是答卷人，人民是阅卷人。固原市发展和民生的任务都很重，向人民交出一份满意的答卷，是新时代赋予我们的新使命。我们要通过更加集中的支持、更加有力的举措、更加精细的工作，确保如期实现脱贫目标。提高脱贫质量，突出效果导向，坚持精准施策，做到脱真贫、真脱贫。巩固脱贫成果，把激发贫困群众内生动力、增强贫困地区自我发展能力作为根本举措，确保脱贫成果经得起实践检验、得到人民群众认可。

“打好脱贫富民决胜战，重点在于构建高质量的产业发展体系。”自治区人大代表、固原市市长马汉成说，我们要构建以特色农业、生态友好型工业、全域旅游、现代服务业为主导的现代产业体系，实现产业园区化、产城融合发展。特别是在特色农业发展方面，让第一产业“接二连三”，坚持“反弹琵琶”，

光明日报 要闻 03

李克强会见日本外相河野太郎

十九大精神对外宣介团访问哈萨克斯坦

聚焦地方两会

向人民交出满意答卷

广西：打好五场硬仗 实现95万人脱贫

河南：南水北调中线工程已经完工数年来，给这条大渠起个名

河北：细节处体现新会风

宁夏：用活金融水 浇开脱贫花

辽宁：狠抓优化营商环境

四川：完善地方金融监管 规范政府举债

殷一璀当选上海市人大常委会主任 应勇当选上海市市长

李锦斌当选安徽省人大常委会主任 李国英当选安徽省省长

鹿心社当选江西省人大常委会主任 刘奇当选江西省省长

杜家毫当选湖南省人大常委会主任 许达哲当选湖南省省长

五省区市选举产生监察委员会主任

吉林当选北京市政协主席

叶冬松当选河北省政协主席

李佳当选内蒙古自治区政协主席

刘伟当选河南省政协主席

徐立全当选湖北省政协主席

欧阳坚当选甘肃省政协主席

突出生态特色，打响“六盘山”生态农产品品牌。

“当前，脱贫攻坚是固原市最大的政治任务、首要的民生工程和一切工作的出发点。”固原市委副书记杨刚代表说，闽宁协作、生态移民、“两个带头人”、金融扶贫等都是脱贫攻坚中形成的独特经验。在固原，建档立卡户贷款余额33.84亿元，户均4.3万元，且不良率极低，金融活水正在浇开脱贫之花。

自治区人大代表、固原市西吉县马莲乡党委书记魏廷峰建议，结合乡

村振兴战略和固原市“农民培训教育年”活动，从政策宣传、教育培训等方面引导贫困群众增强感恩意识，激发自我发展动力；坚持将“两个带头人”工程作为脱贫富民战略的有效抓手，培育发展一批致富带头人，在促进产业发展和带领农民致富中发挥示范引领作用；切实发挥好乡、村两级干部和第一书记脱贫攻坚“指挥员”、农村发展“领航员”、基层群众“服务员”的作用，带领群众脱贫致富奔小康。

（《光明日报》2018 年 01 月 29 日 03 版）

生态立区

“七十二连湖”环抱中的诗意银川
水岸并治为黄河减负
“多规合一”的宁夏改革经验
这里的乡村“以克论净”
“以克论净”引起的蝴蝶效应
看宁夏如何“给心灵放个假”
“两沙一陵”诠释宁夏之美
宁夏中宁枸杞的千年古今
守望枸杞家园
一个小荒村的“沧海桑田”
冬季里的绿色诗篇
不重蹈毁林开荒的历史覆辙

“七十二连湖”环抱中的诗意银川

王建宏

10月25日，在迪拜举行的国际湿地公约第十三届缔约方大会上，银川市获得全球首批“国际湿地城市”荣誉称号。

“澄波渺渺平湖里，一曲渔歌隔烟水。”自古以来就在“七十二连湖”环抱中的银川，坚持“绿色、高端、和谐、宜居”的城市发展理念，守护“塞北江南”一泓碧水，造就了“半城湖光一城景”的新时代盛景。

“国际湿地城市”由联合国国际湿地公约组织评估认证，代表了一个城市的生态成就，是目前国际上在城市湿地生态保护方面的重要荣誉。

“湿地”，亦“诗地”

黄河从青藏高原一路穿山越峡，进入宁夏后一改澎湃奔流之势，缓行北进，在中华大地上写出一个大大的“几”字，银川平原就藏在“几”字一撇的臂弯里。

大河流润，沃野千里。黄河母亲慷慨地将一颗颗珍珠玛瑙般的湖泊点缀在银川翠绿的衣裙上，贺兰山用躯体为她遮风挡沙，阻挡了腾格里沙漠与乌兰布和沙漠的侵袭。黄河的润泽，加之贺兰山各山谷洪水、泉溪的作用，在银川沿黄两岸和贺兰山东麓的洪积扇地区，留下了众多的湖沼湿地。

“贺兰山下果园成，塞北江南旧有名。”2018 年 3 月，宁夏回族自治区党委书记、人大常委会主任石泰峰在全国两会宁夏代表团媒体开放日上说，“这是唐朝诗人韦蟾的诗，一个‘旧’字，表明千百年来，宁夏作为塞上江南，一直是丝绸之路上的璀璨明珠。”

《宁夏府志》载：“唐渠东畔，多潴水为湖，俗以其相连属，曰‘连湖’，亦曰‘莲湖’。在邵刚、李俊二堡间者最大，回环数十里，不生葭菼（芦荻），而水深多鱼。澄泓一碧，山光倒影，远树层匝。时有轻舠出没烟波中，过者森然动江乡之思。”

04 综合新闻 光明日报

“七十二连湖”环抱中的诗意银川

“湿地”，亦“诗地”

城在湖中城愈秀

城在绿中城更美

赵登禹：将军血战不归还

新时代担当作为典型风采

让青春燃烧在扶贫一线

——记西藏阿里地区措勤县磁石乡党委书记李志龙

国际阳明文化节开幕

王阳明研究学者聚会贵阳修文

壮国东方潮 奋进新时代——庆祝改革开放40年

“一带一路”倡议五年成果丰硕

《中国对外开放40年》出版

湿地，亦诗地。朱元璋十六子朱栴就在这里留下了大量抒写湖城景致的诗文。其中《月湖夕照》写道：“万顷清波映夕阳，晚风时骤漾晴光。暝烟低接渔村近，远水高连碧汉长。两两忘机鸥戏浴，双双照水鹭游翔。北来南客添乡思，仿佛江南水国乡。”

蒲苇吐翠、水鸟飞鸣、荷花斗艳……从春到冬，当荒原的野性夹杂着湿地的气息扑面而来时，阅海、鸣翠湖、北塔湖等美景已映入眼帘。绵延不断的黄河水在这里汇聚，历经岁月变迁，“七十二连湖”卷“水”重来。

面对如此胜景，宁夏回族自治区党委副书记、自治区主席咸辉在银川市调研时说，要深刻把握山水林田湖草是生命共同体的系统思想，正确处理高水平保护和高质量发展的关系，像保护眼睛一样保护生态环境，像对待生命一样对待生态环境。

在中国西北乃至整个北方，拥有如此大面积河湖水系的城市十分少见。2017 年 7 月，亚布力中国企业家论坛夏季高峰会在银川举行，不少第一次来到银川的企业家大呼：湖城银川颠覆了人们对西北的印象。

溪城华府、陶然水岸、宝湖湾、阅海万家、艾依水郡……这个城市的楼盘名称大多都跟“水”有关系。在银川，无论住在哪里，信步走上一段，就能见到绿树环绕的开阔水面。

宁夏回族自治区党委副书记、银川市委书记姜志刚说，银川湿地保护的显著成绩，是中国改革开放 40 年来生态环境不断改善的一个重要历史见证，也是中国履行缔约国责任、保护地球生态环境的一个缩影。

“每次上下班，从住地沿着亲水大街开车至金凤区阅海湾的项目部，碧水、花香、蓝天、清风，真是无比惬意。”因工作需要，如今 36 岁的一线房企员工王邦柱从兰州调至银川，他说，自然形成的生态环境，是其他北方城市无法复制的优势。

城在湖中城愈秀

新中国成立初期，银川仍是湖群密布。20 世纪五六十年代以来，随着人口增加、城市扩展，大面积围湖造田、填湖盖楼，湖泊群日渐萎缩。

到21世纪初，银川的湖泊湿地由原来的6.7万公顷锐减到1.2万公顷。城内外1000亩左右的天然湖泊只剩下10来个，而且彼此相隔甚远，水源枯竭，灌排不畅，生态退化。

银川平原上千年的传统灌排体系遭到破坏后，滨湖农田盐碱化越来越严重，出现“冬春一片白茫茫，夏秋到处水汪汪”的景象。

新世纪以来，银川市坚持走绿色发展和可持续发展之路，大力实施生态立市战略，始终保持湿地只增不减、只扩不缩的定力，扩湖拓面、退田还湿、连通水系，强化湿地保护和恢复，湿地面积达到5.3万公顷，拥有6处国家湿地公园，自然湖泊近200个，市区湿地率达到10.65%，湿地保护率达到78.5%，成为中国西部以及东亚—澳大利西亚鸟类重要的迁徙路线和栖息繁殖地。据统计，银川鸟类品种已经从2012年第二次鸟类普查时的169种，增加到目前的239种，其中不乏大鸨、小鸨、中华秋沙鸭、黑鹳、白尾海雕等国家一级保护鸟类。仅银川阅海、鸣翠湖、宝湖等湿地鸟类种群数量就比2009年增加了35%。

从银川河东国际机场进市区的游客，都会经过一段湖光戏柳、草树烟绵、百鸟翔集之地，这是银川城东最大的一片湿地，占地面积1万亩的鸣翠湖国家湿地公园。“近年来，我们始终坚持‘保护优先、适度开发、以人为本、因地制宜’的原则，鸣翠湖已成为集生态、休闲、娱乐、健身、拓展培训等多功能于一体的银川‘后花园’。”鸣翠湖国家湿地公园副总经理赵学萍说。

“随着生态环境逐年得到改善，城市品位也随之提升。在银川，以湿地资源利用为特征的绿色生态旅游正逐步兴起。”银川市湿地办相关负责人介绍，依托黄河湿地，近年来银川市大力发展特色生态旅游，年旅游收入已突破亿元。

此外，阅海湖、大小西湖、宝湖、海子湖、北塔湖、鹤泉湖等湖泊，加之流淌千百年的唐徕渠、汉延渠等古灌溉渠系，使“城在湖中，湖在城中”的“塞上湖城”景象得以再现。

远望水鹭双飞起，近看风荷一向翻。坐拥“七十二连湖”，银川人的幸福感，都集于苇浪水波间。

城在绿中城更美

百万年前的地质巨变造就了泱泱巨川，形成了“塞北江南”的壮美轮廓；千百年前的天堑分流、引渠灌溉，造就了“塞北江南”的水色文脉；十多年的退耕还湖、生态修复，再现了“七十二连湖”的湖光胜景。今天，银川正在习近平新时代生态文明思想指引下，进一步精雕细琢，规划建绿、见缝插绿，让“塞上湖城”更加秀美。

截至2017年年底，银川市已建成公园113个，建成区绿地面积7327.92公顷，绿化覆盖率、绿地率和人均公园绿地面积分别达到42.07%、42.04%和16.83平方米。

自2014年起，银川新建面积在2000至10000平方米的小微公园42个，这些“袖珍公园”以乔木为背景林，沿路两侧栽种花灌木和地被植物，搭配不同风格的休闲坐凳与设施，成为一个个“室外会客厅”。2018年在建的10个小微公园，也已于8月底前投入使用。

褪去“黄肥绿瘦”的旧衣裳，越来越多的湿地公园、小微公园让生活在这里的人们幸福感节节攀升。“散步嬉水赏绿植，围湖健身看夜景。”华雁湖畔小区居民何卫平以水为墨、以地作纸，吐露银川市民心中的惬意。

未来3年，银川市将实施“一河两路三带四大类型”生态建设工程，城乡造林绿化共计30万亩。突出生态廊道建设，保护“母亲河”，守护“父亲山”，理稳“湖城水”，构建生态环境的空间布局。头顶“国际湿地城市”桂冠的银川，正在环球同此凉热的时代，缔造生态文明建设的银川样本。

（《光明日报》2018年10月26日04版）

水岸并治为黄河减负

王建宏

“如果说去年‘贺兰山在哭泣’，那么，现在则是‘黄河在怒吼’。”近日，宁夏在大力整治贺兰山生态破坏问题基础上，直面黄河污染治理存在的突出问题，深挖查摆主要原因，打响新时代污染防治的“黄河保卫战”。

宁夏在祖国版图上有独特的生态地位，从空中俯视，如果没有银川平原像一把绿色尖刀插入沙海，那么，腾格里、乌兰布和、毛乌素三大沙漠将在宁夏会合。阻挡西来风沙的天然屏障贺兰山、润泽宁夏千百年的黄河，是造就“塞北江南”的生态地标。然而，在长期以来开发利用为主的思想主导下，人们的关注点更多集中于挖多少煤、引多少水、发展多少工业、产生多少 GDP，贺兰山由此成了“煤山”，黄河也成为“取水池”和“容污器”，而其最重要的生态功能却被选择性忽略。

当贺兰山腹地因无序开采变得支离破碎、满目疮痍；当山沟里流淌着颜色诡异的“红汤黄水”——我们听到贺兰山在哭泣！2017 年以来，宁夏从政治的、全局的、战略的高度，对贺兰山自然保护区内所有矿山和企业一律关停退出，其中既有国企也有民企，涉及大量人员就业，难度可想而知。宁夏以壮士断腕的勇气，坚决强力推进，取得显著成效。财政拿出

14亿元资金，对贺兰山破坏山体进行整治修复，并有力打击盗采行为，贺兰山正在恢复宁静、和谐、美丽。

“天下黄河富宁夏。”黄河自青海发源后一路跋涉，冲出高山峡谷，进入相对平缓的宁夏平原，由于坡降适度、引水便利，宁夏近90%的水资源都来自黄河，所有河流、湖泊的水最终都汇入黄河。一段时间以来，一些地方政府重温饱不重环保、重生产不重生态的现象长期存在。由于缺乏对黄河的保护和规划，有的地方奉行“水从门前过，不用也是错”，一味索取，很少保护；有的市县为了一时一地的经济增长，不顾水生态、水环境安全，上一些高耗水、高污染项目，过度排放、随意污染，使黄河不堪重负。

当前，全国上下都在重点打好防范化解重大风险、精准脱贫、污染防治三大攻坚战。宁夏以问题为导向，刀刃向内，主动发起新时代“黄河保卫战”，并将其作为污染防治攻坚战的重要一役，这既是对绿色发展理念的具体实践，也是对黄河

光明日报 2018年4月27日 星期五 评论 11

技术工人凭技能也能提高待遇

光明论坛

在历史前进的逻辑中前进

提高农村垃圾治理效率可向市场化借力

水岸并治为黄河减负

□ 王建宏

光明时评

电影为世界提供观察中国的新视角

文化评析

关停2G网络 别忽视用户权益

价值认知的深刻转变。治理黄河污染，不光靠“堵”，更要重“疏”，要全面关闭直接入河湖企业污水直排口，封堵污染黄河的通道，还要下功夫治理好黄河干支流和主要排水沟，消灭城市“黑臭水体”。不仅要治“水”，更要治“岸”，坚持以水定城、以水定人、以水定产，量水而行、因水制宜，科学布局沿黄地区生产、生活、生态空间，从源头上为黄河减负。不仅要“顺流而下”找问题，更要“逆流而上”挖根源，下大力气调整产业结构，摈弃靠要素驱动的传统粗放发展方式，坚持创新驱动发展。

党的十八大以来，习近平总书记多次就黄河保护治理作出重要指示，要求沿河各省区都要自觉承担起保护黄河的重要责任，坚决杜绝污染黄河行为，让母亲河永远健康。黄河流域的九个省区，是我国重要的粮食产区，也是经济发展的重要板块，更是重要的生态宝库。保护好、治理好黄河，绝非一省一地所能为，需要上下游一起联动、九省区共同发力，唯有如此，母亲河黄河才能永葆健康生命。

不让贺兰山再哭泣，不让黄河再怒吼，根本在于牢固树立绿色发展理念，构建污染防治长效机制，防止破坏生态和污染问题反复出现、屡禁不止，及时追责、顶格问责、重典治乱，打好污染防治持久战，加速形成人与自然和谐共生的现代化建设新格局。

（《光明日报》2018 年 04 月 27 日 11 版）

“多规合一”的宁夏改革经验

王建宏

1.27 万平方公里，宁夏国土面积的近五分之一。

然而，在“多规合一”改革前，由于不同部门、不同规划之间的冲突和博弈，同样的地块有着不同的功能用途。

改革开放 40 年来，宁夏与全国一样，创造了经济发展的奇迹。而另一方面，传统发展模式给本就脆弱的生态环境带来了严峻挑战。北部的贺兰山，近几十年的煤炭开采使山体蒙受巨大创伤；南部的六盘山，保护区内一些活动使这座黄土高原上的“绿岛”面临生态破坏的风险；横穿境内、蜿蜒北去的黄河也因长期过度开发利用，负担日益沉重。

2016年4月18日，经中央全面深化改革领导小组第二十三次会议同意，宁夏作为中央确定的第二个省域空间规划试点省区，开展空间规划（多规合一）试点。

“空间规划改革是党中央推动生态文明建设的重大部署，是推进国家治理体系和治理能力现代化的重要内容，是牢固树立新发展理念、推动发展方式转变的重大举措。”宁夏回族自治区副主席刘可为说。自治区党委、政府把空间规划试点作为头号改革任务，力争为国家构建以空间规划为基础的空间治理体系探索经验。

生态底图

空间规划改革是一项全新改革，作为试点省区，宁夏几乎没有可供借鉴的成熟经验。

“多规合一”涉及面广，需要整合多个部门的规划，必须冲破传统的博弈思维，打破已固化的部门利益。自治区和试点市县都成立了党委、政府主要领导挂帅的领导小组，形成了高位协调、上下衔接、左右协同的工作机制。同时，宁夏改变以往以技术单位为主的规划编制方式，由相对独立、不受传统利益格局影响的规划管理委员会办公室主导，组建了规划评议委员会，集合各方智慧，提升规划科学性。

光明日报
GUANGMING RIBAO
2018年8月2日 星期四 农历戊戌年六月廿一 今日16版

中央军委印发《军队实施党内监督的规定》《军队实行党的问责工作规定》

在基层磨砺 做有为青年
——首都高校学生干部基层社会治理蹲点调研纪实

习近平新时代中国特色社会主义思想指引下——新时代新作为新篇章

政治引领聚人心
——二论在广大知识分子中深入开展“弘扬爱国奋斗精神、建功立业新时代”活动

基层是青年成长的沃土

大江奔流——来自长江经济带的报道
通江达海支撑新的增长极

壮阔东方潮 奋进新时代——庆祝改革开放40年
“多规合一”的宁夏改革经验

“‘多规合一’

不是简单的多规相加，而是要科学地编制好一张蓝图，为保护和开发提供依据。因此，不同规划最后统一到什么底图上，是空间规划编制中一个重要问题。”宁夏回族自治区规划管理委员会办公室主任李晓龙说。

“绿水青山就是金山银山”，建设生态文明是中华民族永续发展的千年大计。自治区与各相关部门和市县采取上下结合、反复校核的方式，通过“四上四下”共八次沟通对接，最大限度取得共识——坚持生态优先，划定生态、农业、城镇空间和生态保护红线、永久基本农田、城镇开发边界“三区三线”，以生态底图有机叠加其他各类规划。

“我们逐个核对差异图斑，解决了 1.27 万平方公里的用地分类矛盾，实现了用地唯一属性，为科学绘制蓝图打下坚实基础。”宁夏回族自治区规划管理委员会办公室副主任马全说。

红线划定

划定生态保护红线是空间规划的重要内容，是保障和维护生态安全的底线。

2018 年 6 月底，宁夏正式对外公布生态保护红线，总面积 12863.77 平方公里，占国土总面积的 24.76%。宁夏生态保护红线在空间上呈现出“三屏一带五区”的分布格局：“三屏”即贺兰山生态屏障、六盘山生态屏障、罗山生态屏障；“一带”为黄河岸线生态廊道；“五区”为东部毛乌素沙地防风固沙区、西部腾格里沙漠边缘防风固沙区、中部干旱带水土流失区、东南黄土高原丘陵水土保持区、西南黄土高原丘陵水土保持区。

划定红线的过程，也是宁夏确立生态立区战略、开展自然保护区清理整顿专项行动的过程。2017 年 6 月，新一届自治区党委果断关停退出宁夏贺兰山国家级自然保护区范围内所有工矿企业，全面开展清理整治和生态修复；针对黄河污染治理存在的突出问题，深挖查摆主要原因，出重拳、下狠手，综合施策，压实责任，打响污染防治的黄河保卫战。

“生态红线划定是基础，严守是关键。”这已成为宁夏的广泛共识，“我们要突出生态红线的优先地位，不越雷池一步，杜绝各类破坏生态环境行为的发生。”

空间治理

空间规划改革是国土空间治理体系的一场深刻变革。编制空间规划是为了加强空间治理，只有空间规划和空间治理两个轮子一起转，才能让刚性管控真正落地。

“我们在编制空间规划的同时，就十分重视空间治理体系建设。从法规政策、管理体制、信息平台三个方面入手，增强改革的系统性、整体性、协同性。”李晓龙说。

2017 年 5 月，全国首部省级空间规划法规在宁夏出台，明确了空间规划的综合性、基础性、约束性地位。同时，自治区还建立生态保护补偿制度、差异化考核、惩处问责等机制，把空间规划实施与各地利益平衡、党政领导干部政绩考核紧密结合，使落实空间规划成为各级干部的自觉行动。

“多规合一”涉及大量数据分析、比对和整合，试点之初，管理信息平台建设就被作为改革的重要任务来推动。自治区整合各部门分散管理的规划数据资源，建立全区统一的规划管理信息系统和空间规划数据库。打破信息孤岛、实现互联互通后，自治区、市县在一个信息平台上完成规划编制、审查、实施、管理监督，实现了一张蓝图管到底。

2017 年 8 月 29 日，习近平总书记主持召开中央全面深化改革领导小组第三十八次会议。会议指出，党中央授权宁夏回族自治区开展“多规合一”试点以来，在编制空间规划、明确保护开发格局、建设规划管理信息平台、探索空间规划管控体系、推进空间规划管理体制改革等方面，探索了一批可复制可推广的经验做法。改革没有完成时。在“多规合一”取得重要突破的基础上，宁夏仍在深化体制机制改革，确保空间规划彻底融入全区经济社会发展“一盘棋”中。

（《光明日报》2018 年 08 月 02 日 01 版）

宁夏中卫市沙坡头区：

这里的乡村“以克论净”

王建宏　何小红

宁夏中卫市沙坡头区，因腾格里沙漠南缘与黄河相接处的一个小沙坡而得名。在中卫市，即使从城市最中心的区域算起，到沙漠的距离也不过10公里。

南北偏西走向的贺兰山脉与东西偏南走向的祁连山脉在中卫交会，山峦之间形成了一个数十公里的“丫”字形缺口，被称作“西风口”。沙随风舞，年复一年侵袭着沙坡头区及更为广泛的区域。

5月初，记者走进这里的城市乡村，却惊异地发现这里完全不像上处于沙漠边缘——大街小巷、村道巷陌洁净有序，硬化路面上甚至连浮尘都看不到。

经过深入走访，一种“以克论净”的清扫保洁机制与精益求精的精神一起，让此前的“惊异”化为了“敬意”。

要乡愁不要“乡臭”

5月8日下午，宁夏中卫市沙坡头区迎水桥镇何滩村的中心村道上，“下地”“上工”的村民们或骑着摩托车，或开着小轿车从村道上穿过，黄灿灿的金叶榆在微风中摇曳，路旁绿化带里新栽的蔷薇花含苞待放，空气中弥漫着乡村独有的气息。

“如果你们在七八年前来我们村，得捂着鼻子、卷起裤脚走过这个巷道。”村支书冯永新指着村部前一个展板上的旧照片说，“每次进出家门都跟逃难一般。一下雨，泥就能没过脚面。”

“不仅路难走，垃圾也乱倒。”66岁的何其江说。一条水渠刚好从村子中间穿过，村里人一出门就直接把垃圾倒进了渠里。每年到了灌溉季节，组织村民清理渠里的垃圾成了村委会的一项重要工作。

而现在，不论哪一家，一出门就有特制的铁质垃圾桶。沙坡头区因地制宜，按照老灌区、扬黄灌区、山区各乡镇村庄布局和群众生活习惯，从垃圾填埋场建设、中转站布局、转运车效率、垃圾桶（箱）配套及服务半径等多方面进行科学测算，编制了《沙坡头区

光明日报　光明视野 07

农村垃圾处理新探索系列报道

宁夏中卫市沙坡头区：

这里的乡村“以克论净”

要乡愁不要“乡臭”

乡村也要“以克论净”

既是环卫机制，也体现较真精神

他山之石

法国：农村垃圾处理变废为宝

四方谈

“以克论净”引起的蝴蝶效应

体现至精至细的工匠精神

如何避免在乡村水土不服

人居环境改善带动产业发展

农村环卫设施设备配置计划》，建立了“户分类、村收集、乡镇转运、市（区）处理”的农村生活垃圾收集转运处理系统，实现了农村环境卫生管理工作全覆盖。

经过一系列垃圾整治，“乡臭”没有了，乡愁来了——风吹麦浪、稻菽飘香的田园风光又回到了人们的视野。何滩村距离5A级旅游景区沙坡头仅有几公里。如今环境变好了，村里的致富能人崔建玉利用闲置的晒谷场，建起了农家乐“水云农庄”，一到节假日，生意十分火爆。记者采访当天，碰巧遇上银川的客商到村里谈合作，想利用村里的枸杞园建设观光基地，发展乡村旅游。

“以前大家都向往城里人的生活，总是争着抢着往城里跑，现在很多人都开始往村里跑。我们村就有十几户人家过去进了城，现在又回到村里了。”柔远镇冯庄村支部书记朱爱华笑呵呵地说，现在这里倒成了城里人

宁夏中卫市沙坡头区“以克论净”保洁机制从城市延伸至乡村

光明日报记者王建宏摄／光明图片

向往的地方。

乡村也要“以克论净”

干净的标准是什么？

“以克论净”——中卫市给出了这个近乎苛刻的答案。如果你在城市或乡村看到有工作人员随意选择一块1平方米的区域，用刷子刷起灰尘，再放到天平上称量，请不要惊讶，他们是在“以克论净”。

2012年，被脏乱差困扰的中卫市经过深入调研和反复试验，形成了一套新的环境卫生维护工作机制：城市道路浮尘每平方米不超过5克，地表垃圾停留时间不超过5分钟。

这种环卫模式虽一度受到外界质疑，却历经实践检验，坚持了下来并使环境卫生管理实现了精细化。2015年7月，全国城市环卫保洁工作现场会向全国推广了这种机制。2017年2月初，中卫市“以克论净”深度清洁项目获得2016年中国人居环境奖范例奖。

城市干净了，乡村怎么办？早在2014年，中卫市就将“以克论净”的城市环卫保洁模式向农村延伸。

充分考虑到农村环境和卫生的特殊情况，中卫市因地制宜，将考核标准确定为硬化路面每平方米浮尘不超过30克。沙坡头区作为全域旅游示范市的核心区，高标准打造了涵盖6镇36村的农村环境卫生综合整治示范区，农村人居环境实现彻底改观。

如何在乡村“以克论净”？沙坡头区探索出了一系列行之有效的配套措施。

——为各乡镇、行政村配备农村环境卫生保洁员500多名，实行网格化管理，将保洁范围分成“大网格”“中网格”“小网格”，每个小网格

“以克论净”在宁夏中卫市沙坡头区实施以来，乡村人居环境有了明显改善

光明日报记者王建宏摄 / 光明图片

配备 1 名至 2 名保洁员，定人员、定车辆、定范围、定时间，对网格的环境卫生和垃圾定期进行清扫。

——按照 8 公里的服务半径建设垃圾中转站 12 座、垃圾填埋场 6 座，按照 3 个中转站配备 1 辆钩臂车、230 个垃圾桶配备 1 辆收集车、6 户配备 1 个垃圾桶的标准，为各乡镇配备铁质垃圾桶 17074 个、大型铁质垃圾箱 2138 个以及环卫车辆 772 辆，保障了农村垃圾从收集、转运、统一处理的全方位覆盖、无缝隙对接。

——打破农村环境卫生治理资金瓶颈，建立“财政配套、群众自筹、社会融资”多样化筹资方式，沙坡头区财政将农村环卫保洁经费纳入财政预算，每年1000万元，主要用于保洁员工资支付和垃圾运转车的运行管理费用，确保了垃圾收处实现常态化。同时，按照“谁受益、谁付费”的原则，实行差异化收费标准，每月向每户村民收取卫生保洁费3元，集镇商户每月每平方米收取卫生保洁费2.4元、企业每人每月收取1元，既调动了群众参与的积极性，又保证了工作经费。

既是环卫机制，也体现较真精神

穿着橘黄色的环卫服，戴着红袖标，骑着蓝白相间的电动环卫车，迎水桥镇何滩村保洁员崔国看着自己清扫过的水泥村道，脸上浮现出笑意：“累是累了些，但是看到我们村子这么干净，邻里乡亲在村道上散步、广场上跳舞，我心里高兴得很。”

沙坡头区乡村“以克论净”形成了一套新的标准，可概括为“5个3”，即每天3清扫、3保洁，地表垃圾不超过3处/百米，停留时间不超过30分钟，路面尘土不超过30克/平方米；同时要达到“9个无”，即无生活建筑垃圾、无树挂、无瓜果皮壳、无白色污染、无人畜粪便、无柴草堆放、无污泥积水、无乱占乱建、无拴养牲畜。

“我60岁了，在家门口干环卫，还可以照顾家里。”崔国告诉记者，环卫工按人口比例配备，大部分是本村人，每月800元工资，干得好还会有奖励。

“‘以克论净’既是一种环卫机制，也体现了一种精神。”沙坡头区委常委、宣传部部长邹建萍说，开始时一些村民甚至部分基层干部对乡村“以克论净”不理解、不配合，工作推进非常艰难。

为了调动村民的积极性，一些村庄开展了“你扔我捡，共建家园”活动。在何滩村，老村支书冯建安就跟一名村民较上了劲：2017年正月里，一位村民穿着拖鞋出来倒垃圾，由于天气冷，冻得缩手缩脚的她把一些垃圾倒在了垃圾桶外。正好路过的冯建安管起了“闲事”，两人为此拌了嘴。村委会出面调解，并指出了这位村民的错误。这件事传开后，让很多人看到了推动“以克论净”的决心，也激发了更多人与不良卫生习惯作斗争的较真劲儿。

沙坡头区以“环境育人”工程为载体，进行广泛宣传，让群众从最初的不理解逐步向主动参与转变，农村柴草乱放、粪土乱堆、垃圾乱倒、污水乱泼的现象得到有效治理。

“再有人乱丢乱扔，羞都羞死了。”“过去扔个垃圾不算啥，现在会被人戳脊梁骨……”何滩村会议室内，村民代表会议上，大家你一言我一语地讲着变化。从他们的话语中，记者感受到，“以克论净”正在逐渐成为习惯、化为民风。

（《光明日报》2018 年 05 月 15 日 07 版）

“以克论净”引起的蝴蝶效应

●主持人：

光明日报记者 王建宏

●嘉 宾：

宁夏中卫市副市长 蔡 菊

宁夏中卫市沙坡头区委常委、常务副区长 李伏荣

宁夏中卫市沙坡头区副区长 穆怀中

宁夏中卫市沙坡头区柔远镇冯庄村村支书 朱爱华

体现至精至细的工匠精神

主持人：“以克论净”为何能在中卫取得成功？

蔡 菊：“以克论净”是一种环卫保洁模式，经过6年多的不断实践，形成了一种独特的文化。这种模式之所以能够达到超预期的效果，是因为至精至细的工匠精神和管理理念。全市广大环卫工人和管理人员通过天平称重、秒表计时、米尺测量，严格执行作业标准、强化工作成效考核，精益求精、精细管理，最终实现了道路浮尘每平方米不超过5克，地面垃圾停留时间不超过5分钟的“两个5”目标。

最关键的是，“以克论净”在中卫不只是环卫部门和环卫工人的事。通过多年的推广实践，“以克论净”的理念已经内化于心、外化于行，成为广大市民的共同信念。在中卫，如果街上有一团纸、一个塑料瓶，行人马上就会捡起来，无论组织多大规模的群众性活动，等到活动结束人群散去时，几乎不会留下塑料垃圾。

如何避免在乡村水土不服

主持人：“以克论净”最初主要是针对城市的环卫保洁，在向乡村延伸过程中如何避免水土不服？需要解决哪些关键问题？

李伏荣：近年来，沙坡头区将城市“以克论净”环卫保洁模式向农村延伸，高标准打造了沙坡头区农村环境卫生综合整治示范区。我们没有照搬城市模式和标准，而是根据农村的特点和实际，制定了“5 个 3”的整治标准，即每天 3 清扫、3 保洁，地表垃圾不超过 3 处 / 百米，停留时间不超过 30 分钟，路面尘土不超过 30 克 / 平方米。

宁夏中卫市沙坡头区实现了农村保洁员全覆盖

光明日报记者王建宏摄 / 光明图片

穆怀中：乡村“以克论净”的背后，有一整套保障机制。一是资金投入有保障。将农村环境卫生整治经费列入财政预算，每年投入 1000 万元。二是保洁队伍有保障。我们共配备农村保洁员 500 多名，大的自然村 2 名，小的自然村 1 名，实现自然村全覆盖。三是环卫设施有保障。建成垃圾中转站 12 座、农村保洁服务站9个，配备环卫车辆821辆，保障了垃圾及时清运。四是“三检三考”和“181”严管重罚奖罚机制。采取“区上月检季考核、主管部门周检月考核、乡镇日检周考核”的“三检三考”层层严格考核，严格兑现奖罚，每季度奖励10%优秀，激励80%多数，淘汰10%末位，以此建立起农村环境卫生长效机制。

人居环境改善带动产业发展

主持人：“以克论净”在乡村的实施带来了哪些改变？

朱爱华：黄河就从我们村子边上流过，没有搞“以克论净”之前，垃圾都直接倒进了黄河。这几年，美丽村庄建设、环境整治以及“河长制”的实施，让村里的面貌有了翻天覆地的变化。村里变美了，心情舒畅了。更重要的是，产业发展更好了。企业到村里投资建设蔬菜种植公司，60岁以上的劳动力都变得很抢手，一天工资130元至160元。2017年全村农民人均纯收入14380元，是除了城市近郊村庄外最高的。

李伏荣：乡村振兴战略的最终目标是农业强、农村美、农民富全面实现。沙坡头区是一个旅游区，“以克论净”环卫保洁模式向农村延伸，也将带动旅游向乡村拓展，推动全域旅游的发展，从而助力脱贫攻坚和乡村振兴战略。

（《光明日报》2018年05月15日07版）

开启全域旅游 4.0 时代

看宁夏如何“给心灵放个假”

刘 梦 王建宏

“去宁夏，给心灵放个假。”在不少城市的机场，这句标语常引人注目。

大漠孤烟与奔涌黄河、西夏王朝与丝绸之路、骆驼与枸杞……宁夏汇聚了太多让人心驰神往的元素。作为继海南之后中国第二个全域旅游省级创建单位，宁夏的旅游业蓬勃发展，对经济的贡献率已超过 8%。自 2012 年以来，宁夏旅游市场接待游客人次和旅游总收入增幅年均保持两位数以上。

2016 年 7 月，习近平总书记在宁夏考察时对发展全域旅游作出指示、提出要求，为宁夏全域旅游发展指明了道路。

从旅游 1.0 景点时代，到 2.0 景区时代，再到 3.0 旅游目的地时代，如今，宁夏以创建全域旅游示范区为抓手，把旅游业融入经济社会发展全局，在全域空间优化、全域产业联动、全域市场开拓、全域服务配套上发力，正在推动旅游向“全景、全业、全时、全民”的全域旅游 4.0 时代转变。

“有个景区，叫宁夏”，抓旅游就是抓转型、调结构

以大地为“宣纸”，用稻苗为“颜料”，在银川市贺兰县“稻渔空间”，一幅幅壮美的田园图景铺陈而来。稻田养鸭、鱼、蟹、虾等农事活动观赏和体验区，有机瓜果采摘园，休闲娱乐及垂钓餐饮区，农耕文化展示及科普教育长廊……以休闲旅游农业内涵为主题的规划、设计与施工，把农业建设、科学管理、农艺展示、农产品加工集为一体，吸引了大量游客。2017 年，这个不大的观光园接待旅游观光游客 15000 人次，辐射带动农民致富 500 户。

光明日报 光明视野 07
砥砺奋进六十载·塞上宁夏谱新篇
“两沙一陵”诠释宁夏之美
开启全域旅游4.0时代——
看宁夏如何“给心灵放个假”
“有个景区，叫宁夏” 抓旅游就是抓转型、调结构
“把钱分给大家” 抓旅游就是抓观赏、奔小康
“保住颜值，提升气质” 抓旅游就是抓生态、优环境

以“农业 + 旅游”促进产业转型升级，让农区变身景区，“稻渔空间”不是个例。今天，“有个景区，叫宁夏”，在这片土地上已经成为一种共识。

宁夏旅游发展委员会主任徐晓平说，按照“全景、全业、

位于宁夏西海固地区的西吉丹霞地貌　光明图片

全时、全民”模式，创建国家全域旅游示范（省）区的战略目标，宁夏开启了南北不同地域、不同区位、不同资源禀赋探索发展全域旅游的新路径，通过资源整合、业态重构、产业融合、管理创新、服务配套，实现泛旅游产业聚集，释放旅游业综合带动效应。

宁夏是祖国西部一块宝地。全国10大类、95种基本类型的旅游资源中，宁夏有8大类46种，被誉为“中国旅游的微缩景观”。

宁夏首次提出“要把旅游业融入经济社会发展全局”的全域旅游发展理念，首次提出“全景全业全时全民”全域旅游发展模式，首创实施“五有一无”旅游厕所革命模式，首创实施旅游服务质量提升“十百千万”工程，首创推出199元省级旅游惠民卡，全区群众可全年无限次免门票畅游区内 42 个景区……这些“首倡”和“首创”，加快了全域旅游的推进步伐，让宁夏成为西部旅游业转型升级的领跑者、全域旅游西部模式的探索者，也让发展的红利更多惠及于民。

2017 年，宁夏出台《宁夏全域旅游发展总体规划（2017—2030 年）》，提出到 2025 年，成功创建国家全域旅游示范区，打造旅游千亿元产业的奋斗目标，并明确了全域旅游发展的路线图和责任书，为全域旅游发展提供有力的政策与制度保证。

“把钱分给大家”，抓旅游就是抓脱贫、奔小康

中卫市沙坡头区迎水桥镇，是黄河进入宁夏的第一镇。

鸣沙村是宁夏“十二五”生态移民村，村里 151 户全部是从几十公里外的大山搬出来的。刚刚搬出来时，大部分家庭都一贫如洗。

村民杨生宝回忆起 2012 年刚搬来的情景，说：“连一条好路都没有。”

当时，很多人都没有意识到，距村子只有 1.5 公里的国家 5A 级旅游区沙坡头景区就是他们的“摇钱树”。种过地、下过矿、打过工、开过车的杨生宝，试探性地在景区的必经之路上开了一家小小的特产店，短短两年，让他深深体会到了什么叫“无商不富”。

2018 年 3 月，杨生宝在新建成的沙坡头旅游新镇开了一家集餐饮、特产展销于一体的店铺。运营才几个月，一算账，月收入 36 万元。

“我现在就想带着大家伙儿一起挣钱，把钱摆在桌上大家一起分！”2018 年 1 月，杨生宝被选举为村支书。他和村“两委”班子成员商议，引进战略投资者，发展乡村旅游，开辟增收渠道。在大家的共同努力下，鸣沙村建成了休闲客栈、传统手工作坊、特色商业街区。

今天的鸣沙村，青瓦白墙的农家小院错落有致，沁人心脾的花香徐徐

飘散，卫生室、超市等便民服务设施一应俱全，村内巷道全部硬化并安装了路灯，3000 平方米的文化广场为村民提供了休闲娱乐的好去处。

环境好了，村里 17 户村民把闲置的房屋租出去开民宿，不少村民当起了导游、搞起了餐饮，没有一技之长的，也可以去景区当保洁、保安。在农家餐厅里忙碌的“大厨”马玉璇是个 90 后，当记者问他工资多少时，他腼腆地笑答：“5000 多吧。”一旁的迎水桥镇副镇长张积达笑道：“比我多。”

在宁夏，贫困地区旅游资源十分丰富，六盘山森林公园、秦长城遗址、须弥山石窟、西吉丹霞地貌……这些都是推进旅游扶贫开发的“富矿”。

宁夏回族自治区旅游发展委员会副主任万学道介绍，自治区扶持 72 个乡村旅游扶贫重点村，推动景村共建，提升景区对周边贫困村的带动力。沙湖景区为周边贫困村民优惠提供营业房和工作岗位，六盘山红军长征景区主动对口帮扶贫困村……借助全域旅游东风，越来越多的村民在家门口吃上了“旅游饭”。

旅游业“民间转移支付”“均衡社会财富”的调节作用，让越来越多贫困群众成为旅游发展的参与者、受益者，分享着旅游全产业链带来的红利。

“保住颜值，提升气质”，抓旅游就是抓生态、优环境

全域旅游是一条“金扁担”，一头挑着绿水青山，一头挑着金山银山。

大漠粗犷，湖泊秀美，黄河雄浑，平川无垠……在宁夏，人们时常对这里既典型又别致的西北风情留下深刻印象。

宁夏以 6.64 万平方公里土地，集中了大山、大河、大草原、大沙漠、大湖泊，犹如铺展在西北大地上一幅色彩斑斓的画卷。这里有以水洞沟遗

址为代表的远古文化、有以长城遗迹为代表的边塞文化、有以西夏陵等为代表的各类文化遗存，这些元素高度集聚，让游客在短时间短距离内感受到不同的视觉和文化冲击。

旅游资源得天独厚的宁夏，生态极为脆弱。如何“留住颜值，更提升气质”，保护并进一步开发好自然所赋予的独特资源？

自治区给出的答案是：必须把发展全域旅游与建设生态文明统筹谋划、一体推进，让旅游与生态珠联璧合、相得益彰。

宁夏推动防沙、治沙向用沙深刻转变。在创造治沙世界奇迹的同时，于治沙中治出风景，在山水间种出财富，不断把蓝天净土转化为创业沃土，树立了“宁夏归来不看沙”的旅游品牌。

走进固原市彭阳县，梯田、林带层次清晰，绿树、花海交相辉映，呈现给人们的是一幅生态文明的“人工画廊”。30余年如一日坚持绿色发展，森林覆盖率由建县初的3%增加到现在的26.5%，国土治理程度达到76.3%——“生态彭阳”走出了一条改善生态、发展经济、富裕群众的路子。

人人都是风景，城乡皆是景区。全域旅游是一种全民参与、全民攻坚的旅游，其核心是“人”。宁夏加快建设旅游公共服务体系，在全社会营造人人都是形象大使的氛围，力争让每一个宁夏人都成为全域旅游的东道主，不断提升标准化、人性化服务水平。宁夏旅游市场秩序正面评价连续两年排名全国第一。

转型升级激发的活力动力，脱贫攻坚带来的幸福感获得感，绿水青山绘就的金山银山，让“全域旅游”的宁夏实践生动而真实，“全域旅游”的宁夏步伐坚定而有力。

（《光明日报》2018年09月19日07版）

“两沙一陵”诠释宁夏之美

刘 梦 王建宏

以“小而美”著称的宁夏，黄河、大漠、绿洲、高山、戈壁在此交相辉映，造就了多样的地理风貌，孕育出独特的历史文化。

沙坡头、沙湖、西夏王陵，被称为“两沙一陵”，是宁夏旅游的一张金牌名片。从江南“水”景观的嵌入到大漠“沙”文化的贯穿，从现代化城市返回时空深处聆听西夏王朝的历史回声，“两沙一陵”诠释了宁夏的魅力，更是宁夏“全域旅游”生动实践的见证。

大漠沙之魂

在宁夏中卫，浩瀚无垠的腾格里沙漠、一泻千里的黄河、横亘南岸的香山交融相汇。

“水灵灵来巧姑娘……”在奔涌的黄河上，船夫娴熟地掌控着古老的交通工具——羊皮筏子，为远方的客人放声唱起民歌。正值丰水季节，浪花裹着黄沙奔涌，伴着古朴的歌声，带领着一船又一船人走向时光深处。

沙为河骨，河为沙魂。受大自然的惠泽与恩赐，巍巍香山横亘黄河之阴，浩瀚的腾格里沙漠绵延黄河之阳，一水中分，绘就了中卫的一幅天然太极图，形成了黄河与沙漠、沙漠与绿洲、人与自然亘古千年和谐相处的美景。

沙是生态，也是文化。正值旅游旺季，王文剑每天都在朋友圈晒出自己的工作——情景剧《沙坡头盛典》台前幕后的点滴。每天固定两场表演，加场是常事，这对他和公司其他员工、参演演员来说，都是不小的挑战。

这台情景体验剧集成运用了声、光、影、水、雾、烟以及全息影像、玻璃晶球、巨型升降平台等技术手段。观众在观看过程中，不仅可以真切触摸到剧中的人与物，还能随着剧情变化全程参与其中。

当“桂王城”“沙坡鸣钟”“沙掩王城”“泪泉”等当地古老传说，融入沙坡头的治沙文化，再赋予浸没式观演模式，《沙坡头盛典》一亮相便吸引了大量远道而来的游客。剧场与景区发展相辅相成、相得益彰，进一步提升了沙坡头景区的文化品位和文化底蕴，也为全域旅游提供了样本。

中卫，这座与沙为邻的城市，却创造了“以克论净”的城市清洁经验，“净”在这里，既展现了追求极致的精神，也成为一种旅游体验。

塞外驼铃悠悠远，沙漠水城弄新姿。正在向集观光体验、休闲度假为一体的复合型景区迈进的沙坡头，有力带动了周边地区的共同发展。2018 年 1 月至 6 月底，中卫市共接待游客 271.32 万人次，实现旅游总收入 18.93 亿元。未来 3 年，这里将继续打造独具风情的沙漠旅游、黄河旅游、城市旅游、乡村旅游、休闲农业，步入处处皆景的“全域旅游”时代。

塞上水之韵

来自美国，在银川出差的罗杰斯结束工作后，来到沙湖，登上游船。

小船游荡在芦苇丛里，热气球高悬碧空之中，天上有鸟、湖中有荷、近水有鱼、远处是沙。江南水乡的灵秀与塞北大漠的雄浑融为一体的景观，让罗杰斯和其他来自各地的朋友啧啧称奇。

芦苇丛旁，一只苍鹭伸着脖子矗立不动，犹如一尊雕像。这是一种沙湖最为常见的鸟儿，因为觅食时会伸着长脖一动不动，像是在等待什么，所以被当地人戏称为“长脖子老等”。

“在沙湖，不仅有烟波浩渺的湖水、金黄如画的沙漠、婀娜多姿的芦苇，还有上百万只鸟儿在此云集，可以说是鸟的天堂了。”沙湖湿地解说人员说。

位于鸟岛上的观鸟台是最佳的观鸟地点。每年的4月到10月，有44科170多种鸟儿在此云集，最多时可达150多万只。

沙湖景区总面积为80多平方公里，其中水域面积45平方公里，沙漠面积20多平方公里。沙、水、苇、鸟、山五大景源的有机结合，全域旅游发展思路的嵌入，让这一处融江南秀色与塞外壮景于一体的“塞上明珠”生态环境优势转化为旅游发展经济优势。

这个位于银川平原西大滩的蝶形湿地，在过去其实只是宁夏农垦国营前进农场下属的一个渔湖。“夏天水汪汪，冬天白茫茫，风吹石头跑，遍地是蒿草……”是这里曾经最真实的写照。在农垦几代人负重拼搏、敢为人先的辛勤努力下，原本的芦苇荡、盐碱滩，变成了水产丰富、良田无际、绿树成荫的塞上江南。昔日的苇荡鱼湖建成国家5A级沙湖旅游景区，也成为自治区旅游业的龙头和对外开放的重要窗口，越来越多像罗杰斯一样的国际友人为此沉迷。

自2011年起，沙湖每年的游客接待量均超过百万人次，收入超过2亿元，成为宁夏旅游景区中首个接待人次过百万、旅游收入超2亿元的景区。

沙湖并不是偶然。鸣翠湖、黄沙古渡……“水”这篇文章，在位于西北内陆深处的宁夏被重点勾画。

历史深处的回响

“贺兰山下古冢稠，高下有如浮水沤。道逢古老向我告，云是昔年王与侯。”从明诗中走来的“青冢”正是今天蔚为壮观的西夏陵。

西夏陵是西夏王朝的皇家陵园，位于宁夏银川市西郊约35公里的贺兰山东麓中段。在方圆53平方公里的陵区内，九座帝陵布列有序，253座陪葬墓星罗棋布，是中国现存规模最大、地面遗址最完整的帝王陵园之一，被誉为“神秘的奇迹”。

西夏博物馆馆长师培轶常年坚持在一线为游客做讲解。他介绍，为了让更多人了解西夏历史，探究西夏文化的奥秘，在不断加强陵区文物保护工作的同时，着力开发了以三号陵为中心的游览区，相继建设了西夏博物馆、西夏史话艺术馆、西夏碑林等能够展现西夏深厚历史文化的景点。

今天，漫步在贺兰山脚，从蔚为壮观的陵园中感知过往的丰盈，在博物馆中陈列的物品中触摸古老的岁月，已经成为人们来到宁夏的一场不可或缺的体验。

从“保护”到“收益”，保护与文物旅游的可持续发展和连带的经济效应密不可分，以西夏陵为代表的文化游已经成为银川乃至整个宁夏回族自治区“全域旅游”的重要一环。据统计，2017年银川市全市旅游接待人次为 1428.83 万人，旅游总收入达 130.19 亿元，其中历史文化遗产景区接待人次占总接待人次的 31.56%。

目前，西夏陵的 9 座帝陵、40 余个陪葬墓的抢救性加固工程已完成，新建的西夏博物馆也已竣工并将于近期搬迁。然而，最为牵动师培轶和同事们心的，还是西夏陵申报 2020 年世界文化遗产工作的进展。西夏陵守护者们正在全力冲刺，只为神秘的西夏古国以全新姿态亮相在世人面前那一刻尽早到来。

（《光明日报》2018 年 09 月 19 日 07 版）

宁夏中宁枸杞的千年古今

万玛加　高　平　王建宏

枸杞，其果谓“枸杞子”，是宁夏最著名的特产之一。

中宁县位于宁夏回族自治区中部，作为宁夏枸杞的发源地和核心产区，素有“中国枸杞之乡”的美称。我国栽种枸杞历史悠久，《诗经·小雅》中就有“陟彼北山，言采其杞”的诗句。中宁枸杞有着约4000年的文化传承史和1000余年的人工栽培史。

在宁夏，民间俗称枸杞为“茨”，枸杞园为“茨园”，种植枸杞的农民为“茨农”。如今，枸杞虽已遍布各地，但是唯宁夏所产盛誉久持、蜚声中外。

“天下枸杞出宁夏，中宁枸杞甲天下。”截至2017年年底，中宁县枸杞种植面积达20万亩，干果产量4.82万吨，综合产值39.7亿元。“中宁枸杞”区域品牌价值达172.88亿元人民币，多次荣膺“最受消费者喜爱的中国农产品区域公用品牌”，荣登“2017中国百强农产品区域公用品牌”榜。

“枸杞已经成为中宁的地域符号、主导产业、文化象征，更是中宁的一张名片。”中宁县枸杞产业发展服务局局长孟跃军感慨地说。

08 光明视野　2018年9月20日　星期四　责任编辑：张春雷、蒋永峰、张云　光明日报

宁夏中宁枸杞的千年古今

本报记者　万玛加　高　平　王建宏

枸杞，其果俗称"枸杞子"，是宁夏最著名的特产之一。

中宁县位于宁夏回族自治区中部，作为宁夏枸杞的发源地和核心产区，素有"中国枸杞之乡"的美称。我国栽种枸杞历史悠久，《诗经·小雅》中就有"陟彼北山，言采其杞"的诗句。中宁枸杞有着约4000年的文化传承史和1000余年的人工栽培史。

在宁夏，民间俗称枸杞为"茨"，枸杞园为"茨园"，种植枸杞的农民为"茨农"。如今，枸杞虽已遍布各地，但是唯宁夏所产盛誉久持、蜚声中外。

"天下枸杞出宁夏，中宁枸杞甲天下。"截至去年年底，中宁县枸杞种植面积达20万亩，干果产量4.82万吨，综合产值39.7亿元，"中宁枸杞"区域品牌价值达172.88亿元人民币，多次荣膺"最受消费者喜爱的中国农产品区域公用品牌"，荣登"2017中国百强农产品区域公用品牌"榜。

"枸杞已经成为中宁的地域符号、主导产业、文化象征，更是中宁的一张名片。"中宁县枸杞产业发展服务局局长孟跃军感慨地说。

每当枸杞成熟的季节，一树树翡翠般的绿叶，掩映着一串串玛瑙似的红果，鲜现在黄河两岸古老灌区的宁夏大地上。一颗颗小小的红果，诉说着贺兰山下、黄河岸边脱贫富民的动人故事。

枸杞种植技艺的传承

"打横不打顺，膛里要掏空；密处行疏间，疏处留油条；切去老秆子，勤剪徐树形……"72岁的张……

"枸杞大王"的两代情

原生态的枸杞种植庄园。　光明图片

宁夏农民在整理刚采摘的枸杞。　光明图片

枸杞企业的"红色王朝"

宁夏中宁县红柳沟枸杞产区，农户在搬运刚摘下的枸杞。　新华社发

守望枸杞家园

□王海棠

枸杞历史源远流长，对华夏文明产生过深刻而久远的影响。枸杞为茄科落叶灌木植物，是目前世界上已知的最强的全食物抗氧化剂，具有强力抗癌、防癌、延缓衰老等功能。最早关于枸杞的文字见载于殷商时代的甲骨文，而成书于春秋战国时期的《诗经》中记载枸杞的诗篇就有10首。《神农本草经》《山海经》《千金翼方》《梦溪笔谈》《本草纲目》《种树书》等数十部历史典籍均有关于枸杞的记载。杜甫、刘禹锡、白居易、苏轼、陆游等数十位历代文学大家都写下了吟赞枸杞的名篇。据考证，中国枸杞自然生长史距今至少在一万年以上，有文字可考的历史约4000年，食用历史4000多年，药用历史2000多年，人工栽培历史1000多年，实证了枸杞文化是中华民族传统文化的重要组成部分。

中宁枸杞绵延千年，铸造了中国枸杞历史和枸杞文化的峰巅。谈论中国枸杞，不能不谈中宁枸杞。中宁枸杞种植与文化系统始于唐、兴于宋、扬于明、盛于今，中宁是蜚声中外、闻名遐迩的中国枸杞之乡、中国枸杞文化之乡、中国重要农业文化遗产地。或许有人不知中宁这个行政域名，但一定知道中宁枸杞。在当今中国乃至世界，只要谈论枸杞话题、探究枸杞溯源，就无法绕开中宁这个地理坐标。从明成化三年中宁枸杞被列为"国朝贡果"以来，一直保持着枸杞家族中的最好品质和最高荣誉，无法超越。丝绸之路铭刻着中宁枸杞远行千里旅途异域的旅程，驼叫驿道穿行着远赴中宁腾挪枸杞的药商小贩，黄河古道行驶着运载中宁枸杞抵达京津冀的千帆远影。中华人民共和国成立后，凡与枸杞相关的国家级奖项几乎都花落中宁，处于垄断地位。《中华人民共和国药典》六次改版，始终确定宁夏枸杞（实指中宁枸杞）为唯一入药的枸杞品种。20世纪90年代，勤劳智慧的中宁人民守望传统、突破守承，掀开了枸杞产业化发展的大幕，培育出了价值172.88亿元的骄人品牌，使中宁枸杞毅然屹立于中国乃至世界枸杞产业和品牌的高峰，牢固守护着世界枸杞的宗地地位。21世纪以来，由于土地资源制约，中宁茨农（种植枸杞的农民）带着中宁枸杞苗木、资金、技术和管理经验，远赴甘、新、青、蒙，租赁开发荒地，以15个春秋的艰辛耕耘，开拓出了近200万亩枸杞，使中国枸杞种植面积达到惊人的350万亩左右，同时也从内涵上派生出了甘肃产地中宁枸杞、青海产地中宁枸杞、新疆产地中宁枸杞、内蒙古产地中宁枸杞。

中宁是横枕在母亲河河床上的城市，是成千上万年黄河不断改道易辙形成的冲积平原，也是清水河汇流黄河的交汇之处。成书于公元前400年左右的《山海经》记载：原始社会有崇吾之山（原址在今中宁境内）、小华之山、东始之山、历石之山等十山生长枸杞，而唐之后，十山有杞，独宠崇吾一山。这一漫长的演化，为最优质枸杞的生长提供了不可复制的地理资源环境。20世纪90年代以来，中宁枸杞苗木的80%销往甘、青、新、蒙及宁夏各县（区），而经清华大学、中国医科大学及相关研究机构多次检测化验，在中国枸杞家族中，只有中宁这块土地上生长的枸杞所含铁、锌、锂、硒、锗等微量元素全国第一，18种氨基酸总量全国第一，与人体健康密切相关的6种氨基酸含量最高，枸杞蛋白多糖含量全国第一，防癌有效成分及胡萝卜素含量达500ppm，高于其他产地枸杞90%以上。

（作者系宁夏中宁县文联主席）

每当枸杞成熟的季节，一树树翡翠般的绿叶，簇拥着一串串玛瑙似的红果，映现在黄河两岸古老灌区的宁夏大地上。一颗颗小小的红果，诉说着贺兰山下、黄河岸边脱贫富民的动人故事。

枸杞种植技艺的传承

“打横不打顺，膛里要抽空；密处行疏间，稀处留油条；切去老秆子，勤剪保树形……”72 岁的张伟中依然记得小时候父亲教他的修剪枸杞的歌谣。

作为宁夏枸杞传统栽培技艺传承人，张伟中是中宁县远近闻名的枸杞种植好手，而他的绝活儿全是跟他的父亲张佐汉学来的。20 世纪中叶，张佐汉选育出枸杞新品种并一直作为中宁枸杞的主栽品种推广，他创造的“张氏剪枝法”更是得到广泛传播。张伟中从小跟着父亲耳濡目染，日积月累，自己也历练成了一位地地道道的“土专家”。

见到张伟中时正值 8 月，中宁正下着暴雨。看着噼噼啪啪的雨滴，张伟中自言自语道：“这雨对枸杞最不利了。”

“中宁枸杞好，其中尤以我们舟塔乡上桥村的枸杞为最佳。”说起枸

宁夏茨农在晾晒枸杞 光明图片

杞的事张伟中又兴奋了起来，眉宇之间透着一股子自信，“我们上桥村的土地是由清水河冲积形成，土壤中富含碱性物质，对枸杞的生长特别有利，种出的枸杞果大、粒饱、营养价值高。”

每年一到种植季节，四邻八乡请张伟中去指导技术的乡亲们就络绎不绝。如今，名声在外的他更是被请到陕西、甘肃、青海、内蒙古等地作指导。

“现在每年出去的日子都得有两三个月，上周才刚刚从青海回来。”张伟中丰富的育苗、栽培、修剪、管理、病虫害防治经验不仅被广大茨农所认可，更是得到业内的一致认同。现在凡是宁夏农科院研发的枸杞新品种，都要先放在张伟中的田里试种。

“我现在年纪大了，大多数时间就做做技术指导，家里的几亩枸杞地也都交给孩子们打理了。”张伟中说，父亲留下的枸杞种植手艺依然是他们的生存之本，三个儿子也都从事着和枸杞相关的工作。老大张超奎子承父业成为枸杞专家，这阵子被人请到甘肃指导枸杞种植去了；老二张超帆在村里种枸杞也是一把好手；小儿子张超轶虽然种植技术不如两个哥哥，但脑子活，在银川开了枸杞经销店，2014 年在网上开起了网店，还帮乡亲们代售枸杞。

“枸杞就是我生活的全部。”关心枸杞品种，操心地里红果，惦记市场价格，张伟中说，其实，每一个中宁人的生活都是以枸杞为中心的，耕种、采摘、晾晒、加工、销售……一切都因为枸杞而忙碌。

“枸杞大王”的两代情

在宁夏，说到枸杞，就不能不提到“枸杞大王”周金科、周佳奇父子，一个让中宁枸杞蜚声中外，一个承载着中宁枸杞未来的希望。

“1956 年的那个夏天奇热无比，我当时 16 岁，在同学的介绍下，到县药材公司打起了暑期工，与枸杞有了初次接触。”周金科依稀记得当时的情景。他连续干了6个暑假，就此与枸杞结下不解之缘。

在县药材公司打工的这段经历，加上良好的人脉关系，高中毕业回乡务农的周金科就在家里偷偷摸摸干起了代购收购、代加工枸杞的活儿。

“当时几公斤枸杞就能换一辆自行车，我想咱们农民多种几亩枸杞就能过上好日子。”正当他美滋滋、准备大干一场时，1980年，周金科因贩卖枸杞被判处投机倒把罪。

一年后，国家首次提出“一定范围内的劳动者个体经济是公有制经济的有益补充”。周金科得以昭雪，并很快被奉为“能人”。

1983年，周金科的家已经成了中宁的枸杞交易中心，中宁县的老人们至今都记得那时的场景：每到枸杞成熟季节，茨农们就挎着篮子、背着布袋、推着车子，到周金科家门口排队交枸杞，排队的人能排两三公里。周金科“枸杞大王”的名声也不胫而走。

“1985年到2000年，中宁枸杞价格从每公斤4元升至每公斤30元，茨农们也都富起来了。”十五年间，从北、上、广到港、澳、台，再到美国、日本、印度，周金科走南闯北，中宁枸杞的品牌也逐渐打响。

2007年,周金科的儿子周佳奇被大家一致推选为中宁县枸杞商会会长。“那是老辈人对我的信任，更是一种寄托，我觉得不能辜负大家的这份信任。”也就是从那一年起，周佳奇改变了自己的人生轨迹。

“要想保住现有市场、拓展新型市场，求得更大发展，就需要让各自为战的企业联合起来。”周佳奇上任伊始，就依托商会全力为枸杞产业引入金融“活水”。

十年间，枸杞商会累计为商会会员担保贷款达7.8亿元，会员间相互融资2.6亿元。同时,联合多家枸杞企业成立了中宁县杞源枸杞专业合作社，在短短两年时间内，建立起枸杞生产基地1.5万亩，带动服务农户8000

余户，一个“龙头企业+市场+合作社+基地+农户”的经营模式逐步形成，中宁枸杞开始抱团发展。

“宁夏枸杞看中宁，下一步，中宁枸杞应该走向医药渠道。”周佳奇告诉记者，“希望能把中宁枸杞做成金字招牌，成为中宁乃至宁夏茨农的摇钱树。”

枸杞企业的“红色王朝”

“我叫雍政，不是清朝皇帝雍正的‘正’，是行政的‘政’。”但凡见到新朋友，雍政总需要重点介绍一下自己的名字。他一直有个打造枸杞“红色王朝”的梦想。

雍政现任宁夏杞泰农业科技有限公司董事长。他与张伟中有着同样的经历，但却有着完全不一样的想法。

“小时候一放假就去看父亲筛选、晾晒枸杞。”儿时的事情，雍政历历在目，“长大一点了我就跟着父亲干一些枸杞加工的活儿，所以说我对枸杞产品、品相、加工流程都很了解。”

儿时的经历让雍政的心中始终有个“枸杞梦”。“我们进入枸杞产业，就直接瞄准高端市场，突破枸杞产品研发瓶颈开发高端产品，这才是枸杞发展的关键，我们不能‘捧着金饭碗挣小钱’。”雍政说。之前他在其他行业干得风生水起，2014年才真正加入枸杞行业。

经过一年的市场调研准备，2014年，雍政投资1.23亿元，在中宁县恩和镇秦庄村流转1500亩土地，建起了具有出口欧美标准的枸杞示范园。

当时，宁夏枸杞产业已逐渐形成规模，已有了“百瑞源”“宁夏红”“早康”等知名枸杞品牌。

“制约枸杞产业发展的最大技术瓶颈就是枸杞鲜果保鲜难题。”雍政说，对于地处西部地区的宁夏来说，枸杞运输过程中的保鲜问题一直困扰着当地茨农。曾有一家企业雄心万丈地来到中宁搞枸杞加工产业，但保鲜问题迟迟无法解决，没多久就铩羽而归。

“研发鲜果保鲜是烧钱的活儿，更是技术活儿。”说起当年的那次研发攻关，雍政说，我们请复旦大学生物工程应用学院一起联合研发，终于取得突破，一项最少保鲜 35 天、最多能达到 60 天的“枸杞鲜果气调保鲜技术”面世。

之后的 3 年时间，杞泰农业科技有限公司共研发出 25 项枸杞生产和加工领域的专利技术。如今，企业有枸杞鲜果、枸杞干果、枸杞茶、枸杞酱等三大类 44 个品种，枸杞干果产品也走出国门销往多个欧盟国家。2017 年，企业产值达 4700 万元，出口创汇 227 万美元。

“采摘枸杞工钱每斤 1.4 元，一般一天都能摘到 100 斤左右，有些熟练的一天最多能摘 180 斤，一个月下来挣四五千块钱没问题……”来自生态移民聚集的山区乡镇——大战场镇的武晓兰告诉记者。

“在枸杞盛产期的时候，中宁参与枸杞产业的人数超过 20 万人，农民人均现金收入大约 3600 元，占农民人均纯收入的三分之一左右。”孟跃军说。

“中宁枸杞名声在外，这些年也确实给茨农带来实惠，但过去我们的枸杞产品多是初级加工产品，附加值有限。要真正突破产业发展瓶颈，必须把科技创新的文章做深。”中宁县县长陈宏说。针对技术研发能力不足的短板，中宁县出台一系列鼓励创新的政策，引进高科技企业、对接科研院所、构建科研开发平台，枸杞糖肽制备等一批新技术先后获得专利，大大丰富了枸杞产品形态，也大幅提高了产品附加值。

孟跃军告诉记者，枸杞啤酒、枸杞面膜、枸杞泡腾片等一系列新式产品，极大丰富枸杞产品形态，在刷新消费者对枸杞产品认知的同时提高枸杞产品附加值，取得了良好的市场经济效益。

据了解，中宁枸杞产品种类已由以前4大类20余种发展到目前的7大类40余种，枸杞加工转化率达25%。2018年上半年枸杞产业总产值可达40亿元。

陈宏表示，下一步，中宁县将用三年时间，实现生产基地订单式农业全覆盖、生产环节社会化服务全覆盖、质量品质政府监管全覆盖、地级以上城市销售专柜全覆盖，销售专柜达10000家以上，加工转化率达30%以上，呈现“产得下、销得出、卖得好、叫得响”的良好局面，力争2020年年底产业综合产值突破200亿元。

（《光明日报》2018年09月20日08版）

守望枸杞家园

王海荣

枸杞历史源远流长，对华夏文明产生过深刻而久远的影响。枸杞属茄科类木本植物，是目前世界上已知的最强的全食物抗氧化剂，具有强力抗癌、防癌、延缓衰老等功能。最早关于枸杞的文字见载于殷商时代的甲骨文，而成书于春秋战国时期的《诗经》中记载枸杞的诗篇就有10首。《神农本草经》《山海经》《千金翼方》《梦溪笔谈》《本草纲目》《种树书》等数十部典籍均有关于枸杞的记载。杜甫、刘禹锡、白居易、苏轼、陆游等数十位历代文学大家都写下了吟赞枸杞的名篇。据考证，中国枸杞自然生长史距今至少在一万年以上，有文字可考的历史约4000年，食用历史4000多年，药用历史2000多年，人工栽培历史1000多年，实证了枸杞文化是中华民族传统文化的重要组成部分。

中宁枸杞绵延千年，缔造了中国枸杞历史和枸杞文化的碑基。谈论中国枸杞，不能不谈中宁枸杞。中宁枸杞种植与文化系统始于唐、兴于宋、扬于明、盛于今，中宁是蜚声中外、闻名遐迩的中国枸杞之乡、中国枸杞文化之乡、中国重要农业文化遗产地。或许有人不知中宁这个行政域名，但一定知道中宁枸杞。在当今中国乃至世界，只要谈论枸杞话题、探究枸杞渊源，就无法绕开中宁这个地理坐标。从明成化三年中宁枸杞被列为“国朝贡果”以来，一直保持着枸杞家族中的最好品质和最高荣耀，无法超越。丝绸之路镌刻着中宁枸杞远行千里抵达异域的旅程，湘川驿道穿行着远赴中宁肩挑枸杞的药商小贩，黄河古道行驶着运载中宁枸杞抵达京津冀的千帆远影。中华人民共和国成立后，凡与枸杞相关的国家级奖项几乎都花落中宁，处于垄断地位。《中华人民共和国药典》六次改版，始终确定宁夏枸杞（实指中宁枸杞）为唯一入药的枸杞品种。20世纪 90 年代，勤劳智慧的中宁人民守望传统、父授子承，掀开了枸杞产业化发展的大幕，培育出了价值 172.88 亿元的骄人品牌，使中宁枸杞岿然屹立于中国乃至世界枸杞产业和品牌的高峰，牢固守护着世界枸杞的宗地地位。21 世纪以来，由于土地资源制约，中宁茨农（种植枸杞的农民）带着中宁枸杞苗木、资金、技术和管理经验，远赴甘、新、青、内蒙古，租赁开发荒地，以 15 个春秋的艰辛拼搏，开拓出了近 200 万亩枸杞，使中国枸杞种植面积达到惊人的 350 万亩左右，同时也从内涵上派生出了甘肃产地中宁枸杞、青海产地中宁枸杞、新疆产地中宁枸杞、内蒙古产地中宁枸杞。

中宁是横枕在母亲河河床上的城市，是成千上万年黄河不断改道易辙形成的冲积平原，也是清水河归流黄河的交汇之处。成书于公元前 400 年左右的《山海经》记载：原始社会有崇吾之山（原址在今中宁境内）、小华之山、东始之山、历石之山等十山生长枸杞，而唐之后，十山有杞，独宠崇吾一山。这一漫长的演化，为最优质枸杞的生长提供了不可复制的地理资源环境。20 世纪 90 年代以来，中宁枸杞苗木的 80% 销往甘、青、新、内蒙古及宁夏各县（区），而经清华大学、中国医科大学及相关研究机构多次检测化验，在中国枸杞家族中，只有中宁这块土地上生长的枸杞所含铁、锌、锂、硒、锗等微量元素全国第一，18 种氨基酸总量全国第一，与人体健康密切相关的6种氨基酸含量最高，枸杞蛋白多糖含量全国第一，防癌有效成分及胡萝卜素含量达500ppm，高于其他产地枸杞90%以上。

（作者系宁夏中宁县文联主席）

（《光明日报》2018年09月20日08版）

十访黎明村：

一个小荒村的“沧海桑田”

庄电一

大自然的警钟，曾经不止一次为人类敲响。我曾 10 次踏访的黎明村正是这样一个范例。

在我国陕西、宁夏、内蒙古交界地带，有一片被称为毛乌素沙地的沙漠。地处沙地边缘的宁夏盐池县因此饱受风沙侵袭之苦，特别是县里的黎明村，村民因被风沙逼得无法安居而不得不四处搬家，全村在几个月内就四分五裂了。

20 年前，我第一次听到这个情况，很惊讶，甚至半信半疑。在初次奔向黎明村的路上，我还在想：这样的悲剧，怎么会发生在当下？

我至今还清晰地记得 1998 年初次踏访黎明村的情景。那天风不大，但风沙还是一个劲儿地往我的脸上打、往采访包里灌。黄沙封锁了村道，人只能步行进村。呈现在我面前的，是尚有彩绘的断壁残垣，是随处可见的沙丘，连村中饮羊的水槽都被黄沙填满了。整个村庄仅有三四株沙枣树，难见绿草。为了躲避风沙，村里的四五十户居民搬到原来没有人居住的“南梁”“北梁”“东梁”，而留在原地的只有两户。一个完整的村由此分裂成遥遥相望、相距约 1 公里的 4 个小庄点。

提起风沙，黎明村人有倒不完的苦水：每天起床，被褥和锅碗瓢盆上都有一层黄沙；一场大风刮来，村道就被沙梁封堵，各家各户院墙内外都堆满了黄沙，几天都清理不完。人们普遍担心：迟早有一天，风沙会彻底吞噬村庄。

这恼人的黄沙从何而来？这要从黎明村生态环境的恶化说起。自清朝开始，人口的增长和对大自然无节制的索取使当地环境走向恶劣，到了 20 世纪中叶以后，环境恶化速度明显加快。盐池县历史上牧业发达，盛产甘草，但过度放牧严重地摧残了本已脆弱的草原。而对甘草的滥采乱挖使草场变得千疮百孔，更酿成了一场又一场生态劫难。与这些人为的破坏相比，长期以来当地对生态环境的治理却严重滞后，草原由此一天天沙化，而风沙则

08　生态文明　光明日报

以全域旅游推动生态保护新格局

环保笔谈

十访黎明村：一个小荒村的“沧海桑田”

理念创新走向生动实践

全域旅游环境观和资源观正在形成

生态敏感区未来发展的必由之路

留住乡愁

菖蒲青青

生态影像

美丽秦渠河

越刮越大，持续时间越来越长。

从此，黎明村深深印在了我的心里。2000 年，我二访黎明村，留在原地的只剩一户了。我为此写出一篇警示性的报道：《是谁毁了我们的家园？》。2002 年，我三访黎明村，那里的环境还在恶化，我又写出《人类的退路在哪里？》。正是在这一年的 8 月，宁夏回族自治区党委、政府在盐池县召开了宁夏中部干旱带生态建设工作会议，时任自治区党委书记的陈建国在大会上宣布：从 2003 年 5 月 1 日起，在宁夏全境禁牧。同时，自治区各级政府果断禁止了滥采乱挖。我为此兴奋地作出报道：《宁夏将不再有牧羊人！》。

脆弱的草原，得到了休养生息。2006 年，我四访黎明村时，虽然听到了最后一户人家也已搬走、旧庄点完全消失的消息，但也欣喜地看到，盐池县大范围植树造林，生态环境发生可喜的变化，黎明村周边的树木也渐渐多了起来。

2009 年和 2011 年，我又先后两次踏访黎明村。我发现，环境的改善让黎明村人又有了重新聚合的愿望。这个饱经磨难、曾一分为四的小荒村出现了戏剧性变化：当年仓促搬到“南梁”的 12 户人家于 2011 年搬到了“北梁”，黎明村因此“三合为二”。到了 2012 年，经过整合的黎明村又合二为一。短短十几年间，黎明村由四分五裂又走向“统一”，完成了一个令人惊叹的“轮回”。2012 年，我完成了对黎明村的“七访”，在《光明日报》头版发表通讯《一个小荒村的聚散兴衰》。

封山禁牧了，黎明村乃至整个盐池县的畜牧业不但没有萧条，反而有了飞跃。当地农牧民改放牧为舍饲，养殖数量和收益都不降反增。黎明村建起了养殖园区，一跃成为远近闻名的养殖专业村，所产羊肉远销北京、银川等地。以前一门心思想离开村子的人不走了，在外面闯荡多年的青年人回村了，富裕起来的黎明村人也过上了舒适的生活。2013 年，我写出通讯《八访黎明村见证巨变》；2014 年 12 月，我九访黎明村，写出了通讯《黎明村的魅力》。

曾有人问："黎明村的环境还会恶化吗？"2016 年 5 月，我在十访黎明村时也提出了这个问题。在长篇通讯《物换星移几度秋》中，黎明村人用非常肯定的语气说："那样的事再也不会发生了！"现在，黎明村人都有了强烈的爱绿、植绿、护绿意识。2016 年，我看到黎明村里那些成排的白杨都已经长得比成人小腿还粗了。

黎明村是盐池县生态环境发展变化的缩影，也是整个宁夏乃至我国北方地区这二三十年的缩影，它的经验和教训具有警示意义。我很庆幸，在 30 多年的职业生涯中，用 20 年时间关注过这个小村，用 10 次踏访的经历和近 10 万字的报道，见证并反映了它沧海桑田般的变化，也为人们解剖了这个由破坏生态到改善生态，进而实现人与自然和谐共生的"活标本"。

（《光明日报》2018 年 06 月 16 日 08 版）

冬季里的绿色诗篇

——来自宁夏退耕还林一线的报道（一）

庄电一

一株株杨柳、一排排柠条、一簇簇山桃、一墩墩山杏、一枝枝沙棘、一棵棵云杉，都把自己的根系深深扎进山坡，每一个枝条都长得粗壮有力。昔日一览无余的黄土地，都被这些植株所覆盖——这是记者近日在素以干旱少雨、环境恶劣、水土流失严重而闻名全国的宁夏南部山区见到的景象。

“山是和尚头，有沟没水流”“天上无飞鸟，地上沙子跑”，这些昔日描述当地景象的句子，在现实中已很难找到踪影了。

虽然是数九隆冬，宁夏大地草木凋零，但记者在这里分明看到了勃勃生机，也丝毫感受不到萧瑟、肃杀之气。乔木、灌木、针叶林、阔叶林、混交林、生态林、经果林，在这里描绘了一幅多姿多彩的壮美图景，演奏了一曲生态文明的大合唱。有的地方，云杉、侧柏、油松、樟子松、落叶松组成可观的阵容，为大地抹上一片浓浓的绿色，以致让人一时忘了这里还是冬季。

这一切，都是退耕还林的杰作。

退耕还林，是迄今为止我国实施的政策性最强、投资量最大、涉及面最广、群众参与程度最高的生态建设工程，也是全国最大的强农、惠农项目。这项浩大工程涉及全国25个省区和新疆生产建设兵团。仅中央为第一轮工程的投入就超过4300亿元，全国受益农民1.24亿人。宁夏第一轮完成了1305.5万亩，其中，退耕地471万亩、荒山荒地造林766.5万亩、封山育林68万亩。

在西吉县吉强镇套子湾村和红耀乡井湾村海拔1900多米、年均降水量只有400毫米的陡坡上，记者看到，这里的柠条、山桃、山杏、杨柳已经牢牢地把持住了水土，山顶、山腰、阳坡、阴坡都栽植了适宜的树种，构成了水土保持的立体防护网。

10 经济社会新闻

电动自行车新国标新在哪里

“超标车”造成安全事故多发

新标准堵住两大漏洞

新标准设置半年到一年的过渡期

乡村振兴 供销社能为农民做点啥

冬季里的绿色诗篇

——来自宁夏退耕还林一线的报道（一）

站在隆德县神林乡神林村南山的一个山坡上，退耕还林十多年的成果尽收眼底。林草茁壮，地表已经形成一层保存水土的苔藓。记者看到，南北两山上分别镶嵌了两行大字：“治理水土流失”“加强生态保护”。这12个大字格外醒目，展示着当地人民的壮志豪情。

在彭阳县的麻喇湾，远近的山坡都被各种树木严严实实地覆盖了，几乎看不到裸露的黄土。

退耕还林保持住了极易流失的水土，显现出难能可贵的生态效益。

西吉县林业局负责人告诉记者，过去这里水土流失严重，一下雨便泥沙泛滥，甚至摧毁农田、冲断道路，形成一道道难以逾越的冲沟。现在，山坡上都栽上了树，修建了多道拦泥坝，基本达到了水不下山、泥不出沟的治理水平。

在西吉县境内，有一条时断时续的烂泥河。过去，一下雨便形成一眼望不到头的烂泥潭，泛滥起来更是令人苦不堪言。现在，烂泥河河床还在，只是难得再见烂泥了。

在彭阳县古城乡高甸村，当地将退耕还林与小流域综合治理有机结合，对荒山、荒坡、荒沟进行全流域治理，形成了乔木灌木配套、针叶阔叶结合，有近10个树种的万亩混交林。那里的每个山头都修建了一道道水平沟，所有山坡上都是密密麻麻的鱼鳞坑。彭阳县林业局局长韩志琦对记者说：“彭阳县的降雨虽然稀少，但都得到了充分利用：小雨，留在鱼鳞坑里；大雨，拦在了水平沟里。由于雨水都被拦截了，地表也就形不成径流了，自然也就没有水土流失了。”

在隆德县神林乡南山，2003年栽植的云杉已经有4米多高了。县林业局的负责人告诉记者，那里的林草覆盖率已经达85%以上，长达47公里的渝河，已由季节河变成了不断流的河流。不仅如此，县境内发源于六盘山的7条河流也都由季节河变成了长流河。过去很少见到的野鸡、豹子、豹猫和许多鸟类纷纷到这里安家落户，种群数量也在迅速增加。

在记者走访的几个县，多位乡亲讲述了二三十年前铲草皮、挖树根的经历。西吉县红耀乡蔡廓坪村 65 岁的王发祥至今还清晰地记得当年的情景：那时，十年九旱，地里没有收成，牲口没有吃的了，家里没有柴草做饭、取暖了，就上山铲草皮，几乎家家户户都有人上山铲草皮。铲下来的草皮，好的喂牲口，不好的就留下来做饭烧炕。近处的草皮被铲光了，就到远处去铲，最远要走十来里路，要花上大半天时间。结果，山上的草越来越少，环境越来越差，风沙越来越大，一下雨就成灾。隆德县沙塘镇新民村 51 岁的张军仁也有同样的记忆：那时，家里一没柴烧了，就上山铲草皮，两三天就得去一次。铲到最后，越来越难铲了，许多山坡上都无草可铲，费半天劲也只能铲到一小堆。由于无草可食，许多山坡都无法放牧了。

如今，生态环境好转了，农民也用上了太阳能、煤气灶等清洁能源，上山铲草皮的事再也没有发生，过去的噩梦也一去不复返了。

已经在隆德县沙塘镇新民村当了 16 年村支书的李佐弼兴奋地对记者说，现在，村周边的树长起来了，草也长起来了，风沙小多了，我们的日子越过越兴旺了。

韩志琦说，彭阳县最好看的季节在四五月份，那时，桃花、杏花、刺槐花、柠条花漫山遍野地开放，山上山下都变成了花海。近几年举办的山花节，前来赏花的人一年比一年多，有许多人甚至从北京、上海远道而来，2017 年的游客达到 100 万人。生态旅游，成为一个炙手可热的新产业。

（《光明日报》2018 年 01 月 17 日 10 版）

不重蹈毁林开荒的历史覆辙

——来自宁夏退耕还林一线的报道（二）

庄电一

退耕还林，会不会在完成验收、停止补贴之后重新毁林开荒、前功尽弃，重蹈30年前发生的历史覆辙？这是记者此次实地采访要重点了解的。

这里提到的“历史覆辙”，是1982年至1986年，联合国粮食计划署和我国有关部门在宁夏贫困山区西吉县联合实施的“2605项目”。实施这个项目的目的，是通过退耕、造林、种草来遏制水土流失，进而改善生态环境，促进相关行业的发展。为了推进这个项目，联合国粮食计划署无偿向当地提供了小麦、干面条、牛肉干、牛肉罐头、椰枣等食品。这个具有试验特点的项目很成功，有关部门的验收表明：项目完成后，林草覆盖面积大幅度上升，土壤侵蚀总量大幅度减少，生态环境显著改善，当地燃料奇缺的状况也有所缓解，这些成效也充分说明生态环境恶化的趋势并非是不可逆转的。

然而令人始料不及的是，还没等项目继续发挥生态效益，就遭受了毁灭性的破坏：大片大片的退耕地又毁林复耕了，几年退耕还林的成果和科研取得的数据以及据此取得的经验都毁于一旦。

记者走进西吉县大堡村，见到了当年“2605项目”的亲历者何汉忠。53岁的何汉忠，当年还是20出头的小伙子，他对当年的往事至今还记忆清晰：由于他家的耕地也被列入“2605项目”，所以他也吃到了联合国粮食计划署提供的椰枣、空心面和牛肉罐头。项目完成时，栽的树都有两米高了，长得好的都可以当椽材了。项目验收后不久的一天晚上，听说村里有人上山砍树了，全村人就都上山了，几乎没落下一家。也有人前去阻挡，但挡都挡不住，只一夜工夫，承包地里的树就全砍光了。何汉忠也与村里其他人一样，将原来自家3亩地上的树全部砍下来、拉回来当柴烧了。没过多久，全村五六百亩一度林草茂盛的山坡地就种上了庄稼，又恢复了几年前的面貌。

10 经济社会新闻

光明日报

感知中国经济的力量

国之重器的实力与担当

——解读国企改革发展的成绩单和路线图

做农民工的代言人

——秦希燕联合律师事务所十五年免费为农民工讨薪近三亿元

不重蹈毁林开荒的历史覆辙

——来自宁夏退耕还林一线的报道（二）

湖北襄阳：

“三道防线”杜绝给农民工“打白条”

像大堡村这样一夜毁掉几年退耕成果的悲剧，几乎曾在西吉县各地同时上演。

“2605项目”通过验收了，原来的援助也停止了，退耕农民的衣食马上就成为最现实的问题。没有生活出路的农民，又打起原来退耕地的主意，零打碎敲蚕食退耕的成果。据几位村干部介绍，先是割草，后是毁林，先是偷偷摸摸地挖，后是大张旗鼓地砍。县里迅速成立“林草管护办”，组织大量人力分头阻止，但还是鞭长莫及，力不从心。结果，除了国有林场和部分集体林场的退耕林地外，农民承包的30多万亩退耕地全部“复辟”了——又变成靠天吃饭、收成微薄的耕地。

如今说起这段往事，何汉忠还是一脸无奈：“没办法，我们这里条件太差了。没有补贴了，我们就要断顿，还得从土里刨食。”

“2605项目”的教训太深刻，历史的悲剧不能重演！

1999年开始试点、2002年在全国大规模实施的退耕还林工程，与20世纪80年代在西吉县实施的“2605项目”颇为相似。那么，退耕还林工程会不会重蹈“2605项目”的覆辙？一旦停止补贴，退耕农民会不会再向退耕地“开刀”？记者带着这些疑问，于2005年年底深入宁夏退耕还林最集中的南部山区进行了深入采访。

之所以选择在那个时间节点采访，是因为当时我国确定的退耕还林工程的周期是8年，各项补贴也是在8年后完全停止，也没有做出进一步的计划。眼看工程再有两三年就到期了，那么，退耕还林取得了哪些成效？国家的补贴还能延续吗？如果停止了补贴又会出现什么问题？对此，退耕农民、社会各界和有关部门都很关心。

2006年1月7日，《光明日报》在突出位置刊登了《退耕还林：补贴到期之后怎么办》，引起国家有关部门和社会各界的高度关注。国家林业局和国家发改委就此先后派人到宁夏考察，其中，时任国家林业局副局长的李育材专程赶到西吉县调研，称在宁夏、在西吉取到了真经，可以为中央决策提供重要参考。随后，国务院决定，将退耕还林补助再延长一个周期，以巩固退耕还林成果。

一转眼，又过去了十多年。记者带着心中的牵挂再一次对退耕还林进行了专门采访。

在采访中，记者欣喜地发现：原来人们普遍担心的毁林开荒在所有地方都没有出现，退耕还林工程也没有重蹈“2605 项目”的覆辙。

原因何在？

原因有很多：国家对退耕还林的补贴，又延续了一个周期，不仅确保退耕农民在一个时期内衣食无忧，而且为他们成规模地劳务输出、培植后续产业、积蓄发展后劲创造了良好的机遇和条件，也让农民有了一定的经济基础；部分地区的退耕还林，在发挥生态效益的同时，也在产生经济效益；各种扶持政策和“输血”“造血”措施，大幅度地提高了农民的收入，农民人均收入比十几年前翻了几番；大规模的生态移民，减轻了人口对环境的压力，让脆弱的土地得以休养生息；除了土里刨食，当地挣钱的路子也越来越多，就是外出打工也比耕种贫瘠的土地收入高得多，人们对开荒的兴趣越来越小了；太阳能、电磁炉、煤气灶等新型能源的广泛使用，农民无须再上山砍柴做饭、取暖了；更为重要的是，许多农民理解了国家退耕还林的初衷，对退耕还林的意义有了认识，也不想再干自毁家园的蠢事了。

西吉县大堡村的何汉忠、牛生永在回答记者的询问时，以十分肯定的语气说：“毁林开荒的事，再不会出现了，我们不敢再毁林了，也没有必要再毁林了，我们这里的生态环境会越来越好！”

（《光明日报》2018 年 01 月 18 日 10 版）

这篇大文章还没有“收笔”

——来自宁夏退耕还林一线的报道（三）

庄电一

退耕还林工程，是生态文明建设的大手笔。对生态环境来说，这是由破坏向保护的转变，从水土流失向水土保持的跨越，构建生态安全的巨大屏障，可以称得上千秋伟业。对退耕农民来说，这是改变他们生活状况、提高他们生活水平、改变他们生产方式的德政工程。

事实证明：宁夏退耕地区的植被正快速恢复，植被覆盖率明显提高，水土流失面积大幅减少，冰雹、沙尘暴等灾害性天气也在减少。正因为退耕还林产生了如此显著的生态效益，国家在完成21世纪初启动的退耕还林工程之后，又在2015年开始了新一轮退耕还林。

退耕还林工程涉及宁夏153万农村居民，涵盖宁夏大部分贫困人群，退耕补贴款也成为他们稳定的收入，人均享受补贴近5000元。退耕后的前8年，退耕补贴占这些农户家庭总收入的14.6%~25.4%。还有10%以上的退耕农户，主要依靠这些补贴生活，退耕补贴占家庭总收入的80%以上。此后，随着其他收入的增加，退耕补贴所占比例有所下降，稳定在8%以上。

西吉县红耀乡林业站站长刘宝明告诉记者，全乡在第一轮退耕还林工程中共退了33760亩，在新一轮退耕还林工程中，全乡2015年退了7606亩，2016年退了4686亩，退耕涉及全乡95%的农户。

红耀乡蔡廓坪村45岁农民李炳新家的52亩山坡地全退了，两年的补贴拿了2.6万元。他将剩余的6亩地全部种上了马铃薯，又承包了30亩农田，靠制作水泥板收入1万多元，他们一家在2016年实现了脱贫“销号”。同村的王发荣近两年拿到退耕补贴款2.7万元，5年工期结束后，补贴款可以拿到4万多元。有人替他算了一笔账，补贴款相当于他8年到10年种地的总收入。

光明日报 综合新闻 03

人社部详解新措施——
全方位支持农民工返乡创业

“农民工拿不到工资，找工会”
——全总要求各地工会保障农民工及时足额拿到工资

这篇大文章还没有“收笔”
——来自宁夏退耕还林一线的报道（三）

新时代新气象新作为
绿色崛起，江西有“三招”

退耕还林，也解放了农村的生产力。65岁的王发祥退了44.3亩山坡地，家里腾出了两个劳动力去县城打工。他家在耕种剩余的10亩地之余，又养了9头牛，过上了让村里人羡慕的日子。大堡村村民何汉忠对退耕还林“一往情深”：“如果没有退耕还林，我家不仅吃饭成问题，孩子上学也愁人，更不能外出打工。”退耕农户已由最初的被动退变成主动要求退。隆德县沙塘镇新民村村支书李佐弼告诉记者，农村许多工作都有很大难度，而抓退耕对他来说是最容易推动的工作。

退耕指标成了香饽饽，各县、各乡、各村、各户都希望多拿到一点退耕指标。李佐弼向记者透露：第二轮退耕本来没有他们村的份，经过他积极争取，有关部门给他们下达了1000亩的退耕指标，结果他们村一下子退了1600亩，除此之外，还有一个自然村的400亩坡地等着退。

据沙塘镇林业站站长曹向国介绍，全镇还有4000亩可以退耕。记者在采访中了解到，许多耕地虽然没有列入退耕还林的范围，但实际上已经“退耕”了，也就是说被农民毫不留恋地弃耕了。因为这些广种薄收的山地收入太可怜，已经激不起农民耕种的热情了。

“希望把该退的坡地都退下来。”“工程到期了，能不能延长补贴，再给一些补贴？”“补贴标准能不能再提高一点？”“如果到期不再补贴了，能否将退耕地纳入生态补偿范围，并适当提高补贴标准？现行的补贴标准不足以维护生态建设的需要。”这是退耕农民和林业工作者的愿望，也是记者在采访中多次听到的呼声。

记者注意到，宁夏的退耕还林工程看重的是生态效益，所选的也基本是耐旱树种，很难产生经济效益。其中，经果林不足1%，带来的经济收入很有限。

西吉县的山桃核虽然可以加工成挂帘、沙发垫等工艺品，但很难作为产业来开发，收入很有限。隆德县神林乡南山的山桃2017年取得丰收，平均亩产达500公斤，每亩可有四五百元的收入，但也没有形成规模，没有创造可观的经济效益。尤其值得注意的是，无论是退耕农户，还是相关部门，利用退耕还林成果创收的意识不够强，创收的路子还没有开拓出来。

最被人看好的是彭阳县的红梅杏，2017年每市斤卖到10元钱，全县仅这一项收入就超过5000万元，展示了经果林发展的良好前景。彭阳县林业局局长韩志琦说，经果林兼顾生态效益和经济效益，在有条件的地方应该引进适宜的树种，进一步扩大经果林面积，逐步由以生态效益为主向生态效益、经济效益并重转化。

要实现生态效益、经济效益齐头并进，还有许多文章要做。有数据显示，随着农村经济迅速发展、退耕补贴调整降低、补助资金陆续到期，退耕农户的收入与宁夏农村平均收入的差距逐渐拉大。

旧问题一个个解决，新问题一个个出现。解决这些问题，需要理论创新、观念创新、思路创新、举措创新。

退耕还林这篇大文章，还要继续做下去，现在还不是“收笔”的时候。

（《光明日报》2018年01月20日03版）

锁滚滚黄沙　筑绿色长城

——宁夏创造防沙治沙“中国经验”

王建宏　郭冠东

2018年6月17日是第24个“世界防治荒漠化与干旱日”。位于我国大西北腹地的宁夏回族自治区，被腾格里沙漠、毛乌素沙漠和乌兰布和沙漠三面包围，干旱少雨，生态系统脆弱，长期处于荒漠化的威胁中。多年来，宁夏几代治沙人前仆后继，用辛勤和智慧，锁住了漫天黄沙，构筑了一道道绿色屏障，创造了一个个绿色奇迹。

从黄沙滚滚到绿树成荫

黄沙滚滚不见路，跟着驼铃找宁夏。这是60多年前被沙所困的宁夏的真实写照。严重的沙害不仅严重制约着当地经济社会发展，还长期威胁着当地群众的生活和生产安全。曾几何时，只要刮一场大风，上了房顶的沙子和沙漠连成一片，村民晚上回家可以沿着沙坡走上自家房顶。随着荒漠化的日益严重和沙漠的不断进逼，很多村庄甚至被迫数次搬迁。

面对困境乃至绝境，宁夏治沙人没有屈服。

在灵武市的黄河东岸，百余亩“天使林”“师生林”等公益林在阳光下傲然挺立，与一片片、一坡坡幼林一道，默默抵御着风沙的侵蚀。在这片万亩荒滩上植树造林的带头人是“全国治沙英雄”王有德，他退休前是灵武市白芨滩国家级自然保护区管理局党委书记、局长，40年来，他坚守着“宁肯自己掉下10斤肉，也不愿意让生态建设落了后”的信念，带领宁夏白芨滩防风固沙林场干部职工一起战沙魔，在黄河东岸营造了63万亩绿色屏障，阻挡住毛乌素沙漠向西侵蚀，也创造了世界闻名的“白芨滩治沙路径”。

10 光明日报 人文地理 光明文化周末

锁滚滚黄沙　筑绿色长城

——宁夏创造防沙治沙“中国经验”

王建宏　郑宽东

以治沙促致富

为世界治沙贡献中国经验

父老开心地　乡村体面场

——乐平数百座传统戏台演绎戏台文化

在宁夏，有沙的地方，就有王有德这样的抗沙勇士。

地处毛乌素沙漠边缘的吴忠市盐池县青山乡刘记窑头村曾一次次被沙龙逼迫，几经搬迁陷入生存绝境。10年前，老支书刘占有带领全村老少百余口背着树种树苗、干粮咸菜，向横亘在村头的大沙坝“宣战”。驴和牛驮着树苗、裤腰带上拴着树苗，全村人植树不辍，直到满坡披绿、沙龙缴械。

在中卫市，宁夏香岩产业集团公司董事长杨飞从2011年起在腾格里沙漠南缘采取生物措施、工程措施和农耕园艺措施相结合的手段进行固沙，综合防沙治理改善原始沙漠共计1万亩，使这里成为集生态、治沙、观光旅游、设施农牧业生产一体化的农业产业沙漠园区。

从被迫抗争到主动出击，从“要我治沙”到“我要治沙”，从“老典型”到“新面孔”……在与沙漠的持久战中，不断涌现出的治沙人，建起了一片片绿色长城，改变了宁夏山川大地的面貌。

为世界治沙贡献中国经验

打开手机地图查看，会发现三面环沙的宁夏被大片黄色区域包围，而在腾格里沙漠南缘的包兰铁路两侧，则有两条平滑的“绿色平行线”嵌入黄色地带。这两条“绿色平行线”是长60公里、宽500米的“五带一体”防风固沙体系，包括固沙防火带、灌溉造林带、草障植树带、前沿阻沙带、封沙育草带。

每当列车经过包兰铁路沙坡头段时，车窗外腾格里沙漠边缘的草方格总会让旅客感叹不已。这些草方格像一个个并排站立的卫士，把昔日肆虐的沙害降服在脚下。这种草方格固沙技术是由中国科学院科研人员与宁夏当地职工群众共同探索形成的经验，曾获全国科技进步特等奖，这项成果还被联合国环境规划署确定为“全球环境保护500佳”。

宁夏治沙技术被认为在中国乃至世界防沙治沙领域都具有典型示范引领作用。在腾格里沙漠探索出的“五带一体”防风固沙体系，在毛乌素沙漠探索出的灵武白芨滩林场“六位一体”防沙治沙发展沙区经济模式……这些治沙技术和模式创造了多个全国第一，实现了漠化土地和沙化土地面积双缩减，沙化土地连续20多年持续减少的目标，也使得宁夏创造的防沙治沙“中国经验”在国内外广为传播。

近年来，已有数十个国家的政要、专家来宁夏考察治沙工作。宁夏农科院常年设有防沙治沙的“国际班”，举办过多届“阿拉伯国家防沙治沙技术培训班”，还举办了“阿尔及利亚防沙治沙技术培训班”。

以治沙促治穷

2018年“世界防治荒漠化与干旱日”我国确定的宣传主题为“防治土地荒漠化，助力脱贫攻坚战”。

据统计，全国近35%的贫困县、近30%的贫困人口分布在西北沙区。在西北腹地的宁夏，这一点更为突出。近年来，宁夏坚持科学治理，尊重自然、顺应自然、保护自然，坚持“宜林则林、宜灌则灌、宜草则草、宜荒则荒”的原则，充分发挥沙区光、热、土地等资源优势，因地制宜发展沙区特色

白芨滩国家级自然保护区——绿色向沙漠挺近　　宁夏林业厅供图

种养业、精深加工业和沙漠旅游业，合理开发利用沙区资源，培育沙区特色产业，为沙区贫困人口提供相对稳定的就业岗位，增加群众收入。

早在20世纪70年代，王有德就率先引入市场机制，破解造林成本“倒挂”难题。如今，按照当初的“路径”，白芨滩林场职工张雪云在完成林场规定的“每个职工一年扎1万个草方格，栽植1万株树苗，治沙100亩，从治沙中实现收入1万元”目标任务的同时，还在管理站承包了经果林和苗圃，收入明显增加，实现了治沙与致富同步。

在银川市兴庆区一片名为红墩子的沙地里，宁夏本土企业宝丰集团投资300亿元建设光伏发电和枸杞种植项目，规划发电功率3GW，共10万亩枸杞扶贫田，为当地百姓创造增收机会。

除了大规模的巨量投入，宁夏一批中小农牧企业也沙中淘金。在平罗县陶乐镇庙庙湖移民新村，在一家企业的介入下，三年时间，一片荒芜的沙地已成为年经济效益1800万元的瓜菜种植基地，为当地移民增收创造了条件。

宁夏拥有沙坡头、沙湖等“沙”字头的著名景区。2016年9月，国家旅游局宣布同意宁夏创建“国家全域旅游示范区”。神奇而广袤的沙漠日益成为宁夏独特而宝贵的旅游资源，吸引着大量四海宾客前来，也大大推动了当地经济发展和居民增收。

为构建祖国西北地区重要生态安全屏障，宁夏正在加快建设北部平原绿洲、中部干旱带防风固沙、南部山区绿岛三大生态系统，并从2018年开始继续推进大规模国土绿化行动，计划2018年完成营造林145万亩，治理荒漠化50万亩、水土流失800平方公里以上；2018年至2022年完成营造林500万亩，全区森林覆盖率提高到16%，森林总面积达到1245万亩。

（《光明日报》2018年06月10日10版）

昔日荒凉戈壁滩　今朝万顷葡萄园

——贺兰山东麓成宁夏“紫色名片”

郭红松

宁夏，曾是古代丝绸之路的重要驿站之一，如今，这里正以出产世界顶级酿酒葡萄和葡萄酒而被世界瞩目。法国著名葡萄酒评论家德梭在第一次品鉴了来自宁夏的葡萄酒后说：“10 年前，国外几乎没有人知道中国葡萄酒是什么样子，但今天，世界从认识宁夏贺兰山东麓产区开始认识了中国葡萄酒。这里可以酿造出非常好的葡萄酒。”

日前，记者来到贺兰山东麓的葡萄产区，远远望去，苍翠的葡萄园一直延伸至巍巍贺兰山下，这片曾经萧索荒凉的戈壁滩，如今已经成为宁夏乃至中国的一张“紫色名片”。宁夏葡萄产业发展局组织的初阶官方培训课程正在这里举办，从优质葡萄生长的地理环境、产区土壤、四季的栽培，到葡萄酒的酿造及品评，来自各地的学员们跟随讲师的引领，开启了宁夏葡萄产区的认识之旅。

七分原料三分酿造，是诞生优质葡萄酒的重要构成。贺兰山东麓产区之所以能够出产优质葡萄，和这里得天独厚的自然地理环境密不可分。这里气候很独特：积温适宜，有利于葡萄成熟；日照时间长，促进葡萄风味物质形成；气候相对干燥，病虫害较少；昼夜温差大，有利于糖分积累和酸度的平衡。

10 光明日报 人文地理 光明文化周末

课本里的江西

昔日荒凉戈壁滩
今朝万顷葡萄园
——贺兰山东麓成宁夏“紫色名片”

“一山一河一长廊”构成了贺兰山东麓葡萄酒产区特有的地理状况：贺兰山，北纬37度至39度，绵延200多公里，阻隔了沙尘和寒流；黄河，流经宁夏397公里，是葡萄灌溉的水源保障，调节了葡萄生长期的气候；一长廊，产区规划面积20万公顷，西高东低缓坡长廊，形成地形地貌多样的特点。

在贺兰山下的金山葡萄种植实验园区，记者见到农民们正在栽种葡萄苗。由于是砾石土壤，土中混杂着大量石块，让人深感栽种过程的不易。经过询问得知，他们每人一天能种100多棵。日复一日年复一年的劳作，农民们用辛勤的汗水和朴素的情感，收获出优质葡萄酒原料。培训讲师李茹一博士说，贫瘠的土地，反而更适合酿酒葡萄的出产。由于土壤养分少，

贺兰山下的葡萄园　　光明日报记者郭红松摄／光明图片

葡萄树根会往更深广的地下生长，这样可以吸收到更复杂的物质，故结出果实的味道也会复杂，丰富的味道正是优质葡萄酒的特征之一。

李茹一是澳大利亚阿德莱德大学毕业的归国博士。几年前她回国探亲，因见昔日同窗们在葡萄产区事业有成而心生感动，决定放弃在澳大利亚的工作，投身于国内葡萄产业的发展。如今，她已是宁夏大学的教师，同时作为专家负责宁夏回族自治区政府葡萄产业发展局葡萄酒品牌的规划与推广工作。李茹一说，她本科和硕士都就读于西北农林科技大学的葡萄酒学院。她的导师李华教授在20世纪80年代就提出，贺兰山东麓的环境非常适合发展酿酒葡萄种植，并说中国葡萄酒在贺兰山产区会达到世界水准。事实正如李华教授当年所言，近10年来，在党和政府的大力支持下，贺兰山产区的葡萄种植和规划获得了全面发展，酿造的葡萄酒在国内外赛事中获奖500多次，出口到了21个国家和地区。在国际葡萄酒产区和酒庄推介的权威图书《世界葡萄酒地图》第七版中，首次将贺兰山葡萄产区列入其中；美国《纽约时报》曾评选出“必去”的46个最佳旅游地，宁夏和巴黎、里约热内卢、卡萨布兰卡等世界著名旅游地一起并列其中。

全球顶尖葡萄酒和烈酒集团保乐力加、法国酩悦轩尼诗酒业集团，中国的张裕、长城等知名酒企都已在宁夏投资建设酒庄。葡萄酒走进了寻常百姓家，和各地美食搭配在一起，形成了不同的饮食文化。据国际葡萄与葡萄酒组织的统计，中国已成为美国、法国、意大利、德国之后的全球第五大葡萄酒消费国。目前贺兰山东麓产区已有中式、西式不同风格酒庄86个，酒庄的酿酒师来自不同国家，中外酿酒师们相互间的交流和灵感的不断碰撞，使产区葡萄酒被赋予了更多生命的灵动和艺术特质。葡萄酒的魅力，正是源自天、地、人的不断演绎。

据贺兰山东麓葡萄产业园区管委会提供的数据，葡萄酒产业每年能为宁夏的生态移民提供12万个工作岗位，工资性收入近9亿元，占当地农民人均纯收入的28%。

2018年，作为国际葡萄酒赛事评委，李茹一出席了全球最具权威的两大赛事，全球葡萄酒挑战赛和比利时布鲁塞尔葡萄酒大赛。她说，在评比期间，其所在分组也恰巧遇到了一组宁夏产区的红葡萄酒。组内其他国

金山葡萄种植实验园区种植葡萄苗的村民　　光明日报记者郭红松摄／光明图片

际评委在评分后拉着她到全球地图前，详细地询问了宁夏产区所在地理位置、气候土壤等一系列问题，并表示这个产区让他们对全球最优质葡萄酒产区有了重新的认识。而在评分休息间隙，她还听到周围的评委在讨论他们分组喝到的中国产区的美乐时很惊叹地说，这是喝过的最好的美乐。李茹一说："那一刻，对产业的期望和自己的坚持仿佛都有了答案，我也很自豪自己在努力为中国葡萄酒行业贡献出一份力量。"

（《光明日报》2018 年 09 月 02 日 10 版）

打造西部生态文明建设先行区

王建宏　王清彬　蒋新军

12 两会新闻

光明日报

开放日聚焦

上海代表团
当好长三角城市群的"龙头"

江苏代表团
为全国发展探路

福建代表团
走特色现代农业之路

内蒙古代表团
为深度贫困"拔穷根"

海南代表团
决不成为房地产的加工厂

广东代表团
把粤港澳大湾区
打造成世界级科技创新中心

山东代表团
坚定践行
习近平新时代中国特色社会主义思想

河南代表团
牢记总书记嘱托，持续打好"四张牌"

安徽代表团
以改革担当回答时代之问

云南代表团
云南旅游实现凤凰涅槃

宁夏代表团
打造西部生态文明建设先行区
王建宏　王清彬　蒋新军

江西代表团
织密城市特困群众帮扶网

3月6日上午，在宁夏代表团媒体开放日上，生态建设、脱贫攻坚、民族团结、创新驱动等成为媒体关注的热点。

宁夏回族自治区党委书记、自治区人大常委会主任石泰峰代表说，宁夏的生态可以用三句话概括：一是地位重要；二是生态脆弱；三是欠账较多，环境污染问题比较突出。对此，宁夏鲜明提出并大力实施生态立区战略，聚焦环保突出问题，出台28条硬措施，全面打响污染防治攻坚战，重拳出击、铁腕治理，生态环境总体呈改善之势，群众满意度不断提升。

宁夏回族自治区主席咸辉代表在回答有关脱贫攻坚的问题时说，宁夏正在实施脱贫攻坚“三年滚动计划”，步步为营，稳扎稳打，坚决落实“六个精准”，着力在补短板、强产业、增动力、转作风等方面下功夫，确保如期脱贫。在此基础上，加快推进富民工程，抓好就业创业增收，打造多元富民产业，完善职工增收激励机制，努力确保居民收入增长与经济增长基本同步，让各族群众有更多获得感、幸福感、安全感。

（《光明日报》2018 年 03 月 07 日 12 版）

宁夏回族自治区吴忠市委副书记、市长喜清江代表：

严守环保底线　筑牢生态屏障

王建宏

吴忠市将继续坚持发展与生态“两条底线”一起守，GDP与GEP（生态系统生产总值）“两个成果”一起要，筑牢西北地区重要的生态安全屏障。严守生态环境底线，一手抓生态保护，一手抓生态建设，着力打造美丽吴忠、健康净土、绿色城市、生态家园，建设绿色经济示范市。

为了更好地实现人与自然和谐共生，吴忠市将力争从三个方面取得突破。

一是通过发展绿色产业，在推动经济转型升级上取得新突破。大力发展装备制造、现代纺织、新能源、新材料和特色种养、文化旅游等支柱产业，培育发展生物制品、信息技术、节能环保等新兴产业，加快冶金、化工、建材等传统产业绿色改造，推动产业迈上中高端，经济结构更加优化。

二是加快建设绿色城镇，在营造宜居宜业环境上取得新突破。坚持生态、智慧、人文、低碳理念，推进新型城镇化健康发展；实施特色小镇培育工程，规划建设一批工业重镇、农业强镇、旅游名镇、商贸大镇；坚

两会特刊

09

坚持社会主义核心价值体系

坚持在发展中保障和改善民生

注重崇德修身　引领社会风尚

实现心灵认同　培育时代新人

发挥科技优势　助力脱贫攻坚

发展特色产业　实现乡村振兴

严守环保底线　筑牢生态屏障

保护家乡湿地　建设美丽乡村

研发核心技术　守护网络安全

创新治理方式　建设平安中国

坚持人与自然和谐共生

坚持总体国家安全观

持因地制宜、凸显特色，美丽乡村覆盖面达90%以上。

三是打造绿色美丽家园，在推进生态文明建设上取得新突破。深入推进生态立市战略，实施退耕还林、防沙治沙、湿地保护等生态工程，力争全市森林覆盖率达到18%；推进水、大气、土壤污染防治行动计划，力争环境空气质量优良天数达85%以上。

（《光明日报》2018年03月20日09版）

中央第二环保督察组对宁夏开展“回头看”

王建宏

为深入贯彻落实习近平生态文明思想，经党中央、国务院批准，中央第二环境保护督察组近日进驻宁夏回族自治区开展环境保护督察“回头看”。6月1日，中央第二环境保护督察组对宁夏回族自治区开展“回头看”工作动员会在银川召开。

督察组组长吴新雄讲话时指出，这次“回头看”主要督察宁夏回族自治区党委、政府部署推动中央环境保护督察整改工作情况，省级有关部门整改责任落实和工作推进情况，地市级党委和政府整改工作具体实施情况。重点盯住督察整改不力，甚至“表面整改”“假装整改”“敷衍整改”等生态环保领域形式主义、官僚主义问题；重点检查列入督察整改方案的重大生态环境问题及其查处、整治情况；重点督办人民群众身边生态环境问题立行立改情况；重点督察地方落实生态环境保护党政同责、一岗双责、严肃责任追究情况。

宁夏回族自治区党委书记、人大常委会主任石泰峰表示，中央环境保

02 要闻 光明日报

栗战书会见黑山议长布拉约维奇

韩正在京津冀协同发展领导小组会议上强调

思想认识再提高 责任担当再强化 推动京津冀协同发展取得新的突破

孙春兰在与少年儿童共度"六一"时强调

坚持幼有所育、学有所教 培养德智体美劳全面发展的接班人

来自国新办新闻发布会的报道

为残疾儿童创造健康成长、平等发展的环境

降低进口关税，影响几何

筑牢科研诚信的基石

——科技部有关负责人解读《关于进一步加强科研诚信建设的若干意见》

中央第二环保督察组对宁夏开展"回头看"

中央第四环保督察组进驻江西"回头看"

我国未成年人犯罪数量连续9年持续下降

护督察组来宁夏开展环保督察“回头看”工作，充分体现了以习近平同志为核心的党中央对宁夏工作的高度重视，是对宁夏生态文明建设和生态环境保护工作的一次全面检验。我们要从坚决维护习近平总书记核心地位、坚决维护党中央权威和集中统一领导的高度，深入学习习近平生态文明思想，牢固树立“四个意识”，提高政治站位，强化政治担当，自觉接受环保督察，全力配合环保督察，坚决整改落实，确保“回头看”圆满完成。

（《光明日报》2018 年 06 月 02 日 02 版）

不忘初心

“我更愿意和乡亲们近一点”

——追记宁夏同心县兴隆乡民生保障服务中心主任李进祯

王建宏

1月底，位于宁夏中部干旱带上的吴忠市同心县残雪斑驳、寒气逼人。

这片贫瘠的土地将永远铭记，2017年10月，有一位优秀共产党员倒在了脱贫攻坚一线，长眠于他所热爱的这片土地。他就是同心县兴隆乡民生保障服务中心主任兼财政所所长李进祯。

累　倒

2017年10月25日一早，李进祯和往常一样，第一个来到乡政府大院的办公室。一直住在乡政府的同事丁海涛正准备烧水，看到李进祯的脸涨得紫红，头上渗出豆大的汗珠。丁海涛慌了神，问：“咋了？”“胸口不舒服，疼！”

丁海涛迅速把李进祯送进同心县医院。

上午10点多，做完各项检查后，李进祯身体很虚弱，身上插着很多管子。当兴隆乡副乡长马秀梅和其他同事前往县医院看望他时，他心心念念的还是工作："让白玉仓赶紧把乡上的电费交了，我那儿还有几笔账没做完……单位住房补贴的表，催着要呢……"

11点多，因病情严重，李进祯又被紧急送往银川的宁夏医科大学总医院抢救。

17时30分左右，李进祯生命的钟摆永远停留在了这一刻！

"真不愿意相信这是真的！怎么说走就走了……"李进祯去世的消息传开后，整个兴隆乡都被惋惜、不舍、悲痛的情绪笼罩着。

得知李进祯去世的消息时，兴隆乡党委书记马海军正在福建省学习，他一夜无眠，悲痛地写下"凝神痴忆音容，泪涌如泉，须臾间，阴阳两隔断，风尘漫漫天地远……"

04 综合新闻
光明日报
聚焦地方两会
绿色发展成就生态高颜值
海南：严肃查处环保违规违法行为
福建：美丽、绿色、生态成热词
山西：锻造黄河、长城、太行三大旅游板块
青海：打好"三大攻坚战"
"我更愿意和乡亲们近一点"
——追记宁夏同心县兴隆乡民生保障服务中心主任李进祯
最美基层干部
首届"红船精神论坛"征文启事
一、选题方向
二、征文要求
三、组织评审
光明日报
中共浙江省委宣传部
中共嘉兴市委
2018年1月

其实，李进祯倒在岗位上，并非全无征兆。在李进祯去世的前几个月里，乡上的好几位同事都听他说胸口不舒服。大家都劝他去检查一下，可是，他一直忙于整村推进项目、"四个一"产业扶贫项目资金、农资补贴、退耕还林等涉农扶贫资金账目的审核拨付等一系列工作。他总是笑着说："我农民出身，身体哪有那么娇气，再说了，前一段时间单位体检的时候不是还好好的嘛！等忙过这一段时间我再去查查。"

可是，同事们却一直没等到他说的"这段时间"过去。

公　心

在李进祯工作的近30年里，一个"公"字是他用行动写下的为人准则。

1988年大学毕业以来，李进祯一直承担着乡镇的财务工作。从各类惠农补贴和征地拆迁补贴到乡干部的工资发放，从养老保险收缴到后勤保障支出，李进祯是乡里干部和老百姓的"管家"。

特别是这几年脱贫攻坚战打响后，涉及脱贫攻坚的项目资金陡然增加，扶贫资金的核拨兑付笔笔都要经李进祯办理。他的桌子上永远堆着一摞摞票据账单，每天的工作不是伏案核算票据，就是在银行、财政、扶贫等部门间来回跑。

李堡村的会计李彦平和李进祯打交道近20年了，看他这么辛苦，劝他悠着点儿干。李进祯却说："钱迟一天到，老百姓心里有多着急！钱是国家补贴给群众的，咱们得负好这个责！"

李进祯心里装着群众，哪怕是一分钱，他也要让群众及时拿到。一次，兴隆乡民政所所长马强接到县农村信用社的电话，说乡上的良种补贴有30多个错误单。由于手头工作忙，他把这事给忘记了。而常去银行办业务的李进祯没有忘，不仅帮他带回错误单，还天天催马强去办理。

马强说："现在一遇到错误单的事，我就会想到进祯的话，群众的事，一分钱也不是小事儿！"

初　心

李进祯走的那天，十里八乡的乡亲们都前去送他最后一程。2000多人自发参加一个基层干部的葬礼，在当地十分罕见——他用一个共产党员的初心，赢得了民心。

“我咋就这么粗心！10来天没见李所长，我还以为他太忙了没顾上来呢……”当得知李进祯去世的消息，新生村64岁的田自福埋怨自己。

2013年，同心县开展机关干部“结对帮扶”工作，李进祯与包括田自福在内的5户贫困户结起了“亲戚”。田自福家里7口人，3个孙子都在上学，全家人只能靠不到一万元的土地流转费和4头牛维持生计。

李进祯太忙，很多人都认为让他帮扶，顶多是“挂个名”。没想到的是，每隔十天半个月，他都要去新生村一趟。平时上班抽不开身，就周末开车拉着爱人和儿子到贫困户家中去。李进祯深入了解田自福家的情况后，鼓励他贷款建牛棚扩大养殖。田自福心里直打鼓，能不能贷到款？赔了咋办？李进祯一次次给他分析市场，打消了顾虑。田自福第一年贷了10万元，年底就赚了15万元。2017年，田自福养牛68头，彻底摆脱了贫困。

李进祯的电话不光很多干部知道，在兴隆乡就像个群众热线，很多村民有事都直接打电话找李进祯。“他的电话一天到晚都没完，有些事本不该他操心，但只要有人问，他总给人家一遍遍耐心解释。”李进祯的妻子王学红说。

李进祯始终工作在最基层，他有好几次机会能调离乡政府，但都自己放弃了。妻子曾问他为啥不愿意离开。李进祯常说：“乡上虽然事多不好干，但大都是和老百姓打交道的事，比起到上面坐办公室，我更愿意和乡亲们近一点。”

52岁的李进祯走了，步履匆匆，但他没有忘记为什么出发，没有忘记来时的路。在 27 年的党龄中，他用行动践行了一名共产党员的初心。

1 月 10 日，宁夏回族自治区党委追授李进祯同志“全区脱贫攻坚优秀共产党员”称号，号召广大党员干部向李进祯学习。

（《光明日报》2018 年 01 月 30 日 04 版）

“群众已转移，命你速归队”

——追记洪水中为救群众而牺牲的辅警王永良

王建宏　苏　婕

7月28日上午，天幕低垂，山河落泪。宁夏回族自治区银川市公安局西夏区分局镇北堡派出所辅警王永良同志追悼会在银川市殡仪馆举行。800余名民警和社会各界群众纷纷赶来送英雄最后一程。

7月26日15时40分，经多方全力搜救，在暴雨中为救援群众失联90个小时的王永良的遗体，在银川市贺兰县金山村北侧蓄水池内找到。面对噩耗，共同参加救援、被洪水冲出10余公里后获救生还的镇北堡派出所教导员郑建卫，再也抑制不住内心的悲伤失声痛哭：“是我把王哥带出去的，却没能把他带回来……”

洪水，逆行

7月22日20时起，贺兰山中北段降下大暴雨，降水刷新着宁夏有气象观测记录以来的日降水量极值。暴雨导致贺兰山东麓沿线发生百年一遇的大洪水，5000余名群众受洪水威胁，多名游客受困，大片农作物受灾……

“呼叫镇北堡派出所！在贺兰山滚钟口与苏峪口路段有辆越野车被山洪所困，请立即救援。”22 日 20 时左右，银川市公安局 110 指挥中心发出指令。

早已整装待发的郑建卫和王永良跳上警车冲进雨中。

在行驶至距离贺兰山滚苏路和镇苏路交叉路口不到一公里时，洪水量激增，水流湍急，且夹杂大量泥沙。郑建卫立即向指挥中心和带班领导报告，同时与镇北堡镇政府指派的大型挖掘机救援队联系。

此时，洪水越来越大，已无法继续行进。在接到银川市公安局西夏区分局副局长王新明的指令后，两人调转车头准备前往其他地方共同处置另一起求救险情。此时，一声惊雷响彻天际，直径约两厘米大的冰雹夹杂在暴雨中倾盆而至，噼里啪啦地砸在车身上。道路被完全淹没，洪水冲击大量泥沙石块不断击打着警车，让他们寸步难行。

08 综合新闻

“小岗精神，是要一代一代传下去的”

——记安徽省凤阳县小岗村村民严余山的40年

『群众已转移，命你速归队』

——追记洪水中为救群众而牺牲的辅警王永良

『核心价值观百场讲坛』将走进安徽涡阳

周维炯：豫东南红军和苏区创建人

“王局，这边情况

不好……”郑建卫突然中断的通话，让王新明不禁一惊，他感到事情不妙。

电话那头，暴雨如注，洪水不断上涨，警车开始剧烈晃动，随时都会被洪水冲翻。

就在此时，借着闪电，郑建卫和王永良注意到前方四五十米处停着一辆皮卡车，车灯还亮着，但无法确定车内是否有被困人员。

前方不远处就是无路桩路段，再向前就是洪水肆虐的山沟！眼看皮卡车缓慢前移，郑建卫和王永良果断决定上前营救。

郑建卫、王永良戴好救生圈，徒步涉水前进开展救援。费尽周折终于靠近皮卡车，郑建卫在齐腰的洪水中猛地爬上车厢，在确定车内无被困人员后，郑建卫挥手向王永良示意。就在他挥手的那一刻，一股猛烈的洪流将皮卡车打翻，郑建卫和王永良被卷入洪水中。

3个小时后，郑建卫被救援人员发现，并转移至自治区人民医院西夏分院救治。郑建卫事后回忆，在洪流中挣扎时，精疲力竭的他几度想要放弃，但想到指挥中心最后的指令，还有消失在视线中的王永良，他就努力着把头甩出水面。

失联，“归队”

郑建卫获救了，王永良依然处于失联状态，下落不明，他的安危牵动着全国广大公安民警、辅警和社会各界群众的心。

“王永良，群众已转移，命你速速归队！”从7月22日开始，这条寻人启事被无数网友转发。王永良失联后，自治区公安厅、消防总队以及银川市政府相关部门迅速展开搜救工作。

武警、消防、特警以及蓝天救援、宁夏丽景救援等社会救援力量赶到搜救现场，开展搜救工作。

救援组将贺兰县内金山村宰牛沟大水库划分为 5 个区域开展搜救，组织现场人员对水库进行搜索，安排船只、搜救艇、皮划艇在水面搜救，利用声呐进行水底探测。

银川市公安局各分县局警力沿泄洪沟向两边辐射，进行地毯式搜救，沿线村干部、村民进田间开展搜救，不放过任何一个角落。

7 月 26 日 15 时 30 分许，经过 90 个小时的搜救，王永良的遗体被找到。王永良“归队”了，但人们没想到的是他是以这种方式“归队”。

“发现王永良遗体时，他的一身制服很整齐。”一名武警战士说，7 月 26 日，他们已在所负责的区域反复搜寻了 3 天。英雄已牺牲，战士们小心翼翼地将他运送至岸边。离别前，战士们对着王永良的遗体敬了一个军礼。

辅警，也是“警”

王永良，这个有着 30 年党龄的辅警，曾在武警某部服役，先后任战士、副班长、班长。因为他群众工作基础扎实，又能吃苦，王永良成了银川市公安局西夏区分局镇北堡派出所的一名辅警，一干就是 16 年。

在王永良看来，能在家门口干自己喜欢的工作，和街坊邻里打交道，解决老百姓家长里短的烦心事，是自己的福气。在镇北堡辖区，只要王永良出马，多棘手的警情都会大事化小、小事化了，乡亲们都热情地叫他“老王警官”。一次他和小自己 10 岁的所长张和平一起出警，又被喊“老王警官”，他不好意思地憨憨一笑：“快别，我不是真警察！”张和平忙圆场：“是，是！怎么不是，辅警也是‘警’！老百姓认你是啥就是啥！”

在镇北堡派出所，王永良经常跟随治安民警一起出警，跟随社区民警一起下社区。派出所民警、辅警走了一茬又一茬，但王永良却常驻镇北堡派出所，不离不弃。所里的民警、辅警碰到工作和生活上的难事都乐意向他请教，就连局领导来所督导工作之余也不忘听听他的建议。

“王永良”是镇北堡街坊熟知的名字。2018 年 5 月，有线索称有人组织社会闲散人员在镇北堡聚众赌博，对辖区地形、方位了如指掌的王永良很快就摸准了赌博窝点，查明了来往人数。民警们最终包抄围堵，当场抓获赌博嫌疑人 46 名。整个抓捕过程，王永良机敏果敢，冲在最前面，毫无畏惧，极大鼓舞了全体队员的士气。

王永良艰苦朴素、勇于担当，吃苦耐劳、甘于奉献，把生命最终定格在解救群众于危难的英雄壮举中，庄严履行了一名基层警务辅助人员“誓保一方平安”的职责。

（《光明日报》2018 年 08 月 01 日 08 版）

自觉承担服务中华民族伟大复兴的重要使命

——习近平总书记在全国教育大会上的重要讲话引起强烈反响

王建宏　夏　静　高建进　吕　慎　张　锐

教育是国之大计、党之大计。9月10日，习近平总书记在全国教育大会上发表重要讲话。全国广大教育工作者深受鼓舞、倍感振奋，大家纷纷表示，要深入贯彻落实习近平总书记重要讲话精神，自觉承担服务中华民族伟大复兴的重要使命，为加快推进教育现代化、建设教育强国、办好人民满意的教育而奋斗。

对教育事业规律性认识提升到新境界

“习近平总书记的重要讲话全面系统总结了党的十八大以来党在教育理论与实践方面的创新成果，明确提出了加快推进教育现代化、建设教育强国的总体部署和战略设计，是新时期教育工作与教育事业发展的行动指南和基本遵循。”华中师范大学校长、党委副书记赵凌云反复研读了习近平总书记的重要讲话。他说，作为一所拥有一百多年办学历史的全国重点师范类大学，华中师范大学将全面落实“九个坚持”，自觉用习近平新时代中国特色社会主义思想统领学校发展，担当起教育现代化的“华师责任”，进一步彰显教师教育特色，全面提升师范教育水平，为培养更多的大国良师作出更大贡献。

“鼓舞人心，催人奋进。”福建师范大学党委副书记潘玉腾表示，习近平总书记的重要讲话从党和国家事业发展的战略高度，对加快推进教育现代化、建设教育强国、办好人民满意的教育作出全方位部署，具有高度的政治性、思想性和针对性，是新时代教育改革发展的方向标。

光明日报 2018年9月13日 星期四 要闻 03

自觉承担服务中华民族伟大复兴的重要使命

——习近平总书记在全国教育大会上的重要讲话引起强烈反响

培养什么人，是教育的首要问题

——一论学习贯彻习近平总书记全国教育大会重要讲话精神

壮阔东方潮 奋进新时代——庆祝改革开放40年

浙江织里：聚焦基层治理 着力民生福祉

喜迎首届“中国农民丰收节”

稻花香里庆丰收是我们的传统

“这次大会是我国教育发展史上的新坐标，是新时代教育改革发展的动员令，为解决教育领域重大问题提供了根本遵循。‘九个坚持’是我们党对教育规律认识的深化，具有重大的理论和实践意义。”宁夏回族自治区教育厅厅长李秋玲现场聆听了习近平总书记的重要讲话。她说，宁夏是西部经济欠发达省区，解决发展不足的问题，根本靠教育、关键在人才，我们要以习近平总书记重要讲话精神为指导，着力推进教育改革，全力做好党和人民满意的教育工作，不辜负这个伟大的新时代。

“这次大会是新时代教育事业发展史上新的里程碑，吹响了向教育强国迈进的号角。”贵州省教育厅厅长邹联克说，“习近平总书记强调要从扭转不科学的教育评价导向、深化办学体制和教育管理改革、提升教育服务经济社会发展能力、扩大教育开放等方面解决教育面临的问题，这些重要论述拨开了多年困扰教育发展的迷雾，让我们找到了破解难题的根本途径，为教育工作者注入了强大精神力量。我们将认真学习领会，悟深悟透，在落实见效上狠下功夫，努力开启贵州教育事业的新征程。”

湖北大学党委书记尚钢表示，习近平总书记重要讲话深化了我们对教育事业改革发展的认识，对教育工作的规律性认识提升到一个新境界，要始终坚持并不断丰富发展。

以培养担当民族复兴大任的时代新人为己任

“习近平总书记的重要讲话，为我们从教育大国向教育强国迈进指明了方向。”贵州大学校长宋宝安说，习近平总书记对广大教育工作者的关心和厚爱，让我们倍感责任重大、使命光荣。贵州大学处在脱贫攻坚的第一线和主战场，我们一定要围绕服务地方经济社会建设的要求，抓住省部共建和入选“双一流”高校的机遇，为脱贫攻坚提供更加强有力的科技和教育支撑，为贵州与全国同步建成全面小康社会培养出更多信得过、干得好、留得住、用得上的高层次人才。

“习近平总书记在讲话中进一步明确了新时代教育工作的根本任务和

教育现代化的方向目标，对培养德智体美劳全面发展的社会主义建设者和接班人的内涵作出更加丰富的阐释，即培养一代又一代拥护中国共产党领导和我国社会主义制度、立志为中国特色社会主义奋斗终生的有用人才。”潘玉腾说，我们要紧紧围绕立德树人根本任务，坚持全员育人、全程育人、全方位育人理念，构建校内校外、课内课外、网上网下协同育人的“立交桥”，形成理论主课堂、活动大课堂、网络新课堂一体贯通、无缝对接的“三全育人”立体网络。

武汉大学副校长周叶中说，教育强则国家强，推进新时代中国特色社会主义教育事业，高校要将自身工作与贯彻落实习近平总书记重要讲话精神紧密结合起来。一方面，加强教师队伍建设，努力锻造一支师德高尚、业务精良、结构合理的高素质教师队伍，充分信任、紧紧依靠广大教师，提高教师地位，改善教师待遇，营造尊师重教的良好氛围；另一方面，立足本职、立德树人，以德立身、以德立学、以德施教，以培养能够担当民族复兴大任的时代新人为己任，引导青年学子设定置身于国家、民族的价值坐标，为实现“两个一百年”奋斗目标，实现中华民族伟大复兴提供强有力的人才保障。

“习近平总书记从中华民族千秋大业出发，对中国特色社会主义教育提出更高更明确的目标要求，赋予了新时代党的教育事业和广大教育工作者神圣使命。”宁夏大学西夏学研究院院长杜建录说。广大青少年是祖国的未来和希望，只有把青年人凝聚在中华民族伟大复兴中国梦的旗帜下，他们的理想信念才能落到实处，才能培养出有理想有信念的中国特色社会主义事业接班人。

福州外语外贸学院党委书记陈炳钦表示，作为教育工作者，要从两个维度深刻领会习近平总书记重要讲话的科学内涵：一是从党的事业、国家发展和民族振兴的维度谋划教育事业的使命担当。教育事业只有沿着习近平总书记指引的道路奋力前行，才能不辜负新时代党和国家赋予的历史使命；二是从全面小康和人民幸福的维度思考教育的使命担当。新时代新形势，对教育和学习提出了新的更高的要求。我们必须从新时代的新要求、新任务出发，谋划教育、学校发展的科学路径。

武汉大学博士生导师罗永宽说，习近平总书记的重要讲话回答了“为谁培养人、培养什么样的人”的重大问题。作为思政课教师，我们要承载好“三个传播”“三个塑造”的时代重任，为高校落实立德树人的根本任务奉献应尽之力。

华中师范大学教授、国家数字化学习工程技术研究中心副主任吴砥表示，信息化时代，传统的评价方式存在方法单一、结果片面、缺乏过程性描述等问题，难以适应新时代人才培养要求。应利用信息化手段，促进教育评价方式改革：一是评价目标从以人才甄别和选拔为主转向以改善学习、促进学生发展为主；二是评价内容从单纯的对知识的评价转向知识、能力、素质并重的综合性评价；三是评价方式从传统的一次性、总结性评价转向过程性、伴随性评价。

对教师使命的全新定位引发强烈共鸣

“三寸粉笔，三尺讲台系国运；一颗丹心，一生秉烛铸民魂。”教师是人类灵魂的工程师，是人类文明的传承者，承载着传播知识、传播思想、传播真理，塑造灵魂、塑造生命、塑造新人的时代重任。

“习近平总书记提出要努力提高教师政治地位、社会地位、职业地位，令我们一线教育工作者备受鼓舞。”湖北省宜昌市第一中学校长付全新说，每一位教师，都要把“努力办好人民满意的教育”作为共同信念和实际行动，承担起塑造时代新人的重任。

“作为青年教师，我们要时刻铭记，教师不是一个简单的名称，而是承载重任的职业，要真正起到传播知识、思想和真理，塑造灵魂、生命和新人的作用。”北方民族大学副教授马建福说，“这要求我们不断更新知识，提升职业道德和职业操守，用健全的心智、前沿的知识和人生的智慧为党和国家，为广大人民群众培养人才，真正做到为人师表、教书育人，全心全意为党和人民的教育事业而奋斗。”

“习近平总书记的重要讲话让我深深感受到他和我们一线教师心连心，作为一名山区教师我无比幸福。”贵州省黔西县第十小学教师杨绍书说，“我要在未来的岁月中继续潜心育人，不辜负总书记对教师的关怀和对教育的殷切希望。”

“乡村学校这些年翻天覆地的变化,印证了习近平总书记的重要讲话。”宁夏吴忠市利通区扁担沟中心学校英语教师吴健说，“贫困偏远地区也用上了先进的信息化教育手段，我将长期从教、终身从教，继续扎根这片热土，让青春的梦想在这里开花结果。”

湖北民族学院教师张恩说：“作为一名投身于民族地方高等教育的青年教师，习近平总书记的重要讲话让我深受震撼，温暖无比又充满力量。要从我们走上讲台的那一刻起，从讲职业人生的第一堂课开始，履行好培养社会主义建设者和接班人的使命，方能不负赤诚丹心与青春韶华。”

“习近平总书记的重要讲话，使我深深体会到新时代高等中学的新使命，感受到中国基础教育的新任务，明确了办好人民满意学校的新目标。”宁夏六盘山高级中学校长金存钰说，“我们将进一步弘扬高尚师德，潜心立德树人，努力办好人民满意的学校。”

贵州省桐梓县夜郎镇大坪村柿垭教学点教师徐茂辉激动地告诉记者，习近平总书记要求我们执着于教书育人，有热爱教育的定力、淡泊名利的坚守，这让我们乡村教师产生了极大共鸣。“我们一定坚守教师这一光荣岗位，安心从教，热心从教，努力把学生培养成新时代社会主义建设者和接班人。”

（《光明日报》2018 年 09 月 13 日 03 版）

祝福在指尖传递　自豪在心中澎湃

国庆短视频和图文传递满满正能量

颜维琦　王建宏　等

10 月 1 日一早，云南迪庆藏族自治州德钦县委宣传部部长马彩花的朋友圈“红”了，到处是飘扬的五星红旗。她也兴奋地上传了包括五星红旗和德钦梅里雪山在内的 6 幅图片，写道：“我爱您，中国！”

这一天，走在街上，看满城国旗飘扬，河北衡水市民李娜自豪地将她与国旗的合影发到朋友圈，感慨道：“这是最美的风景。”

这一天，江苏昆山市民苏晴清晨被小提琴协奏曲《我爱你中国》叫醒，她说：“这样的感觉，真好！”

这一天，在宁夏固原市西吉县，人们用丰收的玉米、土豆，在田野上拼出巨大的文字：“祝祖国母亲年轻富强”“国庆快乐”。

这一天，在新疆维吾尔自治区焉耆县七个星镇呼尔东村，村民聚拢在宽敞的红色电影院，在电影《开国大典》中回望新中国一路走来的峥嵘岁月。

这一天，上海网友“朝闻夕拾”打开光明网推出的“网上铸国徽指尖正能量”小程序，将自己“铸就”的一枚闪闪的国徽郑重分享。

这一天，一个小朋友站在自己的小自行车旁边，举起小小的右手，默默地向国旗敬礼。在山西晋城工作的王卫华在朋友圈分享这张图片时说：“今天看到最好的图。”

祝福在指尖传递，自豪在心中澎湃。人们自发地运用短视频和各种图文为新中国庆生，传递出稳稳的幸福和满满的正能量，展现了大国国民的昂扬、乐观和奋进。

大声说出我爱你

“今天是你的生日，我的中国……”10月1日上午10时，在河南省兰考县人民广场，各界干部群众7000余人，用歌声表达对新中国生日的祝福。视频迅速刷爆兰考人的朋友圈。网友“风去云不回”留言：“从一个落后贫穷的小县城，成长为文明富裕的新城市，兰考赶上了好时代，真心感谢党的好政策！”

“山歌一唱颂中

华，喜迎国庆同欢乐。歌唱祖国歌唱党，歌唱曲江大变样；山清水秀名远扬，人间仙境胜苏杭……”2018 年是广西壮族自治区成立 60 周年，广西电视台制作的一分钟短视频《喜庆大庆篇》，在广西人的朋友圈火了。

《长江日报》策划了“燃！我们准备了 69 首歌为国庆生，快来给她点一首！”H5 报道，邀请湖北市民用自己的方式向祖国表白，引发网民互动跟评。“家乡越来越好，我们的祖国也越来越强大，祝生日快乐！”“祝愿祖国繁荣昌盛！”人们热情留言，为祖国“打 call”，向祖国表白。

对祖国大声说出“我爱你”，没有约定，不用动员，于言表、指尖，一切仿佛自然流淌。

在位于宁夏银川市西北的贺兰山苏峪口国家森林公园，巨幅五星红旗前，94 岁高龄、曾参加过抗日战争、解放战争、抗美援朝战争的老战士雍凤岐和大家分享红色故事。在众人簇拥中，他动情地说：“共产党好，她为人民谋幸福！”来自北方民族大学的少数民族学生，身着民族传统服装，手持鲜艳的小国旗，高声齐呼：“祝祖国生日快乐！祖国万岁！”在宁夏人的朋友圈，这两段只有 10 秒钟的短视频刷了屏。

一面鲜红的党旗和簇拥四周的“95 后”“00 后”们的青春面孔，随着辅导员手中相机的一声“咔嚓”，定格在共和国 69 岁华诞。这一天，来自南京邮电大学的本科生集体参观“庆祝改革开放四十周年图片展”。票证展区的肉票、粮票、面票、糖票，还有购买千张、豆皮、腐乳、粉条、瓜子的票证，在打开各种 APP 就可以足不出户，海淘天下商品的当下，历史剧变尤其令年轻人感慨。

这天中午，当浙江省衢州市残联党组副书记王文彪在高中同学微信群，发出“被您爱着真好”的微信时，立即引发追捧。“这才是真正的正能量！”同班同学，在嘉兴某军工研究所工作的项泓马上跟帖留言。

这一天，北京各区县、各媒体公众号和微信微博都推出了“我爱你，中国”专号，引来众多市民“围观”。大兴区委宣传部部长祁金利为国庆创作的诗歌，点赞者众多，一位网友留言：“不忘初心兴中华！”

“爱国本不是一个需要讨论的话题，它是融进中华民族血液骨髓中的一种本能。”有网友写道。“高歌新时代，阔步奔小康。”一位网友的评论引来“楼下”一众“排队”应和。

你的名字叫中国

从周朝何尊铭文、汉简和汉隶礼器碑等不同文字载体上的“中国”，到王羲之、褚遂良等历代名家墨宝中的“中国”……一款融媒体产品《今天，我们以书法的名义，祝福“中国”》，国庆这天在光明日报“两微一端”“头条号”和“抖音”等平台一经推送，点击量迅速攀升。网友“可子”留言评论：“最古老的文字，承载最古老的国名——中国。”

这一天，“中国”这两个字激起无数共鸣和思考。“我有三个妈妈：生养我的妈妈，教导我的老师，还有我亲爱的祖国。”“无论终点何方，都不忘我们的人生起始点名为中国。”深情的表白，在人们彼此的祝福中传递。

远在非洲援建的贵州籍 90 后小伙谢阳，这天格外开心。在条件艰苦的南苏丹，大家把最好的食材都留到国庆做一顿大餐。他在朋友群里贴了一张东方的朝阳，写下对祖国的思念：“在这样的节日里，有思乡、煎熬、眺望、寄愿、庆幸、满足、骄傲和迫不及待归国的心情。因为有过在国外遇险被接回国的经历，更能体会国家正日益强大，作为一个中国人，感觉庆幸，满足与骄傲。”

“一寸丹心图报国，两行清泪为思亲。孤怀激烈难消遣，漫把金盘簇五辛。”一首明朝爱国诗人于谦的诗，配上一幅红梅绽放的国画和小编点评，福建闽江学院教师周少锋在朋友圈转发了《迎国庆：8首爱国诗词，气势磅礴，热血沸腾！》，并加上自己的感言："从中华诗词中体会古往今来的爱国情怀，在今天特别有现实意义。这些文化经典能引起人们的广泛思考：爱国是言和行的统一，应该怎样表达，应该怎样去行动？"

"牢记总书记嘱托，撸起袖子加油干。"黑龙江农垦总局职工陆向导在朋友圈里转发《祖国华诞，北大荒人与您说自豪》，加上了自己字字铿锵的评论。"中国要发展，最终要靠自己。现在每个团队都拼命攻关，好多难啃的项目都被攻破！我们就是要靠自己的力量，为中国制造业的发展贡献力量。"中国第一重型机械集团公司职工刘伯鸣发了这样一条朋友圈。他随后自信满满地加了一句："咱这首席技能大师也不是白当的！"他的同事"飞得更高"为他点赞："让世界爱上中国智造"，跟着一个握手和笑脸的图标。

在位于宁夏西海固的固原市彭阳县，王洼镇党委书记赵坤在朋友圈发了基层干部入户调查、培训以及开会的照片，写道："这就是乡村干部国庆长假的第一天假日。以特殊方式为新中国庆生！"他告诉记者，由于他所在的乡镇要脱贫摘帽，至少有一半干部主动放弃节假日，有的下去给老百姓发放地膜，有的去地头和群众一起商量如何调整种植结构，有的入户动员改造危房。"打赢脱贫攻坚战，决不拖后腿。"

"千磨万击还坚劲，任尔东西南北风。"人们在对祖国的祝福声中，更坚定了风雨兼程中创造美好生活的决心。无论国际国内形势如何风云变幻，深化改革开放，自力更生、做好自己的事，已经成为新共识。

"潮平两岸阔，风正一帆悬。"也就在这一天，江苏常州幼儿师范学校教师赵璐教会了孩子念这句诗。

家是最小国，国是最大家

“家是最小的国，国是最大的家，你的名字，是我听过，最美的诗。”一款“点亮中国红”H5，点亮了河北石家庄市民袁冰的朋友圈，颇具仪式感的表达，激发出更多人的家国情怀。

“一面国旗，抒写国人家国梦。一生坚守，聚涌胡家爱国情！”在湖南辰溪县，82岁的胡茂金一家44年国庆日升国旗的故事引发热议。从1974年开始，他都会组织家人举行家庭升旗仪式。“有国才有家，国家好，小家的日子才好。”胡茂金说。如今，他的子女事业有成，老两口日子过得惬意幸福。

这一天，云南省大理火车站彩旗猎猎。候车室里，“我与国旗合个影·热烈庆祝祖国69华诞”主题相框前，旅客纷纷排队拍照。“今年高铁开进大理，大大缩短了我们与祖国各地的时空距离，感谢伟大的祖国，让我赶上美好的新时代，祝福祖国母亲，永远繁荣昌盛。”70岁的大理白族旅客姚爱华眼角溢满泪花。他说，这一次，他们祖孙三代5人准备坐动车，到改革开放的前沿广州、深圳看一看。

同样在路上的网友“瑶瑶瑶瑶瑶”几天前从重庆出发自驾去西藏，国庆日这天，她特意在西藏那曲发送一组“九宫格”的美图，写道：“一路纵览祖国壮美，更真切地感受到国家的发展，尤其是汶川地震后川西的恢复重建，真的让人情不自禁爱上我们的国家，和我们所处的这个时代。”

这一天，贵州瓮马铁路建设工地的600多名建设者正在架设第一根孔梁，这是工序上的一个关键点。在现场指挥的瓮马铁路公司总经理李夏阳告诉记者，2019年国庆，瓮安县就将结束不通铁路的历史。说着说着，李夏阳兴奋地掏出手机，给记者看他刚刚写的一首卜算子：

“三年建瓮马，国庆迎铺架。山水无阻铁路人，奉献为国家。

质量放心头，秋冬又春夏。精益求精工匠心，神州新图画。”

这一天，在上海火车站登上列车的复旦大学教师陈康令在抖音上刷到了一条“爆款”视频。那是在上海外滩街头，武警列队搭出整齐的人墙“红绿灯”，几秒钟的小视频收获了超过142万的点赞和2.1万的评论。“太酷！国庆第一天的我大上海！”陈康令立刻把视频转发给友人，他说：“套用一句流行歌曲歌词来说，祖国的繁荣和强大，带给我们的是稳稳的幸福。我们青年人更应该用实际行动来创作新时代的‘少年中国说’！”

家与国，小我与大我，国家与世界，过去、现在和未来，这一天，穿越时空交错在人们心中。

上海金杨中学校长邢春感慨道：“爱国无须动员，就像儿女对母亲自然而朴实的情感，哪怕有些怨言，也无妨挚爱。很多人由衷赞叹这些年国家的繁荣发展，对国家的未来发展充满自信；也有人直面社会发展中的困境问题，忧心忡忡，所谓位卑未敢忘忧国。在我看来，这些都是爱国情怀。”

“每个人心中都有一个伟大的祖国。”深圳市民唐先生在朋友圈留言，“俱往矣，数风流人物，还看今朝。2018年，如此蓬勃的时代和历史关口，自己思考着，行动着。”

（《光明日报》2018年10月03日01版）

干工作要时刻不忘入党初心

——记宁夏青铜峡市委副书记、政法委书记杨春燕

王建宏

“这个女人不得了，厉害得很！”

这个评价，来自非法采矿者。当“屡打屡采”的恶性循环得到有效遏制，那些经过教育感化的当事人竟心甘情愿地对她竖起大拇指。

杨春燕，宁夏青铜峡市委副书记、政法委书记兼新材料基地党工委书记、管委会主任。熟悉她的人都说，她是个能吃苦、敢拍板、扛重活、打硬仗的“女汉子”。

2015 年 12 月，杨春燕调任青铜峡市委常委、常务副市长。其时，正赶上青铜峡市经济断崖式下滑。如何按照新的发展理念，扭转经济发展颓势？青铜峡市委、政府将这个重任交给了她。

“经济下滑的原因在哪儿？答案就在一家家企业的车间里。”杨春燕马不停蹄，一家一家进企业、入车间、访老板，从个性问题到共性难题，摸情况、找问题、寻良策。

青铜峡市自 20 世纪 60 年代就以铝产业而闻名，但长期以来，一直面

临深加工不足、附加值不高等问题，在去产能背景下，转型升级形势十分紧迫。锦绣轻合金公司是一家铝材深加工企业，2016 年 3 月，该公司有意投资新建铝材深加工项目，但考虑到原材料、交通区位、投资环境等因素，项目选址一直悬而未决。

杨春燕得知这一消息后，以诚意打动企业，吸引项目落地。在推进过程中，她多次现场办公，解决了企业用地、铝水运输封闭道路路灯等问题，并促成该公司与本地原材料企业在铝材加工、循环利用等方面的深度合作。“青铜峡市政府服务十分高效，来青铜峡投资来对了。”企业负责人陈伟说。

在杨春燕的主导和推动下，青铜峡市完善了项目联合审批、市级领导包抓企业、项目定期调度等制度，建立了销号台账、通报曝光、督查考核等责任落实和工作推进机制，发动干部大抓招商引资，在全市形成“人人都是发展环境、人人都是招商主体”的工作合力。先

光明日报 要闻 03

新时代担当作为典型风采

干工作要时刻不忘入党初心
——记宁夏青铜峡市委副书记、政法委书记杨春燕

本报记者 王建宏

“扶贫和打仗一样，要有战斗员的作风”
——全国脱贫攻坚先进事迹巡回报告会综述

十九届中央第一轮巡视整改进展情况全部公布

展示最新信息安全保密科技成果
二〇一八年保密技术交流大会暨产品博览会

“不论国际社会发生什么都应把发展放在首位”
——外宾参观考察改革开放与中国扶贫成效综述

电信网络诈骗治理取得阶段性成效

诚信建设万里行

后引进了汇高智能制造、大海金属科技等高新科技企业，顺利推动了苏锡光电铜业新材料、仁和纺织等一批重大项目开工建设，确保了青铜峡市至银川正源街快速通道等一批重大项目顺利实施。在一系列政策和措施推动下，青铜峡市工业经济历经 18 个月负增长后，于 2016 年 4 月实现了正增长，固定资产投资也由负转正。过去两年，青铜峡市连续获得宁夏效能目标管理考核川区 6 县（市）第一名的好成绩。

杨春燕对待工作大胆、泼辣、有魄力，对待群众则耐心、细致、有温度。面对信访这个“烫手的山芋”，杨春燕直面矛盾，认真倾听群众诉求，对一些缠访户、闹访户，她也耐心地做思想工作，经常是一讲一上午，水都顾不上喝。她说：“群众有诉求，主要还是因为心里的疙瘩解不开，心气顺了，心结就解开了。”

家住青铜峡市区的刘学文因20多年前的养老保险纠纷走上上访道路。尽管相关部门多次组织调查，但因时间跨度太大，相关资料缺失，该纠纷成为遗留问题。杨春燕得知后，主动过问，抽调人员重新开展调查。通过深入走访、与信访人面对面沟通，终于理清原委，最终实现事结息访。“杨书记真是个好人，把我的事情当她自己的事办。”刘学文感动地说。

杨春燕“眼里有活”是出了名的，无论是下村调研，还是督查暗访，即使偶尔路过，她都能发现问题、找到漏洞，并要求抓紧整改、立即落实。有同事提醒她“要学会糊涂、多一事不如少一事”，可她却说：“小细节折射作风大问题，我就是眼里揉不得沙子。”在青铜峡工作这几年，杨春燕跑遍了全市所有村，每次下乡调研回来，笔记本上总是密密麻麻地记着一些群众反映的事，时刻提醒自己要盯着落实。

在大家眼里，杨春燕是有名的“工作狂”。青铜峡市区距离新材料工业园区往返需要 1 个多小时路程，为了不耽误市委和园区的工作，她只能利用休息时间“两头跑”，基本没有午休过。就这样，她仍嫌时间不够用，经常占用周末和晚上时间。对此，她从无怨言，“作为党员领导干部，干工作要敢于担当、时刻不忘入党初心”。

（《光明日报》2018 年 11 月 01 日 03 版）

宁夏吴忠市：幸福小社区凝聚民族大团结

王建宏　丁宝萍

“长江，走，一起到社区吃粉汤饺子！”

9月29日一大早，宁夏吴忠市利通区永昌社区回族老人丁长江的电话就响了。电话那头是年过八旬的汉族老汉时善余。

“好的，老哥，等会儿我们在社区门口见。”10分钟后，两人一起出现在社区。

时善余说：“自从我们在邻居节上认识后，就变成了无话不谈的好朋友。平时，无论是汉族节日还是回族节日，我们都会在一起聚聚。”

时善余口中的“邻居节”早已成为永昌社区的品牌。在很多城市，住在单元楼里的人们常常“对门相见不相识”。而永昌社区14年来一直坚持办邻居节，让楼房里的居民走出楼门相交相知，成为朋友。大家切磋厨艺，用生活中的各种技能彼此取长补短。

永昌社区共有居民3085户7710人，其中少数民族4395人。在这里，各族群众同住一个小区、一栋楼，孩子同上一所学校。

04 综合新闻 光明日报

对党忠诚 勇于创新 治企有方 兴企有为 清正廉洁

打造高素质专业化央企领导人员队伍

他的精神，鼓舞科技工作者前行

——南仁东事迹展暨南仁东塑像揭幕仪式在京举行

学剪纸 迎国庆

新时代担当作为典型风采

『啃硬骨头的「拼命三郎」』——记浙江省湖州市市长钱三雄

欢乐祥和过佳节

宁夏吴忠市：幸福小社区凝聚民族大团结

方志敏：为了可爱的中国

为了让小区居民走得近些、再近些，社区在每个节日都组织开展各种活动，包饺子、包粽子，还有娱乐小团队，有声有色、有滋有味。这不，9月29日，永昌社区办起了以“百位老人喜相逢，民族团结一家亲”为主题的国庆重阳送祝福邻居节文艺会演活动，辖区老人欢聚一堂，一边吃美食，一边看节目，共迎国庆节的到来。

“居民闲暇的时候，经常会看宣传墙上的内容，潜移默化中，民族团结的意识就入脑入心了。”永昌社区党支部书记马学梅说，结合民族节日和“民族团结月”活动，永昌社区定期开办民族团结大讲堂，邀请专家、学者为社区干部和党员讲授民族团结政策理论、法律法规知识。

民族团结既要讲大道理，更要注重小细节。近年来，社区探索建立网格化管理模式，努力打造“进百家门、知百家情、解百家难、暖百家心、和百家亲”的服务品牌。

永昌社区辖区内老旧小区多，住着不少儿女不在身边的空巢独居老人。为此，社区新建了居家养老服务中心，解决辖区30多位孤寡老人的生活难题，在春节、国庆等重大节假日，还组织开展“手拉手、兄弟情”结对帮扶慰问活动，让老人们在最热闹的时候不孤独。

同样的文化传统，同样的价值认同，共享美好生活的愿景，演绎出无数动人故事：汉族个体老板王维忠长期以来对外来回族务工人员子女马梓庭、马耀庭在学习和生活上给予照顾和帮扶；65岁的回族大妈金红英与汉族孤寡老人李凤英结成帮扶对子，像亲人一样照顾老人十几年。

社区是城市的细胞，做好嵌入式社区民族团结工作，是维护社会稳定、构建和谐社会、实现中华民族伟大复兴中国梦的现实要求。在宁夏，以社区为单位，各民族在共同的生活空间中交往、交流、交融，像石榴籽一样紧紧抱在一起，浓浓的同胞情早已融化进彼此的心中。

（《光明日报》2018年10月01日04版）

宁夏银川：共享社区共享民族团结福

王建宏　李阳阳

“王姐，我来领覃纯认个门。她是你这次结亲互助的对象，北方民族大学的大一新生，来自广西的壮族姑娘。”

9月30日一大早，宁夏银川市西夏区文昌路街道共享社区党总支书记刘丽娟敲开了社区居民王菊茹家的门，这是她自2015年以来，第六次领着少数民族学生来认门。

2015年，共享社区筛选出5户经济条件好、正能量足的家庭与附近北方民族大学的少数民族学生结对，搭建起结亲互助平台。不仅解了异地学子的思乡情，更快适应大学生活、融入陌生城市，而且让那些子女经常不在身边的老人多了些天伦之乐。王菊茹家就是首批结亲互助的家庭。

在社区牵线下，王菊茹与北方民族大学蒙古族学生巴特尔结成对子。在过去3年里，每当周末接到巴特尔的电话，王菊茹就赶早市买回最新鲜的水果，准备好各种美味佳肴。天气稍有变化，就提醒巴特尔增添衣物。后来，巴特尔陆续多了4个“兄弟姐妹”，来自新疆的柯尔克孜族女孩古丽·巴努尔，维吾尔族的夏依达、热娜和马效。他们一起回“家”，一起学包粽子、做凉皮，一起出游，一起跟王菊茹做社区志愿者。

2018年夏天，王菊茹的5个“孩子”除两个留在银川读研外，都毕业去了外地。孩子走后，王菊茹和老伴纪忠武又找到刘丽娟，表示想把结亲互助做下去，纪忠武更是表态要发挥老党员的余热，向老伴看齐。于是，才有了刘丽娟领覃纯来王菊茹家认门的事。

当天，腼腆的覃纯有些拘谨，进门后喊了声“叔叔阿姨”，就悄悄坐在了沙发边缘。王菊茹看在眼里，不动声色地把覃纯拉到她和老伴中间坐下，拉着覃纯的手说：“孩子，你师哥师姐也是我们家的成员，以前我们家由4个民族组成，今天你来了，我们家就变成了5个民族的大家庭了。”见状，纪忠武也发了话：“孩子，你以后就把这儿当成自己家，想什么时候来就什么时候来。想吃什么了跟大叔说，大叔给你做。”

光明日报

综合新闻 03

宁波奶奶周秀芳的湖南故事

1 宁波奶奶来支教

2 支教奶奶成了“爱心搬运工”

3 爱心奶奶扶贫忙

欢乐祥和过佳节

宁夏银川：共享社区共享民族团结福

让公平正义如阳光普照

创新制度体系 助推法治中国建设

正说着话，王菊茹微信视频的铃声响了，原来是“干儿子”巴特尔提前给老两口送国庆节祝福来了。采访中，巴特尔告诉记者，虽然现在跟干妈一家距离远了，但心还在一起，将来他也要和干妈一样帮助身边需要帮助的人，把这份温暖传递下去。

目前，共享社区已有9个家庭与14名少数民族学生结亲，2018年还将有5名学生与共享社区居民结对。不仅如此，共享社区还将结亲互助的范围扩大，社区里的道德模范、最美银川人等将与困难老党员、困难家庭等结对。刘丽娟最近也与一户残疾人结了对，忙前忙后地帮一家子求医问药，购置生活用品。

在刘丽娟看来，民族团结不仅要同心同助，还得同心同德。此前共享社区就依托“党是太阳我是花”活动，评选出满族老党员徐士君、汉族党员曹光明等29位优秀党员，他们常常作为社区的政策宣传员、文明劝导员、治安防范员等，以实际行动引领社区文明新风尚。此外，社区还通过书香社区建设、和谐民风建设、最美家庭评选等活动，丰富各族群众的文化生活。

“你看，这四面墙上分别是历史回眸、精神传承、英雄模范、基层先锋相关的内容，有人物有故事，给群众带来潜移默化的影响。”这几天，刘丽娟正忙着组织10月中旬要举行的新时代讲习所青年宣讲员选拔赛。讲习所建成后，将开展线上+线下相结合的讲习活动，共同传播正能量。

1996年，李梅在共享小区外开了间不足30平方米的药店，如今小药店已扩大为13家连锁药店。“社区工作人员时不时就来我们药店宣讲政策法规、询问员工待遇，常常跟我们讲要诚信经营、守法经营。”李梅说，这些年来，药店所有药品均低价销售，辖区70岁老人购药在此基础上享受5%的优惠。药店还经常到辖区为孤寡老人、困难家庭开展“问医送药”活动。每年慈善支出达10多万元。

李梅的药店带动了90多人就业，其中10%为少数民族。回族妇女丁芳已在药店工作了7个年头：“我们不仅有正常工资，还有每年一次的体检，过生日时药店会给我们送生日蛋糕、组织聚餐。我很高兴能在这儿上班，大家相互体谅，彼此尊重，像一家人一样。”

前几天，共享社区64岁的李进胜写下一首打油诗：“各族人民一家亲，互帮互助心连心；民族盛开团结花，圆梦路上大步奔。”正如诗中所述，在宁夏，各族人民团结一心的涓涓细流，正在汇为建设美丽新宁夏、共圆伟大中国梦的磅礴之力。

（《光明日报》2018年10月02日03版）

宁夏举行“自治区60年感动宁夏人物”颁奖盛典

王建宏　房名名

15日，宁夏回族自治区60年感动宁夏人物颁奖盛典在银川举行。赖清林等60名同志获“自治区60年感动宁夏人物”荣誉称号，吴景华等40名同志获提名奖。

04 综合新闻

光明日报

新时代担当作为典型风采

“我的微信名叫‘人民公仆’”

——记北京市延庆区优秀党员领导干部谢文征

王继才小故事

苦楝树开出了大美的花

钟纬剑：血染的红军利剑

教师夫妻甘守孤岛二十载

全国司法所年均化解矛盾纠纷七百多万件

河南淮阳：

用文化资源凝聚脱贫攻坚正能量

宁夏举行“自治区60年感动宁夏人物”颁奖盛典

为展示宁夏回族自治区成立60年来、改革开放40年来，特别是党的十八大以来全区广大干部群众向上向善、忠于祖国、忠于人民的群体形象，在全社会形成振奋精神、实干兴宁的浓厚氛围，2018年4月起，宁夏党委宣传部、组织部等14部门联合开展“自治区60年感动宁夏人物”推荐评选活动，最终产生了60名“自治区60年感动宁夏人物”和40名提名奖获得者。

光明日报宁夏记者站原站长庄电一获得“自治区60年感动宁夏人物”荣誉称号。庄电一从事新闻工作30多年，发表各类作品5000篇、500多万字，已出版《悠悠我心》《艺苑飞鸿》《风沙过后是“黎明”——庄电一十访盐池县黎明村见证的奇迹》等10本书，获得全国环保最高奖“地球奖”和由国务院颁发的政府特殊津贴。光明日报社和宁夏有关部门自1992年至2016年先后多次举办“庄电一新闻作品研讨会”。此外，庄电一还被评为全国优秀新闻工作者、全国“走转改”十佳记者，获得“记者礼赞”铜雕。

（《光明日报》2018年09月17日04版）

邵俊杰代表：

贯彻“红船精神” 干字当头闯新路

“红船精神”是中国共产党人薪火相传的精神源泉、红色基因，其所包含的首创、奋斗、奉献精神，在不同的发展阶段和时代背景下都有新的内涵。当前，我们贯彻、弘扬“红船精神”，就是要牢记“社会主义是干出来的”，干字当头，敢闯敢干、锐意进取，为新时代中国特色社会主义贡献新的力量。

2016年7月，习近平总书记在宁夏考察时强调，“社会主义是干出来的”。这给了我们巨大的鼓舞，一年多来，我们下绣花功夫，打通了油品生产全流程，产出合格油品，引领了一批民族企业，在国外技术封锁中突出重围，推动一系列重大技术、装备国产化。

我们将在习近平新时代中国特色社会主义思想的指引下，大力弘扬“红船精神”，把党的红色能量内化于心、外化于行，以创新思维闯出创新发展的新路，脚踏实地做好工作，做新时代的建设者。

（邵俊杰系神华宁夏煤业集团有限责任公司党委书记、董事长）

（《光明日报》2018年03月07日06版）

车间里的道德讲堂

王建宏　程　杰

“虽然我现在因为身体原因不能再捐献血小板了，但做义工和宣传献血的事，会一直坚持下去！”近日，在中国铁路兰州局集团有限公司迎水桥机务段银川运用车间的“道德讲堂”里，杨文军面对一名青工提出的问题，坚定地回答。2018年以来，他已经在这间“道德讲堂”里讲了5次道德故事，每次都是人气十足，场面热烈。

用真实的身边人、身边事开展道德教育，是迎水桥机务段党委开办“道德讲堂”的初衷，为保证案例真实有说服力，他们对走上“道德讲堂”的讲述人选取的每个典型事例都做了细致调查。“2014年，我们的第一届道德模范陈会军把机务段奖励的5000元钱全部捐赠给了宁夏中卫市文昌镇黄湾村五组村民曹世忠、曹润基父子。当有职工对此事提出质疑时，我们立即对此进行调查了解，还拍摄了视频资料，消除了一些职工心头的疑问，极大增强了‘道德讲堂’的教育信服力！”机务段党委负责人说。

牛兴凯是2016年分配到迎水桥机务段的一名青工，他说：“我第一次在车间的‘道德讲堂’里听陈师傅讲起这件事，确实不大相信，随后看了段党委制作的视频资料，才真正信服了。还向同学和家人讲了好几次，他们都为我身边有道德高尚的工友而高兴呢！”

据悉，迎水桥机务段党委自2014年开办8个“道德讲堂”以来，各类道德典型已上台讲述道德故事近400场次，教育宁夏铁路地区各单位职工6000余人次，影响带动近千名职工崇尚善行善举，有力促进了企业和社会和谐稳定。

“现在，我们把‘道德讲堂’还搬到了线上，不定期组织道德模范跟工友进行互动交流，利用‘大漠迎机’微信平台和《在路上》宣传画册，持续宣传职工们的善行善举，用无私照顾北长滩贫困大娘的仇志成、中卫市‘优秀义工’项利平等身边人、身边事，教育引导全体职工倡导文明风尚，使单位的风气越来越正，团结和谐友善的氛围越来越浓厚。”迎水桥机务段党委书记张占军说，以后我们将把“道德讲堂”办得更好，创出品牌。

04 综合新闻

光明日报

武汉市江夏区大力培育乡风家风民风：

昔日“空心村”变身文明村

四次被捕入狱的中共早期党员刘天章：

火链盘腰烧 凛然贯长虹

把中医的好处讲给百姓听

——湖南中医药大学青年讲师团免费作中医科普的故事

车间里的道德讲堂

（《光明日报》2018年08月07日04版）

理论智库

不忘改革开放初心　积极回应人民新期待

走好新的长征路

习近平新时代中国特色社会主义思想的理论特色和实践意义

中国特色解决民族问题的正确道路

宁夏西海固地区农谚中的廉政思想

“红船精神”是推动欠发达地区发展的强大动力

弘扬“红船精神”　当好新时代赶考路上的答卷人

推动生态文明建设的思想指引与根本遵循

不忘改革开放初心 积极回应人民新期待

宁夏回族自治区党委副书记、银川市委书记　姜志刚

开栏的话：习近平总书记在庆祝改革开放40周年大会上发表的重要讲话，高屋建瓴、内涵丰富，深刻阐述了改革开放的伟大意义，系统总结了改革开放40年来党和国家事业取得的伟大成就和宝贵经验，郑重宣示了将改革进行到底的信心和决心。从2018年12月28日起，光明日报红船初心特刊特开设“学习体会”栏目，陆续刊发社会各界学习习近平总书记在庆祝改革开放40周年大会上重要讲话的体会感悟，敬请关注。

改革开放是当代中国最鲜明的特色。12月18日，庆祝改革开放40周年大会在北京隆重举行，习近平总书记出席大会并发表重要讲话，从十个方面全面回顾了改革开放40年伟大历程和巨大成就，全面阐述改革开放40年积累的九条宝贵经验。会议号召全党全国各族人民更加紧密地团结在以习近平同志为核心的党中央周围，高举中国特色社会主义伟大旗帜，不忘初心、牢记使命，将改革开放进行到底。

■开天辟地、敢为人先的首创精神
■坚定理想、百折不挠的奋斗精神
■立党为公、忠诚为民的奉献精神

红船初心特刊

光明日报 05
2018年12月28日　星期五
责任编辑：王昊魁、彭景晖、俞海萍
美术编辑：朱江

学习体会

··开栏的话··

习近平总书记在庆祝改革开放40周年大会上发表的重要讲话，高屋建瓴、内涵丰富，深刻阐述了改革开放的伟大意义，系统总结了改革开放40年来党和国家事业取得的伟大成就和宝贵经验，郑重宣示了将改革进行到底的信心和决心。从今天起，本刊特开设“学习体会”栏目，陆续刊发社会各界学习习近平总书记在庆祝改革开放40周年大会上重要讲话的体会感悟，敬请关注。

不忘改革开放初心　积极回应人民新期待

□ 姜志刚

改革开放是当代中国最鲜明的特色。12月18日，庆祝改革开放40周年大会在北京隆重举行，习近平总书记出席大会并发表重要讲话，从十个方面全面回顾了改革开放40年伟大历程和巨大成就，全面阐述改革开放40年积累的九条宝贵经验。会议号召全党全国各族人民更加紧密地团结在以习近平同志为核心的党中央周围，高举中国特色社会主义伟大旗帜，不忘初心、牢记使命，将改革开放进行到底。

改革开放以来，宁夏银川生态人居环境显著改善。　图片由银川市委宣传部提供

改革开放是当代中国发展进步的必由之路

推动思想再解放，促进改革再深入

（作者系宁夏回族自治区党委副书记、银川市委书记）

日前，两名小观众在“伟大的变革——庆祝改革开放40周年大型展览”上体验互动项目。　新华社发

西柏坡时期的经验对高校思政工作的启示

□ 安巧珍

高校思想政治工作关系着高校培养什么样的人、如何培养人以及为谁培养人这个根本问题。西柏坡时期，中国共产党在较时间内，实现了从农村到城市、从革命到建设的历史性转折。其中一个重要原因就是我们党充分发挥了思想政治教育的优势，调动了思想政治教育主体的积极性和创造性。新时代高校思想政治工作要在继承红色传统、利用红色资源、传承红色基因的基础上不断开拓创新，充分汲取西柏坡时期思想政治教育工作的有益经验。

坚持党对高校的领导

坚持党对高校的领导是我们党的历史传统和政治优势。西柏坡时期，中国共产党注重加强对学校的领导和管理，为学校朝着社会主义方向发展提供了重要保障。当时，随着解放战争的迅速推进，我们党越来越意识到革命胜利后，建设新中国必然会需要大批各方面的建设人才，而学校是培养人才的重要基地，所以采取了对原有学校保护、维持原状并逐步改造的方针。党中央规定教育机关不受侵犯，在战斗中和战斗结束后，应派出必须的部队加以保护，对高等学校进行统一整顿；在可能开设大学的地区，立即开办正规大学，以培养将来政治、经济、文化各方面工作所需要的较高级的人才，等等。

这一时期党中央对高等学校教育的重视和贯彻实施的一系列教育方针，不仅促进了高等教育的发展，而且保证了高等教育的社会主义方向。新形势下必须坚持党对高校的领导，这是我国高校发展的独特优势，是建设中国特色社会主义高校的根本保证。

遵循思政工作规律和育人规律

丰富思政教育内容

重视教育方法

（作者系河北省中国特色社会主义理论体系研究中心研究员、河北师范大学教授）

基层实践

牵牢“牛鼻子”　犁好“责任田”

——贵州铜仁“三述三评三督”压实一把手主体责任

本报记者　王昊魁　本报通讯员　安正所　袁仁东

三述——明责于心

三评——促责于效

三督——兑责于果

改革开放是当代中国发展进步的必由之路

改革开放是当代中国发展进步的活力之源。2013 年 7 月，习近平总书记在湖北省武汉市主持召开部分省市负责人座谈会时指出，改革开放是当代中国发展进步的活力之源，是党和人民事业大踏步赶上时代的重要法宝。1978 年，党的十一届三中全会吹响了改革开放的号角，开启了改革开放和社会主义现代化的伟大征程。

40 年来，我国经济社会发生了翻天覆地的变化，国内生产总值从 1978 年的 3645 亿元增加到 2017 年的 82.7 万亿元，经济总量上升至世界第二位，谱写了经济社会发展的辉煌篇章。

40 年来，宁夏银川市在中央、自治区的坚强领导下，坚定不移推进改革开放，地区生产总值由 1978 年末的 3.82 亿元增加到 2017 年末的 1803.17 亿元，地方财政收入由 0.73 亿元增加到 224.50 亿元，这些成绩的取得，得益于我们坚定不移地推进改革开放。实践证明，改革开放极大解放和发展了社会生产力，是促进经济社会发展的活力和动力源泉。

推进改革开放是发展大势所趋、党心民心所向。改革开放 40 年的实践证明，我们推进改革开放的思想基础、实践基础、制度基础、民心基础更加坚实，抓改革、抓落实的有利条件越来越多。

思想基础更加坚实。思想源于实践，并且需要回到实践中去检验，在实践中升华为新的思想。改革开放以来，面对不断变化的国际国内形势，我们党不断解放思想，先后形成了邓小平理论、“三个代表”重要思想、科学发展观和习近平新时代中国特色社会主义思想等思想和理论体系，有力地推进了改革开放的发展。

实践基础更加坚实。40 年来，我们党团结带领全国各族人民开辟的中国特色社会主义道路、理论、制度、文化是完全正确的，形成的党的基本理论、基本路线、基本方略是完全正确的。尤其是党的十八大以来，推出了 1600 多项改革方案，啃下了不少硬骨头，闯过了不少急流险滩，改革呈现全面发力、多点突破、蹄疾步稳、纵深推进的局面。

制度基础更加完善。40 年的实践启示我们：制度是关系党和国家事业发展的根本性、全局性、稳定性、长期性的问题。中国特色社会主义制度在实践中不断得到完善和发展，已经成为我国社会主义制度特色与优势的集中体现，成为当代中国发展进步的根本制度保证。随着中国特色社会主义进入新时代，我们就应进一步推进改革开放，在重要领域和关键环节上加快改革，形成系统完备、科学规范、运行有效的制度体系，推动中国特色社会主义制度更加成熟。

民心基础更加坚实。“治国有常，而利民为本。”我们党始终坚持改革为了人民，改革依靠人民，从实行家庭联产承包责任制、发展个体私营经济，到坚持和完善以公有制为主体、多种所有制经济共同发展的基本经济制度，每一项重大改革政策的出台和举措的实施，都是尊重人民主体地位和首创精神的生动实践，反映了人民群众的愿望和要求，离不开人民群众的支持和拥护。

推动思想再解放，促进改革再深入

进一步解放思想，科学应变主动求变。习近平总书记在上海考察时指出，推动改革开放向纵深发展。要进一步解放思想，准确识变、科学应变、主动求变，坚决破除条条框框、思维定势的束缚。在首届中国国际进口博览会开幕式上，习近平总书记发表主旨演讲指出，当今世界正在经历新一轮大发展大变革大调整，各国经济社会发展联系日益密切，全球治理体系和国际秩序变革加速推进。

作为新时代的宁夏和银川党员干部，更应主动求新求变，敢于更新观念，破除守旧思想，跳出惯性思维，全面、客观、发展地思考和分析问题。要准确把握事物的发展变化，与时俱进提高把握世界与国情、区情、市情的能力，运用战略思维、辩证思维、创新思维分析问题，从理论上、思维上、方法上进行系统全面的学习，努力在学习中提升应变能力。

坚持以人民为中心，不忘改革开放初心。民之所望，改革所向。习近平总书记在庆祝改革开放40周年大会上指出："改革开放40年的实践启示我们：为中国人民谋幸福，为中华民族谋复兴，是中国共产党人的初心和使命，也是改革开放的初心和使命。"当前，我们正处在全面建成小康社会的决胜期，人民对美好生活的向往更加强烈，这迫切需要我们坚持以人民为中心，更加坚定不移地推进改革开放。

从宁夏及银川发展来讲，改革开放就是要从人民群众关心的事情做起，把实现好、维护好、发展好最广大人民根本利益作为出发点和落脚点，扎实推进创新驱动、脱贫富民、生态立市、乡村振兴战略，加快实施"互联网＋政务服务""互联网＋医疗健康""互联网＋教育"等创新举措，推动"首都带首府·首府带县乡"，让人民有更好的教育、更稳定的工作、更满意的收入、更可靠的社会保障、更高水平的医疗卫生服务、更舒适的居住条件、更优美的环境，努力实现"经济繁荣、民族团结、环境优美、人民富裕，与全国同步建成全面小康社会"的目标，迈出"建设美丽新宁夏，共圆伟大中国梦"的坚实步伐。

（《光明日报》2018年12月28日05版）

走好新的长征路

——纪录片《六盘山》与政论作品的新空间

宁夏回族自治区党委常委、秘书长、宣传部部长　赵永清

文艺是时代的号角，最能代表一个时代的风貌，最能引领一个时代的风气。改革开放以来特别是党的十八大以来，我们党以巨大的政治勇气和强烈的责任担当，解决了许多长期想解决而没有解决的难题，办成了许多过去想办而没有办成的大事，推动党和国家事业发生历史性变革。通过真实感人的故事折射出时代变迁和社会精神风貌，反映这一深刻而复杂的变化，是当前文艺工作的重大课题。

在庆祝改革开放40周年到来之际，特别是全国宣传思想工作会议召开之后，表现宁夏南部山区乃至整个宁夏历史巨变的八集纪录片《六盘山》在央视科教频道黄金时间播出，并将陆续在全国多个卫视频道播出。作品以小见大、以点带面，以党的十九大精神为叙事主线，将创新、协调、绿色、开放、共享的新发展理念贯穿到具体鲜活的故事中，真实、立体、全面讲述宁夏故事，折射中国巨变，在政治性、思想性和艺术性等方面做到了高度统一，为中国政论类纪录片开拓了全新空间。

■开天辟地、敢为人先的首创精神
■坚定理想、百折不挠的奋斗精神
■立党为公、忠诚为民的奉献精神

红船初心特刊

光明日报 05

2018年11月19日 星期一
责任编辑：王昊魁、陈慧娟、安胜蓝
美术编辑：朱江

走好新的长征路
——纪录片《六盘山》与政论作品的新空间

□ 赵永清

文艺是时代的号角，最能代表一个时代的风貌，最能引领一个时代的风气。改革开放以来特别是党的十八大以来，我们党以巨大的政治勇气和强烈的责任担当，解决了许多长期想解决而没有解决的难题，办成了许多过去想办而没有办成的大事，推动党和国家事业发生历史性变革。如何反映这一深刻而复杂的变化，通过真实感人的故事折射出时代变迁和社会精神风貌，是当前文艺工作的重大课题。

在庆祝改革开放40周年到来之际特别是全国宣传思想工作会议召开之后，表现宁夏南部山区乃至整个宁夏历史巨变的八集纪录片《六盘山》在央视科教频道黄金时间播出，并将陆续在全国多个卫视频道播出。作品以小见大、以点带面，以党的十九大精神为叙事主线，将创新、协调、绿色、开放、共享的新发展理念贯穿到具体鲜活的故事中，真实、立体、全面讲述宁夏故事，折射中国巨变，在政治性、思想性和艺术性等方面做到了高度统一，为中国政论类纪录片开拓了全新空间。

1《六盘山》折射的山乡巨变

党的十八大以来，党中央提出了一系列新理念新思想新战略，出台一系列重大方针政策，推出一系列重大举措，推进一系列重大工作，切实改变了中国城乡面貌，带给人民巨大获得感和满足感。这些新理念新思想新战略，在六盘山地区得到了系统全面贯彻，并且落地生根、开花结果。纪录片《六盘山》将视角投向这一地区的普通人，讲述他们在新时代奋斗、追梦、圆梦的故事，通过一个个真实的人物故事，折射出党中央治国理政新思想在宁夏的新实践，是新时期的山乡巨变。

革命老区的坚守与战斗

厚实土壤上盛开的精神之花

绿水青山里的创业梦想

2《六盘山》讲述的中国故事

2018年8月，习近平总书记在全国宣传思想工作会议上明确指出，做好新形势下宣传思想工作，必须自觉承担起举旗帜、聚民心、育新人、兴文化、展形象的使命任务。对于政论片或者主旋律文艺创作来说，这阐释是创作者的使命和方向。《六盘山》中生动感人的故事背后，恰恰蕴含着以习近平新时代中国特色社会主义思想和党的十九大精神为指导的深刻构思，实现了以高质量文化供给增强人民的文化获得感、幸福感，为政论片和纪录片的深度融合探索了一条有益道路。

中国故事里的中国精神

平视视角背后的感性讲述

平民英雄身上的中国梦想

（作者系宁夏回族自治区党委常委、秘书长、宣传部部长）

扫描二维码，观看纪录片《六盘山》精彩片段

六盘山红军长征纪念亭。
强健同摄/光明图片

一、《六盘山》折射的山乡巨变

党的十八大以来，党中央提出了一系列新理念新思想新战略，出台一系列重大方针政策，推出一系列重大举措，推进一系列重大工作，切实改变了中国城乡面貌，带给人民巨大获得感和满足感。这些新理念新思想新战略，在六盘山地区得到了系统全面贯彻，并且落地生根、开花结果。纪录片《六盘山》将视角投向这一地区的普通人，讲述他们在新时代奋斗、追梦、圆梦的故事，通过一个个真实的人物故事，折射出党中央治国理政新思想在宁夏的新实践，展现出新时期的山乡巨变。

革命老区的坚守与战斗

六盘山，是红军长征翻越的最后一座高山，但在很长一段时间里，这里是偏远、落后和贫瘠的象征。党的十九大强调要“加大力度支持革命老区、民族地区、边疆地区、贫困地区加快发展”，六盘山正是这样的地区。正如《六盘山》第八集一开篇说到的那样，1972 年联合国世界粮食计划署经过考察后，认定六盘山地区以西吉、海原、固原（简称“西海固”）为核心的一带，是最不适宜人类生存的地区之一。十年之后，从这里开始了我国第一个扶贫开发计划——“三西”扶贫，首开中国乃至人类历史上有计划、有组织、大规模开发式扶贫的先河。1996 年东西部扶贫协作正式启动，福建和宁夏结成扶贫对子，时任福建省闽宁办主任的林月婵第一次踏上宁夏土地，就被这里的贫瘠所震撼，2018 年她再次来到六盘山时，用“翻天覆地”来形容这些年的变化。这个集革命老区、民族地区、边疆地区、贫困地区于一体的地区，最集中地反映着中国的时代巨变。

到2020年全面建成小康社会，是我们党向人民、向历史作出的庄严承诺。如期实现这一宏伟目标，无论在中华民族发展史上，还是在世界发展史上、在社会主义发展史上，都具有极为重大的意义。在中国历史上，面朝黄土背朝天的农民从来没有彻底摆脱过贫困的阴影，无数的“悯农诗”背后正是中国人对温饱的深切渴望。追求生存、摆脱贫困、实现小康，是最基本的人权。1997年，时任福建省委副书记的习近平同志深入西海固地区考察，为闽宁对口扶贫协作作出顶层设计，拉开了对口援助的大幕。之后，大批像林月婵一样的援宁干部和专家人才陆续来到这里，与宁夏干部一起共同推动这里走上摆脱贫困的道路。党的十八大以来，以习近平同志为核心的党中央提出“精准扶贫”理念。2016年7月，习近平总书记在东西部扶贫协作座谈会上发出了“真扶贫、扶真贫、真脱贫”的动员令。一场脱贫攻坚的新长征，让六盘山地区真正进入了新阶段。

《六盘山》第八集集中反映了这样的变化。担任村第一书记的杨宁香，对华坪梁村200多名贫困人口挨个走访，为他们寻找出路。在她的帮助带领下，村民白永虎通过养鸽子和开洗车行脱贫致富，住进了大房子。最让人感叹的是“闽宁镇”的故事，为了保护六盘山的生态，摆脱靠天吃饭的窘境，万军红等村民陆续搬迁到了闽宁镇，通过自己的努力发家致富、成功脱贫。6万多六盘山移民受惠于精准扶贫，迁居到这个崭新的地方，生活变得滋润而甜美。

授人以鱼不如授人以渔，扶贫先要扶志，“输血”式扶贫必须转变为“造血”式扶贫。在这个过程中，教育发挥着至关重要的作用，《六盘山》第四集讲述的正是教育中坚守和改变的故事。1958年宁夏回族自治区成立时，马仲钰就来到六盘山脚下成为一名教师，直到2018年去世，在这里整整生活了60年，现在他的儿子马今强也成了这里的教师。他们父子的坚守，点燃了无数山里孩子的求知梦想。如今，教育和脱贫一样，一个地区、一个人都不会落下。在彭阳县阳洼小学，在村小教书 40 年的刘志忠，每天早上 6 点就开始忙碌，为仅有的 3 名学生一天的学习生活做准备。阳洼小学尽管偏远且只有 3 名学生，但教学设施并不比其他学校差，学生们可以通过数字化的教学设施与全世界同步接收信息和资源。正如解说词中写的那样，“在宁夏南部山区只要有娃娃来读书，学校的大门就不会关闭”。在这些普通教师和学生的故事中，我们感受到的是人们摆脱贫穷、逐梦未来的喜悦和信心。

厚实土壤上盛开的精神之花

习近平总书记指出，中华民族是一个有志气的民族。这既是中华优秀传统文化的精髓，也是革命斗争中磨砺出来的品格。优秀传统文化和革命精神共同构成我们战胜困难和挑战，不断走向胜利的巨大精神力量。六盘山既是优秀传统文化和民俗民风厚实肥沃的土壤，也是红军长征和胜利会师的革命老区，人们在传承和发扬中坚守，让长征精神代代相传。

1935 年秋天，毛泽东同志登上六盘山，写下了著名的《清平乐·六盘山》——“……不到长城非好汉，屈指行程二万。六盘山上高峰，红

扫描二维码，观看纪录片《六盘山》精彩片段

旗漫卷西风……”在这种革命乐观主义的指引下，1936 年 10 月红军三大主力在会宁和将台堡会师，标志着二万五千里长征胜利结束。80 年后，2016 年 7 月，习近平总书记在宁夏考察时专程来到将台堡，指出伟大的长征精神是中国共产党人革命风范的生动反映，我们要不断结合新的实际传承好、弘扬好。推进中国特色社会主义事业的新长征要持续接力、长期进行，我们每代人都要走好自己的长征路。这种不忘初心、坚持到底、敢于胜利的精神，已成为六盘山人的精神食粮，也是中国人民不屈的脊梁。

2000 年春天，隆德县文化馆副馆长张国勤，面对长征历史资料缺失的情况，从银川光明广场出发重走长征路。在一年的时间里，他经历了孤独、恶劣天气、高海拔等挑战，完全按照长征时红军所走的线路，最终抵达瑞金。在这个艰难的过程中，他逐渐变成了真正的长征战士，走的不再是别人走过的路，而是自己的心路历程。正如他自己说的那样：“我回来的时候，可以说是一无所有的穷光蛋，但是我感觉到我很富有，我精神很富有。”长征精神已成为六盘山地区摆脱贫困、战胜困难的宝贵精神财富。

习近平总书记在文艺工作座谈会上指出：“中华优秀传统文化中很多思想理念和道德规范，不论过去还是现在，都有其永不褪色的价值。”在

六盘山红军长征纪念亭　　强继周摄 / 光明图片

六盘山地区，优秀传统文化同样得到延续和传承，秦腔、社火、花儿、皮影戏等非物质文化遗产，在一代代人的坚守中传承；仁义礼智、家国情怀散发着不熄的光芒，成为指引人们走向光明的“心灯”。

以郭文斌、石舒清、马金莲等为代表的西海固作家群，成为中国文坛的亮丽风景。铁凝走访六盘山地区后，称“文学是这片土地上生长得最好的庄稼”。在《六盘山》第三集中，一位叫康鹏飞的作家，年轻时曾离开家乡闯世界，身心受到创伤，但路遥的《平凡的世界》改变了他，回到家乡后他开始将心中的感悟写成文字，文学让这个曾经的问题少年成了道德模范。习近平总书记强调，人民是文艺创作的源头活水，一旦离开人民，文艺就会变成无根的浮萍、无病的呻吟、无魂的躯壳。在六盘山地区长势良好的“庄稼”背后，正是因为这些作家坚守着内心的光亮，而故乡和这里的人民，是不断赋予他们创作灵感的长明灯。透过这些作家的文学作品，我们感受着这一地区时代跳动的脉搏，以及自信走向未来的精神面貌。

绿水青山里的创业梦想

从党的十九大到二十大，是“两个一百年”奋斗目标的历史交会期，中国社会的主要矛盾已经发生了深刻的变化，从人民日益增长的物质文化需要同落后的社会生产之间的矛盾转化为人民日益增长的美好生活需要和不平衡不充分的发展之间的矛盾。在更加优美的环境中，平衡充分地发展，成为当前中国的发展方向。习近平总书记提出“绿水青山就是金山银山”的发展理念，正是这一深刻转变的反映。

《六盘山》第五集讲述了生态变好之后野生动物回归的故事。作为西北重要的生态屏障，六盘山的天然植被也曾遭到过破坏。自治区成立后大规模植树造林，尤其是近年来在新发展理念指引下，生态环境越来越好，许多一度消失的动物回到了这片植被茂密的山林中。二龙河林场的郭志宏，通过红外线相机拍到了十分稀少的金钱豹，黄喉貂、林麝、金雕、红腹锦鸡等珍稀动物也纷纷回归。在最早践行“两山”理念的浙江，桐庐和西溪湿地已成为生态和城市同步发展的典范。习近平总书记在深入推动长江经济带发展座谈会上作出了“共抓大保护、不搞大开发”的重要指示。从六盘山到浙江，再到长江两岸，绿色已成为中国发展的主色调。

生态环境变好了，我国广大农村也从贫瘠之地蜕变为创业舞台，成为人与自然和谐共生、充满活力的朝阳地区。党的十九大提出实施乡村振兴战略，要求“坚持农业农村优先发展，按照产业兴旺、生态宜居、乡风文明、治理有效、生活富裕的总要求，建立健全城乡融合发展体制机制和政策体系，加快推进农业农村现代化”。在精准脱贫和全面小康的基础上，最广阔的农村地区不再是贫瘠的象征，而是金色梦想起飞的平台。在《六盘山》第六集中，我们可以看到农村现代化的壮美画卷，从土豆种植到生鲜蔬菜，再到道地中药材，六盘山地区的农民绽放出自信的笑容。第七集中，伴随乡村旅游业和传统手工创意产品开发，原本简单依靠劳动力输出的美丽乡村正吸引着越来越多的人选择回到故土家园，在广阔天地书写大块文章。

二、《六盘山》讲述的中国故事

2018 年 8 月，习近平总书记在全国宣传思想工作会议上明确指出，做好新形势下宣传思想工作，必须自觉承担起举旗帜、聚民心、育新人、兴文化、展形象的使命任务。对于政论片或者主旋律文艺创作来说，这同样是创作者的使命和方向。《六盘山》中生动感人的故事背后，恰恰蕴含着以习近平新时代中国特色社会主义思想和党的十九大精神为指导的深刻构思，实现了以高质量文化供给增强人民的文化获得感、幸福感，为政论片和纪录片的深度融合探索了一条有益道路。

中国故事里的中国精神

“一个故事胜过一打道理。”讲好有价值的真实故事，并把故事讲得生动，是新时代讲好中国故事的重大命题。习近平总书记在全国宣传思想工作会议上明确要求，要不断提升中华文化影响力，把握大势、区分对象、精准施策，主动宣介习近平新时代中国特色社会主义思想，主动讲好中国共产党治国理政的故事、中国人民奋斗圆梦的故事、中国坚持和平发展合作共赢的故事，让世界更好地了解中国。对于今天的主旋律作品创作者而言，这是讲好中国故事的一个重要方面，就是讲清楚中国共产党为什么能、中国特色社会主义制度为什么管用。

《六盘山》一共讲了40个故事，基本都是小人物的平凡故事，但每一个故事都鲜活真实地体现了社会主义制度的优越性，体现了在党的领导下发生的深刻变化，充满中国精神和中国智慧。我们可以在西海固文学创作中感受到传统文化的价值，可以在金钱豹的回归中明白绿水青山的战略意义，还可以在美丽乡村旅游发展中了解乡村振兴的广阔未来，在林月婵的见证中触摸精准扶贫的伟大成就。每一个故事的背后，都蕴含着深刻的精神内涵和时代背景，凝结着习近平新时代中国特色社会主义思想的伟大指引。这一切都是用讲故事的方式“润物细无声”，让重大理论成果“飞入寻常百姓家”，让老百姓获得更加真切直观的体验。

平视视角背后的感性讲述

近年来，主旋律作品迎来自己的春天，一批带有政论性的纪录片陆续推出，受到了广大观众的认可，一些夹叙夹议的大部头作品，在电影票房和电视收视率方面都有重大突破。党的十八大以来，国家综合实力极大增强，中国在国际舞台的地位不断提升，中国人民有了更多的满足感和获得感，观众希望在这些政论作品中感受时代、感受祖国。传统政论片习惯于以宏大叙事和全局高度来保持作品的严肃性，逻辑上的严密推理，思想上的高屋建瓴，以及铿锵有力的豪迈气势，鞭辟入里的论述和例证，都是政论片的价值所在。但仅有这一种风格是远远不够的，尤其是在互联网时代，平视视角是政论作品打开的另一种方式。《六盘山》在这个方面有自己的探索和突破，也为类似创作提供了借鉴。

《六盘山》带给观众的第一感觉并不是宏大的政论片，没有一上来就讲党和国家的大政方针，就连一开篇讲毛泽东同志写《清平乐·六盘山》和单家集长征义务讲解员单云的故事，都是云淡风轻、娓娓道来的。每一集几乎都是以主题为线索的普通人的故事，在清新舒缓的节奏中如和风细雨一般，再配上音乐制作人苏阳等创作的具有浓郁宁夏味道的民谣，剪辑明快动感，这都和传统政论作品大相径庭。而这些故事的背后暗含着政论高度的鲜明立意，将政论思想潜移默化地融化在故事和人物之中，用普通百姓听得懂、易接受的话语体系和表达方式来讲，更加生动鲜活、入情入理、真诚亲和。当前，时代深刻变化中涌现了许多动人的故事，但如果以站在高处灌输的方式，老百姓不喜欢、不接受，就会让这些故事失去传播价值。《六盘山》的音乐运用十分鲜明，讲的故事是主旋律的，但音乐又是年轻人喜爱的西北民谣，这种适当的“反差”带给人们新鲜的观赏体验。

平民英雄身上的中国梦想

习近平总书记在十二届全国人大一次会议上强调，中国梦是民族的梦，也是每个中国人的梦。

在中国梦的恢弘征途中，人民是历史的创造者，也是这个时代真正的英雄。《六盘山》没有把视角对准那些大型工程和著名人士，而是表现六盘山地区普通的农民、干部、创业者、乡村教师、非遗传承人、林场工作者，他们是亿万中国人中最平凡真实的一员，许多人没有高屋建瓴的理论认识，也说不出令人惊叹的豪言壮语，他们奋斗的初衷可能是不要丢脸，甚至是活得更宽裕一点。但是，这些普普通通的人，正是这个时代深刻巨变的见证者和参与者。六盘山地区这个原本偏远、贫穷的民族地区，正在上演着的感天动地的精彩故事，生动反映着中国大地的伟大变化。

在纪录片《六盘山》中，我们看到最多的是普通人追梦的故事，感受最深切的是圆梦时的笑脸，以及从容面对未来的自信精神风貌。在习近平新时代中国特色社会主义思想的科学指引下，在以习近平同志为核心的党中央坚强领导下，这些普通群众不仅摆脱贫困、走向富裕，而且有了敢于梦想、憧憬未来的信心，有了人生出彩的平台和机会。

习近平总书记指出，生活在我们伟大祖国和伟大时代的中国人民，共同享有人生出彩的机会，共同享有梦想成真的机会，共同享有同祖国和时代一起成长与进步的机会。五年多的时间过去了，国家的巨大发展变化，落实到了一个个具体的人，一个个真实的故事。人民群众最真实的获得感是中国梦最生动的阐释，也是党的十九大精神最鲜活的注解。这部作品就是这些平凡英雄的赞歌，把他们的故事讲给世界，通过他们的故事折射中国特色、中国道路、中国奇迹，正是纪录片《六盘山》的意义和价值所在。

有梦想就有机会，有憧憬就有明天。正是因为有无数像《六盘山》中讲述的坚守者和追梦者一样的平凡英雄，一切美好的东西都能够创造出来，也一定会汇聚成不可战胜的磅礴力量。作为一部“好看的政论片”，《六盘山》不是一个孤例，更多老百姓爱看的政论体作品，将在探索中不断涌现。“不到长城非好汉”，毛泽东同志八十多年前在六盘山顶的豪迈诗句，仍然在我们的耳畔回响，将伴随着我们压倒一切困难，从胜利不断走向新的胜利。

（《光明日报》2018 年 11 月 19 日 05 版）

习近平新时代中国特色社会主义思想的理论特色和实践意义

蒋文龄　郝　彤　周晓军

一种科学的理论，唯有坚持与时俱进，才能永葆蓬勃生机；一种伟大的思想，唯有做到引领时代，才能显示磅礴伟力。深入学习贯彻习近平新时代中国特色社会主义思想，既要准确理解其理论特色，又要科学把握其实践意义。唯有如此，才能深刻领会其核心要义和丰富内涵，增强政治认同、思想认同、理论认同、情感认同，为决胜全面建成小康社会，夺取新时代中国特色社会主义伟大胜利凝聚共识、集中智慧。

1. 习近平新时代中国特色社会主义思想是马克思主义中国化最新成果

90多年来，不论国内挑战如何严峻，国际风云如何变幻，我们党始终坚持独立自主，走适合中国革命、建设、改革的道路，不断推动马克思主义中国化，始终保持科学社会主义之树常绿常青。习近平新时代中国特色社会主义思想继承和发展了马克思列宁主义、毛泽东思想、邓小平理论、“三个代表”重要思想、科学发展观，是对我们党治国理政思想和理论的重大开拓、对实践经验的高度凝练。作为马克思主义理论体系的重要组成部分，习近平新时代中国特色社会主义思想充分体现了马克思主义科学真理的独特魅力，展示了马克思主义理论的创新特色。

实践没有止境，理论创新也没有止境。习近平新时代中国特色社会主义思想，坚持马克思主义根本立场，传承马克思主义理论脉络，立足新的历史方位，续写马克思主义中国化最新篇章。比如，明确坚持和发展中国特色社会主义的总任务，进一步明晰了未来发展的奋斗目标；注重运用马克思主义原理解决各种发展问题，提出坚持在发展中保障和改善民生、实施乡村振兴战略等诸多新论断；坚持辩证唯物主义和历史唯物主义，论述了我国社会主要矛盾与我国基本国情之间的辩证关系，将坚持以人民为中心作为新时代坚持和发展中国特色社会主义的基本方略之一；坚持科学社会主义基本原理，结合我国具体国情发展中国特色社会主义道路、理论、制度、文化；等等。这一马克思主义中国化最新成果，为我们准确把握新的历史方位、适应新的发展

学习贯彻习近平新时代中国特色社会主义思想 特刊

第八十二期 往实里走 往深里走 往心里走

习近平新时代中国特色社会主义思想的理论特色和实践意义

1 习近平新时代中国特色社会主义思想是马克思主义中国化最新成果

2 习近平新时代中国特色社会主义思想为开启建设社会主义现代化国家新征程指明了方向

3 习近平新时代中国特色社会主义思想为应对新时代发展面临的风险挑战提供了科学方法

4 习近平新时代中国特色社会主义思想体现了我们党坚持以人民为中心的发展思想

5 习近平新时代中国特色社会主义思想为应对全球挑战、解决人类问题提供了全新选择

坚持党对一切工作的领导是党政治上坚定清醒成熟的重要标志

要求、完成新的历史使命、取得新的伟大胜利提供了科学指南。

2. 习近平新时代中国特色社会主义思想为开启建设社会主义现代化国家新征程指明了方向

坚持实事求是，一切从实际出发，在实践中检验和发展真理，是马克思主义最重要的理论品质和中国共产党的思想路线。习近平新时代中国特色社会主义思想彰显马克思主义从实际出发的实践导向，围绕实现社会主义现代化和中华民族伟大复兴这个总任务进行战略谋划，围绕新时代坚持和发展什么样的中国特色社会主义、怎样坚持和发展中国特色社会主义这个重大时代课题进行谋篇布局，精准回应了人民群众关切的许多重大思想理论和发展实践问题，为开启建设社会主义现代化国家新征程指明方向。

当前，我国正处在“两个一百年”奋斗目标的历史交会期，必须在对历史经验和实践成果进行科学总结的基础上，坚持用习近平新时代中国特色社会主义思想指导各项事业发展。要主动适应我国社会主要矛盾的变化，深刻认识和把握规律，制定科学正确的路线方针政策，用于指导推动各项工作。要积极投身全面建成小康社会和社会主义现代化建设生动实践，按照已经绘就的美好蓝图和确定的宏伟目标，开拓创新、艰苦奋斗、苦干实干。要坚持以习近平新时代中国特色社会主义思想为指导，在2020年全面建成小康社会的基础上，攻坚克难、持续奋斗，分两步走，在本世纪中叶，把我国建设成为富强民主文明和谐美丽的社会主义现代化强国。

3. 习近平新时代中国特色社会主义思想为应对新时代发展面临的风险挑战提供了科学方法

恩格斯说：“每一个时代的理论思维，包括我们时代的理论思维，都是一种历史的产物，在不同的时代具有完全不同的形式，同时具有完全不同的内容。”人类社会思想成果的创造，并不是随心所欲的，而是在自己所处的特定时代中进行的。习近平新时代中国特色社会主义思想，是在具有许多新的历史特点的伟大斗争实践中形成的，既继承了马克思主义的理论智慧和精华，又根据新时代的发展特点、发展形势，不断深化完善和开拓创新，具有强烈的时代气息。

习近平总书记在党的十九大报告中指出：“我们党要团结带领人民有效应对重大挑战、抵御重大风险、克服重大阻力、解决重大矛盾，必须进行具有许多新的历史特点的伟大斗争，任何贪图享受、消极懈怠、回避矛盾的思想和行为都是错误的。”每个时代都面临和其他时代截然不同的新问题新矛盾，回答和解决这些新问题新矛盾呼唤新思想新理论。中国特色社会主义进入新时代，迫切要求我们比过去任何时候都要有坚定的理论自觉和充分的思想准备。

习近平新时代中国特色社会主义思想，基于我国发展新的历史方位，深刻回答了事关民族复兴和实现伟大梦想的一系列重大理论和现实问题，展现了时代的新气象，顺应了时代的新要求。我们必须坚持以习近平新时代中国特色社会主义思想为指导，在进行伟大斗争、建设伟大工程、推进伟大事业、实现伟大梦想的实践进程中，直面困难矛盾和风险挑战，不懈探索破解难题、推进事业发展的新路径。

4. 习近平新时代中国特色社会主义思想体现了我们党坚持以人民为中心的发展思想

马克思主义自诞生之日起，就致力于无产阶级和全人类解放事业。我们党自成立之日起，就把马克思主义写在自己的旗帜上，把为人民谋幸福、为民族谋复兴作为自己的初心和使命。改革开放以来的理论创新和实践发展证明，中国特色社会主义之所以具有如此强大的生命力，关键就在于坚持人民主体地位、维护人民根本利益。回顾党的十八大以来我们党取得的历史性成就和实现的历史性变革，维护人民根本利益、顺应人民热切期盼，坚持以人民为中心，是贯穿中国特色社会主义理论和实践的一条十分清晰的主线，也是我们深入理解习近平新时代中国特色社会主义思想的重要维度。

党的十九大报告指出："必须始终把人民利益摆在至高无上的地位，让改革发展成果更多更公平惠及全体人民，朝着实现全体人民共同富裕不断迈进。"只有坚持人民利益高于一切，不断追求实现人的自由全面发展，才能为新时代中国特色社会主义事业发展提供源源不断的动力，才能顺利完成我们党担负的历史重任。习近平新时代中国特色社会主义思想立足新时代、着眼新目标，为解决新矛盾提出和确立了一系列亲民爱民、忧民为民的理念和措施，凸显了我们党坚持以人民为中心发展思想的价值追求。学习领会习近平新时代中国特色社会主义思想，要顺应我国社会主要矛盾转化的新要求，下大力气解决发展不平衡不充分的问题，更好满足人民日益增长的美好生活需要；坚持人民利益高于一切，把维护公平正义、增进人民福祉作为发展的根本目的；坚持人民主体地位，尊重人民首创精神，调动人民群众积极性、创造性和主动性，善于从人民群众中汲取智慧力量，以改革创新精神推动经济社会各项事业发展。

5. 习近平新时代中国特色社会主义思想为应对全球挑战、解决人类问题提供了全新选择

党的十八大以来，以习近平同志为核心的党中央提出了许多有利于促进世界和平与人类进步的新倡议，得到了世界各国和国际社会的广泛认同，为人类共同发展进步提供了中国智慧和中国方案。习近平新时代中国特色社会主义思想，关注世界和平与发展，关注人类前途与未来，注重从全球视野审视世界和中国，蕴含开放的品格，展现互惠的胸襟，对中国特色社会主义世界意义的认识达到新高度。

党的十九大报告指出："中国共产党始终把为人类作出新的更大的贡献作为自己的使命。"发展本国经济、提高人民生活水平，是世界各国普遍面临的历史重任。尤其是广大发展中国家，期望通过出台改革措施，维护国家安定，保持自身独立，加快经济发展，我国的成功经验为这些国家和民族提供了不同于西方模式的全新借鉴。习近平新时代中国特色社会主义思想着眼坚持和平发展道路，提出构建人类命运共同体、推进"一带一路"建设等新理念新措施，这些为解决人类问题贡献的治理方案，巧妙地把东方经验、中国智慧和人类理想融为一体，为人类文明延续发展贡献了中国智慧，为各国共创美好未来提供了中国方案。我国当下发展实践和理论开拓深刻表明，习近平新时代中国特色社会主义思想指导我国改革发展取得的巨大成功，不仅能够实现人民幸福、国家强盛、民族复兴，而且能够为世界各国发展和人类文明进步带来新启示、提供新方案、创造新经验，从而为应对全球挑战、解决人类问题提供了全新选择。

（作者均系宁夏中国特色社会主义理论体系研究中心研究员）

（《光明日报》2018 年 02 月 28 日 06 版）

宁夏回族自治区成立60年来的成功实践向世界展现——

中国特色解决民族问题的正确道路

马晓梅

1958年10月宁夏回族自治区成立，开启了宁夏民族区域自治的光辉历程。宁夏回族自治区成立以来的60年，是维护国家统一和民族团结，促进宁夏各族群众共同繁荣发展的60年，向世界展现了中国特色解决民族问题的正确道路。今天的宁夏又站在了新的历史起点上。我们要深入学习贯彻习近平新时代中国特色社会主义思想和党的十九大精神，全面贯彻习近平总书记关于民族工作的重要论述，坚持好、完善好、落实好民族区域自治制度，谱写宁夏经济繁荣、民族团结、环境优美、人民富裕，与全国同步建成全面小康社会的新篇章。

坚持和加强党对民族工作的全面领导

党的十九大报告指出，党政军民学，东西南北中，党是领导一切的。坚持和完善民族区域自治制度，必须始终把党的领导贯穿于全过程、体现在各方面。只有始终坚持党的集中统一领导，才能实现各族人民共同当家作主，促进各民族共同团结奋斗、共同繁荣发展。历史和实践一再证明，只要我们牢牢坚持党的领导，就没有任何人任何政治势力能够挑拨我们的民族关系，我们的民族团结统一在政治上就有充分保障。

完善党的民族工作领导体制。党的领导是正确实行民族区域自治制度的根本政治保证。所有民族区域自治地方政府，都是党领导下的一级地方政府。对于我们这样一个多民族的国家来说，要想实现团结统一，没有坚强有力的政治领导是不可想象的。宁夏回族自治区成立以来，各级党委始终把民族工作上升到事关国家长治久安、保持地区和谐稳定大局的高度来认识，作为“生命线”工程、“一把手”工程、基础性工程和战略性工程进行谋划，牢固树立“四个意识”，坚决做到“四个看齐”，坚决维护习近平总书记党中央的核心、全党的核心地位，坚决维护党中央权威和集中统一领导，团结带

光明日报 2018年9月10日 星期一

理论 11

宁夏回族自治区成立60年来的成功实践向世界展现——

中国特色解决民族问题的正确道路

坚持和加强党对民族工作的全面领导

坚持发展作为解决民族问题的总钥匙

坚持维护国家统一和民族团结

坚持铸牢中华民族共同体意识

坚持依法治理民族事务

纪念改革开放40周年

全面深化改革的方法论特色

论点摘编

用马克思主义文艺观认清和抵制错误文艺思潮

领全区各族人民一心一意跟党走。各级党委加强对党的民族理论政策学习，及时研究解决民族工作中的重大问题，完善政策措施和工作部署，结合地方实际认真抓好落实，切实担负起了做好民族工作的政治责任和领导责任。

形成齐抓共管的民族工作机制。民族工作涉及方方面面，方方面面都有民族工作。做好民族工作，仅靠统战和民族工作部门是远远不够的，需要各地各部门密切配合、协调联动、共同努力。近年来，随着民族工作社会化进程的推进，宁夏注重发挥党委统一战线工作领导小组和民族工作联席会议制度的作用，逐步形成了党委领导、政府负责、有关部门协同配合、全社会通力合作的民族工作机制。其中，统战部门负责牵头，加强政策研究，搞好综合协调，强化督促检查，纪委监委建立监督检查和责任追究机制，宣传文化部门负责马克思主义民族观的宣传教育，民族工作部门担负依法管理责任，公安、国家安全、网信、民政、财政、国土、住建、旅游、文化、消防等有关部门及工会、共青团、妇联、科协等人民团体从各自职能出发，积极发挥作用，从而大大提高了民族工作的成效。

建设高素质专业化的干部队伍。中央民族工作会议强调，做好民族工作关键在党、关键在人。要保证各级领导权始终牢牢掌握在忠于马克思主义、忠于党、忠于国家的人手里。长期以来，宁夏坚持好干部标准，教育引导各族干部以党和国家的事业为重、以造福各族人民为根本宗旨，互相尊重、互相学习、互相支持，齐心协力做好工作。按照“明辨大是大非的立场特别清醒、维护民族团结的行动特别坚定、热爱各族群众的感情特别真诚”的民族地区的好干部要求，以树立正确祖国观、历史观、民族观为导向，加大对少数民族干部的培养锻炼力度，对优秀少数民族干部大胆使用，放到重要岗位上来，培养造就了一支包括党政干部、企业管理人才、科技教育人才在内的政治过硬、敢于担当、经得起风浪考验的少数民族干部队伍，成为党做好民族工作的骨干力量。

坚持维护国家统一和民族团结

维护国家统一和民族团结是民族区域自治的前提、基础和基本功能，也是国家最高利益和各民族的共同利益、根本利益所在。我国宪法和民族区域自治法明确规定，各民族自治地方都是中华人民共和国不可分离的部分。坚持和完善民族区域自治制度，是党中央赋予宁夏这样的自治区的一大政治优势和制度优势，我们必须担负这一使命，坚持“两个结合”，履行维护国家统一和民族团结的更大责任。

坚持统一与自治相结合。正确实行民族区域自治，必须在维护国家政令统一和畅通的前提下，保证民族区域自治地方依法行使自治权，处理好普遍性和特殊性的关系，真正做到实事求是、一切从实际出发。我国宪法和民族区域自治法规定，各级自治机关在行使地方国家机关职权的同时，在立法、干部、经济、科技、教育、文化、卫生等方面还享有广泛的自治权。长期以来，宁夏各级党委、政府坚持分类指导、精准施策，作出有关决策部署时尽量考虑少数民族和民族区域自治地方的特点和需要。各有关职能部门通过调查研究和监督检查，推动党和国家政策的贯彻落实、民族区域自治法的全面执行，确保民族自治地方创造性地贯彻落实党和国家的政策。

坚持民族因素与区域因素相结合。长期以来，宁夏本着既重视民族发展差距，又注重区域发展差距的原则，全面准确贯彻落实党和国家鼓励支持民族地区发展的差别化政策、优惠政策、扶持政策，着力解决区域内突出的共同性问题。加大对集中连片特困地区产业发展、脱贫攻坚、基础设施、教育文化卫生、社会保障等支持力度，推动区域协调发展。

履行维护国家统一和民族团结的更大责任。宁夏是党的历史上建立的第一个县级少数民族自治政权——陕甘宁省预海县回民自治政府的所在地，为我们党探索民族区域自治制度作出了历史贡献，在实践民族区域自治制度方面具有优良传统，积累了宝贵经验。坚持和完善民族区域自治制度，宁夏负有特殊的历史责任，我们要把这个责任扛起来，深刻认识并准确把握民族区域自治制度“两个结合”的基本要求，以打造全国民族团结进步示范区为契机，不断探索和发挥民族区域自治制度在维护国家统一和民族团结等方面的制度优势。

坚持把发展作为解决民族问题的总钥匙

实行民族区域自治制度，不仅在于团结各民族，更在于发展各民族。习近平总书记指出，要加快民族地区经济社会发展，以发展促团结，以团结聚人心。我们要立足于解决不平衡、不充分的问题，把增强区域发展均衡性、协调性、可持续性作为落实民族区域自治制度成效的衡量标准，推动宁夏融入国家发展总体战略。

坚持走符合地区实际的发展道路。宁夏作为西部欠发达省区，发展不足是最大的实际，加快发展是宁夏的根本任务。近年来，宁夏紧紧围绕全面建成小康社会和“两个一百年”奋斗目标，贯彻落实新发展理念，坚持以人民为中心的发展思想，主动服务和融入国家发展战略，抓住国家实施“一带一路”建设、西部大开发、乡村振兴战略、东西部扶贫协作等重大机遇，以提高基本公共服务水平、改善民生为首要任务，以教育、就业、产业结构调整、基础设施建设和生态环境保护为着力点，以促进市场要素流动与加强各民族交往交流交融相贯通为途径，统筹区域因素和民族因素，把发展真正落实到解决区域性共同问题、增进群众福祉、促进民族团结上，走出了一条符合地区实际的发展道路，经济社会的发展取得了一系列世所瞩目的成就。

坚持不懈打好脱贫攻坚战。宁夏西海固地区既是贫困地区，也是少数民族聚居地区，受自然条件和资源禀赋等因素的制约，自我发展能力弱、脱贫任务十分艰巨。1983 年以来，党和政府通过“三西”（甘肃河西、定西和宁夏西海固）扶贫开发、生态移民、闽宁对口扶贫协作和正在实施的脱贫攻坚战，使当地人民群众生活有了显著改善。2017 年，宁夏贫困地区农民人均可支配收入达 8347 元，增幅高于全区农民 2.2 个百分点，真正落实习近平总书记提出的“全面建成小康社会，任何一个地区、任何一个民族都不能落下”的要求。

注重政策动力和内生潜力的结合。改革开放以来，在国家加大支持力度的前提下，宁夏更加注重激发自身的发展潜力，注重基础设施建设，注重深度发挥资源优势，注重产业结构调整，注重教育和人才开发，走出了一条政策动力和内生潜力相结合的聚合式发展道路。宁夏利用自身的区位优势，通过建立内陆开放型经济试验区，成为在亚洲连接东西的重要腹地，成为西部地区最有后发优势和发展活力的地区之一。

坚持铸牢中华民族共同体意识

现代化进程的不断加快，将各民族成员纳入不同类型的组织或群体之中，形成了超越民族身份的人际关系，增强了民族间日常生活的往来和接触，润物细无声的民族团结进步宣传教育和创建活动，使各民族的凝聚力大大增强。在宁夏，回汉各民族成员手足相亲、守望相助，是民族团结进步事业真正的实践者和书写者。

深入开展民族团结进步教育。民族工作要见物，更要见人。做民族工作，说到底是做人的工作。近年来，宁夏大力培育和践行社会主义核心价值观，弘扬中华优秀传统文化，在全社会深入开展中华民族共同体教育、中国特色社会主义和中国梦宣传教育，组织开展了国旗、宪法和法律法规、社会主义核心价值观和中华优秀传统文化进宗教场所等活动，教育引导各族群众把智慧和力量凝聚到促进民族团结、共建美好精神家园上来。在教育方式上，坚持重在交心、重在平时、重在行动、重在基层，注重人文化、大众化、实体化，在普及教育的基础上，还针对不同群体持续开展“六项特色教育”，通过精耕细作的“滴灌式”教育，大大增强了针对性和成效。

积极促进各民族交往交流交融。全国统一市场的形成，地区封闭的打破，民族交往交流的增多，极大地促进了各民族间的交融，这是民族关系发展的大势所趋，也是中华文明前进的必然结果。促进各民族交往交流交融，关键是要正确处理差异性和共同性的关系，既要尊重差异、包容多样，切实尊重各民族风俗习惯和文化差异，又要促进各民族文化在传承保护中交融创新，在维护多样性中增强共同性、包容性。近年来，宁夏围绕“中华民族一家亲、同心共筑中国梦”的目标，大力弘扬各民族一家亲的优良传统，增强“三个离不开”和“五个认同”教育，优化各民族相互嵌入式的社会结构和社区环境，积极创造各族群众共居共学共事共乐的社会条件。

深化民族团结进步创建活动。近年来，宁夏大力引导各族干部群众倍加珍惜团结、自觉维护团结。不断加大民族团结进步创建工作年度目标落实情况的考核力度，分级分类制定各示范单位的测评指标体系。目前，利通区、原州区、金凤区等 9 个县（区）先后被国家民委命名为全国民族团结进步创建示范县，永宁县闽宁镇等 20 个基层单位先后被国家民委命名为全国民族团结进步创建示范单位，吴忠市成为市级及辖区县（区）全部获此殊荣的地级市。不断丰富创建形式，打造实体化的载体，找准创建活动与社会心理的契合点、与民族情感的共鸣点、与群众切身利益的结合点。不断扩大参与范围，推进创建活动进机关、进企业、进社区、进乡镇、进学校、进宗教场所、进军营等，推动民族团结进步创建深入基层。不断加大民族团结进步先进集体与个人的表彰力度，在全社会营造争创模范的浓厚氛围，为争创全国民族团结进步示范区夯实了基础。

坚持依法治理民族事务

依法治理民族事务是落实民族区域自治制度的重点。中央民族工作会议指出，用法律来保障民族团结。我们要按照法治中国建设的要求，把全面依法治国基本方略贯穿到民族工作全领域、各环节，健全民族工作法律法规体系，用法律来规范民族关系、保障民族团结，推进民族事务依法治理。

深入贯彻落实宪法和民族区域自治法。宪法和民族区域自治法为坚持和完善民族区域自治制度提供了法律依据。自1984年民族区域自治法颁布实施以来，宁夏不断完善民族区域自治配套法规体系，先后颁布民族教育、宗教事务管理等方面的地方性法规和政府规章160余件，加强对民族政策和民族法律法规执行情况监督检查，确保将宪法和民族区域自治法落到实处。

运用法治思维和法治方式治理民族事务。近年来，宁夏加强广大干部民族工作法律法规培训，提高依法行政能力，引导各族群众自觉学法、尊法、守法、用法。保障各族人民的合法权益，恪守无论哪个民族，信仰何种宗教，法律面前一律平等的理念。坚持在法律范围内、法治轨道上处理涉及民族因素的问题，坚持讲原则、讲法治、讲政策、讲策略，坚持抓早、抓小、抓细、抓苗头，及时妥善处理民族领域矛盾纠纷，推动民族事务治理的法治化。

建立健全民族事务社会治理体系。近年来，宁夏坚持把民族事务纳入社会综合治理范畴，着力打造全要素网格化社会治理体系。健全完善民族工作县（市、区）、乡（镇、街道）、村（社区）三级网络，严格落实乡村两级工作责任制。建立健全市、县党委和政府民族宗教工作联席会、区域性协调、突发事件应急处置等工作机制，加强对民族工作领域重大事项的处置。强化乡（镇、街道）民族工作职责，通过内部整合调节，优化资源配置，保证民族工作人员力量。推进人财物向基层一线倾斜，建立村（社区）民族工作日常管控、突发事件报告、矛盾化解等制度，做到耳聪目明、反应迅速。

（作者系宁夏中国特色社会主义理论体系研究中心研究员）

（《光明日报》2018 年 09 月 10 日 11 版）

宁夏西海固地区农谚中的廉政思想

胡　斌

西海固，是20世纪六七十年代至21世纪初宁夏回族自治区固原地区的西吉、海原、固原、隆德、泾源、彭阳6县的代称，后历经行政区划调整，现泛指宁夏南部山区。这一地区在历史上曾是中原农耕文化和北方草原文化的交会处，儒家文化与佛教文化、西域外来文化在这里交流交融，文化积淀深厚，地域特色明显。

农谚作为地域文化的载体，反映着该地域的自然与人文特色。西海固地区农谚以其言简意赅、形象生动、晰事明理、朗朗上口等特点，讽刺不良现象、规劝大众行为、教导向善向上，凝结了当地居民对做人、做事、做官的态度和智慧。其中不乏许多廉政思想，在今天仍有极强的教育启迪意义。

讲担当。地处六盘山区的西海固，山大沟深、土地贫瘠、生活艰辛练就了当地人坚忍不拔的毅力。“宁可死在阵上，不要死在炕上”，是对干事创业的价值追求，类似于“宁可劳累功成死，不可安逸无为生”；“要安心，不吃老本立新功”，可谓是人生成败的至理名言，做事就怕躺在功劳簿上睡大觉，一有成绩就沾沾自喜，浅尝辄止，坐吃山空，这句农谚是劝诫人们要生命不息、奋斗不止，不断开创新业，实现人生价值。

重教化。西海固地区的农谚，擅长于打比方、作对比，从生活故事中挖掘蕴含哲理的教育素材。“先说响，后没讲”，教育在先，惩戒在后，没有法外开恩和下不为例；“将心比，一个理”，告诫人们要见不贤而内自省，视他病为己病，把自己摆进去，从失败者身上汲取教训，不能有旁观“看戏”心态；“说住的比绑住的牢”“鞭杆（木棒）打倒睡着呢，舌头说倒跪着呢”，这两句农谚意思接近，与我们党强调不敢腐、不能腐、不想腐要协同发力异曲同工，要做到标本兼治，最终要达到的目的是思想自觉和行为自律。

■开天辟地、敢为人先的首创精神
■坚定理想、百折不挠的奋斗精神
■立党为公、忠诚为民的奉献精神
红船初心特刊
光明日报 05

党建引领乡村振兴的“昆山答卷”

1 通“经络”，亮品牌，三级阵地拥有“磁石般”凝聚力

2 谋出路，强产业，“行动支部”带领农民走致富路

3 “吃讲茶”，建讲习所，乡风文明在泥土里生根开花

宁夏西海固地区农谚中的廉政思想

守法纪。教导人们遵纪守法是格言警句中最常见的内容，西海固农谚也不例外。“脚牢手牢，天下走到”，一个人要管住自己的手和脚，不该拿的坚决不拿，不该去的地方坚决不去，才会善做善成，善始善终。正如我们党强调党员领导干部首先要坚守政治纪律

和政治规矩，这是根本，是统领性的，如果政治上不自律，必然会带来经济上的贪婪和生活上的腐化，最终走向毁灭；“上梁不正下梁歪，头门不正二门偏，三门是个走扇扇（关不严实）”，直接比喻领导干部这个“关键少数”的头雁效应，一把手如果出问题，并放任下属违法乱纪，会严重污染一个地区和部门的政治生态，任凭“潜规则”大行其道，上行下效，就会出现系统性、塌方性的腐败现象。所以盖房子首先要端正四梁八柱，确保院落内三重门都在同一条中轴线上，才不会差之毫厘，谬以千里。

戒贪欲。贪如火，不遏则燎原；欲如水，不遏则滔天。西海固农谚通过让人看清事物本质，算好经济账、家庭账、名声账，严于律己、不贪不占，清清白白做人。“做贼三十年，捉住没利钱”，纵观近年来查处的腐败分子，大多数手握权力时疯狂敛财，成了金钱的奴隶，一朝事发，非法所得款物被依法收缴，这些贪官只不过充当了赃款“保管员”，还把自己送进囹圄；“瓦罐不离井口破，只要来的回数多”，告诫贪腐者不可心存侥幸，如果不收敛不收手，狐狸的尾巴总会露出来；“行为不正经，舌头短三分”，自身不干净，就没有底气管别人；“好事不瞒人，瞒人没好事”，不忠诚不老实的“两面人”，肯定要欺上瞒下，做表面文章来掩饰自己的劣迹；“越吃越馋呢，越拿越贪呢”，贪欲如同饮海水止渴，越喝越渴而一发不可收拾，因而要把好初始关；“吃饭坐端，不糊衣衫”，吃饭时坐正身子，吃自己够得着的食物，才不会使饭菜掉身上弄脏衣服，党员领导干部更应当去除非分之想，不取不义之财，自觉养成廉洁奉公的良好形象。

慎交友。人生在世，不可没朋友。但也不能乱交友、滥交友，特别是对于掌握一定权力的领导干部，交友尤其要慎之又慎。西海固农谚对选择朋友和交友的尺度都做了经验性总结。“朋友若要好，早晚把账找”“生分结长远”，正所谓好兄弟要明算账，绝不能不分彼此、勾肩搭背、人身依附，搞团团伙伙的“小圈子”，只讲关系、不讲原则，只讲哥们义气、不讲是非曲直，一些官员正是在朋友的小恩小惠中迷失自我，沦为不法商人火中取栗的工具而不能自拔。“跟好人学好艺，跟上‘蝈蝼子’（坏人）卖田地”，物以类聚、人以群分，党员领导干部在工作生活中，要时刻保持清醒头脑和高度警惕，要辨良莠、分好坏、认准人，择善而交，定会近朱者赤；结交不良之人，定将面临近墨者黑的危险，如同把自己推向悬崖边，离坠崖的危险更近了一步。“若要试人心，丢官散财遭年馑”，实践证明，腐败官员落马后，那些所谓的“铁哥们”纷纷“树倒猢狲散”，哪有友情可言。

明家风。西海固地区居民的家风大多都口口相传，而农谚就成了家风传承的重要载体。“怀里抱上小的，心里记起老的”“家有‘拨拨虫’（操心的老人），一世不受穷”“前院里水不往后院里流”“小孝身饱暖，大孝心安然”，都是讲要孝老爱亲、恪守祖训、推己及人，特别强调孝敬长辈在代际之间的言传身教示范作用，而最为可贵的是把孝敬老人分为小孝和大孝，让父母长辈吃饱穿暖充其量只是小孝，而让长辈心安才是大孝，联想到许多官员落马后父母羞愧难当的案例，可以说贪腐就是对父母的大不孝；“男人是个筢筢，女人是个匣匣，不怕筢筢没齿，就怕匣匣没底”，这句农谚对腐败官员身后的“贪内助”揭露得一针见血，领导干部如果家风不正、家教不严，放任配偶子女借权谋私，在贪欲的无底洞面前，最终必将导致“全家腐”的毁灭性灾难。

辨是非。是非曲直要辩证地看待，特别是透过现象看本质，千万不可被表象迷惑。“一瓶水不淹（溢出），半瓶水咣当”，指本领高强的人往往低调处事,越是才疏学浅的人越喜欢自吹自擂包装自己;“天不怕地不怕，就怕吹牛说大话”，反对虚报浮夸、不着边际、弄虚作假；“人比人没活头，驴比骡子没驮头”，告诫人们不可盲目攀比，甚至拿自己的长处和别人的短处比；“叽叽喳喳（性格外向的人）背了名，文文不叽（性格内向的人）追了成（得了利）”，有时识人要听其言、观其行，不可轻信假象。

能干事。西海固地区关于注重实干、巧干方面的农谚非常多，这里主要列举几个与廉政文化相关的以做说明。“骑驴捉尾巴，各有各拿法”，指要尊重每个人的创新创造精神，不能凭长官意志拍脑袋，甚至听不进不同的意见建议；“一物降一物，蜈蚣把蟒捉”，指要分清环节，抓住要害，掌握要领，才能事半功倍；“有个歪木头，没个歪匠人”，这条农谚和我们强调的“正歪树”息息相关，树长歪了，优秀的木匠可以把它修正过来，变废为用，而不能简单地弃之不用或跟着歪树把自己也带歪。纪检监察干部在监督执纪工作中，既要精准施策、治病救人，又要政治过硬、永葆政治本色。

（作者系宁夏回族自治区纪委宣传部部长）

（《光明日报》2018 年 08 月 10 日 05 版）

“红船精神”是推动欠发达地区发展的强大动力

李 喆

无论是国家、民族、政党还是个人，都需要有强大的精神动力。精神动力是一个民族跳动的血脉，一个国家行进的驱动，一个政党壮大的源泉。欠发达地区在全面建成小康社会的进程中，发展不足仍是最大的实际。突破欠发达地区全面建成小康社会的瓶颈，迫切需要承接历史传统、体现时代精神，极具历史厚重感和现实传承价值的精神力量，以其作为开拓进取、建设美好家园的精神支撑。

“红船精神”是中国革命精神谱系中的一座精神丰碑，是实现中华民族伟大复兴中国梦必须弘扬的中国精神，也是新时代推动欠发达地区事业发展的强大精神动力。我们应该深入挖掘“红船精神”与欠发达地区经济社会发展的契合点，通过在欠发达地区的创造性运用，让“红船精神”焕发出耀眼的时代光芒。

1. 以首创精神为指向，开创欠发达地区转型追赶新局面

开天辟地、敢为人先的首创精神是“红船精神”的重要内涵。今天，欠发达地区要闯出发展新路，必须以开天辟地、敢为人先的首创精神为指向，推动欠发达地区实现转型发展、创新发展。

长期以来，一些欠发达地区实行的是高资本投入、高资源消耗、高污染排放、低成本竞争、低效率产出的发展模式。随着我国经济发展进入新常态，欠发达地区面临创新能力不足、投入有限、资源分散等问题。在新一轮竞争中，一些传统的发展优势正在减弱。欠发达地区要想走出新路，必须紧紧依靠创新驱动，实现发展动力从要素驱动向创新驱动转换，由价值链中低端向中高端转变，推动产业发展由粗放型向集约型转变。欠发达地区可以利用新一轮科技革命、产业变革和我国加快转变经济发展方式、全面推进“一带一路”建设的新的历史性机遇，在创新驱动上拔得头筹、占得先机。

■开天辟地、敢为人先的首创精神
■坚定理想、百折不挠的奋斗精神
■立党为公、忠诚为民的奉献精神

红船初心特刊　光明日报　05

“红船精神”是推动欠发达地区发展的强大动力

1 以首创精神为指向，开创欠发达地区转型追赶新局面

2 以奋斗精神为引领，书写欠发达地区幸福生活新篇章

3 以奉献精神为导向，锻造欠发达地区干部队伍新画貌

基层实践

让百姓信得过，让组织用得上

——四川省攀枝花市东区纪委监委营造干事环境

以开天辟地、敢为人先的首创精神推动欠发达地区实施创新驱动战略，需要在企业、政府、人才、平台、体制机制、文化等方面形成合力。企业方面，要建立以企业为主体的科技创新体系，把特色优势转化为市场竞争优势，提升企业的整体市场竞争

力。政府方面，要更加注重制度创新、政策创新和工作方式创新，让政府的公共服务与企业的实际需求更加合拍。人才方面，要大力引进和培育各类创新创业人才，健全完善激励创新的利益导向机制，大力营造有利于人才脱颖而出的良好环境。平台方面，要突出优势领域，构建特色产业生态圈，建设特色产业基地、搭建产业技术联盟、建设产业创新中心、导入平台型龙头企业。发挥市场机制，打造一批普惠、智能、协同、融合的众创空间，设立产业驱动孵化平台，搭建技术共享和科技成果转化平台，建立新型孵化器，提供开放共享服务的孵化模式。体制机制方面，要加快建立协同创新机制，深化科研院所改革和高校科研体制改革，加强知识产权运用和保护，积极引导社会资金参与科技开发。文化方面，要激发社会创新活力、提高创新体系效率，根本在于创新文化、创新精神的培育和认同。

2. 以奋斗精神为引领，书写欠发达地区幸福生活新篇章

坚定理想、百折不挠的奋斗精神是“红船精神”的重要组成部分。受区位、地理、经济基础和文化等因素影响，欠发达地区要与全国同步实现全面建成小康社会，任务艰巨繁重，困难和挑战突出。这就需要我们付出更大的努力，用不懈的奋斗创造更加美好的幸福生活。

发扬奋斗精神，要有不畏难、不气馁、不言败的信心，克服强调客观、畏难发愁的情绪。长期以来，欠发达地区在发展道路上有很多矛盾和挑战，这是一个客观事实，一些同志也容易因此背上思想包袱，总认为欠发达地区区位差、底子薄、基础弱、困难多、条件差，总感到信心不足、难有作为，以致缺乏勇气，意志消沉。路是人走出来的，事业是人创出来的。悲观失望、自怨自艾会使我们徘徊不前。要树立“欠发达地区有大作为”的豪迈气魄，扫除思想障碍，克服自卑心理，把差距看作潜力，以更加自信的姿态、勇于赶超的精神，不甘落后、奋起直追，充分发挥比较优势和后发优势，把中央决策部署与欠发达地区发展的实际更加紧密地结合起来，切实用好中央的政策措施，创新工作思路，创新工作机制，创新工作方法，开拓进取，埋头苦干，走出一条符合欠发达地区实际的转型追赶之路。

发扬奋斗精神，要树立忧患意识，摒弃小进即满、小富即安的观念。由于眼界和胸怀的局限，越是欠发达的地区，越容易满足已有成绩，产生沾沾自喜、盲目乐观的情绪。要保持清醒的头脑，增强忧患意识和紧迫感。要跳出欠发达地区看欠发达地区，站在全国看欠发达地区，面向未来看欠发达地区，树立战略眼光，加强战略思维，立足全国找准定位，用更新的理念拓展发展空间、更实的举措提升发展层次，认真学习先进省区的好经验，树立“前有标兵、后有追兵”的急迫感，认真查找自身发展中的不足和问题，做到永不自满、永不懈怠、永不僵化、永不停滞。不能让机遇在“自以为是”中丧失、发展在“沾沾自喜”中迟缓、差距在“盲目乐观”中拉大。

发扬奋斗精神，要奋力抢抓机遇，抢占先机。机遇是流动的资源，只有抓住机遇，才能够在竞争中抢占发展先机、赢得主动。挑战和机遇从来是并存的，在一定的条件下还可以互相转化，关键看如何把握和应对。任何停步不前、故步自封或者观望犹豫、畏首畏尾都会错失发展的机遇。要结合欠发达地区的实际，把中央和本地区的发展思路聚到一起，争取更多的政策倾斜。要紧紧抓住新一轮科技革命、产业变革和我国加快转变经济发展方式、全面推进“一带一路”倡议为欠发达地区今后和未来一个时期发展带来的新的历史性机遇，乘势而上、借力发挥，用足针对性政策、用活差别性政策、用好普惠性政策。

发扬奋斗精神，要统筹兼顾当前利益和长远利益，克服好高骛远、急功近利的做法，扎扎实实做好各项工作。“不谋全局者，不足谋一域；不谋万世者，不足谋一时。”要善于辩证思维，运用全面的观点看问题，以总揽全局的战略眼光谋划发展；要眼光长远，具有前瞻性、科学性和预见性。着力消除急功近利多、着眼长远少的倾向，牢固树立全局观念，统筹兼顾当前利益和长远利益。对需要长远规划的，多做打基础、利长远的工作；对需要加快推进的项目，抢抓进度、一抓到底。做好各项工作，既要有仰望星空的理想情怀，也要有脚踏实地的实干精神。要牢记习近平总书记“社会主义是干出来的”的教诲，以“钉钉子”的精神，心无旁骛地干、锲而不舍地干、“撸起袖子加油干”，干在实处、干出实效、干出实绩。

3. 以奉献精神为导向，锻造欠发达地区干部队伍新面貌

立党为公、忠诚为民是“红船精神”的重要内容。政治路线确定后，干部就是决定因素。宏伟蓝图能否实现，关键在于党员干部特别是领导干部这个“关键少数”。广大干部既是党的工作的组织实施者，又是行政权力的直接行使者，是党和国家事业的中坚力量，在推进党和国家各项事业、管好班子、带好队伍方面起着关键作用。

要进一步明确干部的共性标准和欠发达地区的特殊要求。就欠发达地区而言，发展不足仍是最大的问题。要与全国同步全面建成小康社会，广大干部必须要解放思想、开拓创新、攻坚克难、不懈苦干。在欠发达地区，看一个干部是不是称职、是不是选准用好了，关键要看这个干部思想是否解放、是否能干能闯，就像十九大报告指出的那样“旗帜鲜明为那些敢于担当、踏实做事、不谋私利的干部撑腰鼓劲”。要通过广泛的宣传教育和正确的舆论引导，引导广大干部正确认识对欠发达地区干部的要求，既不能有所偏颇，也不能一味苛求；应该对开拓在前、埋头苦干的干部大胆使用、热情支持，形成鼓励探索、激励干事的选人用人风气和氛围。绝不能让“不干事的人挖苦嘲弄干事的人”的风气蔓延。要形成这样一种舆论氛围：欠发达地区在干部选拔任用方面既要符合中央要求，又特别需要具有开拓创新意识，敢想、敢闯、愿干事、能干成事的干部。要允许争议，宽

容失败，建立激励机制和容错纠错机制。

要以更加宽广的视野选好用好开拓创新能力和贯彻落实能力兼备的干部。应该看到，在欠发达地区，因能力欠缺不能适应工作现实需要的情况还普遍存在。这种状况制约了工作绩效的提高，也引发了一些干部进取意识、奋斗精神的动摇，自甘“技不如人”。因此，提升广大干部适应新时代要求的能力，成为当务之急。

一是要具备开拓创新能力。欠发达地区城乡发展不平衡，基本公共服务供给不够，精准脱贫任务艰巨。问题和矛盾的凸显要求干部们不能用旧眼光看待问题、不能用传统思维认识问题、不能用固定模式解决问题，必须用新的理念、新的思路、新的办法认识和解决新矛盾新情况，摒弃“速度情结”“换挡焦虑”，坚持不懈补短板，促使发展走上更高质量、更有效益、更加公平、更可持续的轨道。二是要具备贯彻落实能力。当前，中央和欠发达地区党委、政府提出了一系列重大战略决策和部署。这些重大发展战略的提出和实施，把握了经济社会发展的特征与规律，贯穿了新发展理念的探索与实践。贯彻执行这些决策和部署，要求广大干部必须立足本地实际、真抓实干。在执行政策、决策时必须原原本本、原汁原味，不能打折扣、搞变通，搞“上有政策，下有对策”，出现执行“异化”现象。三是把开拓创新能力和贯彻落实能力有机结合。只有“结合”这一笔“点睛”到位了，能力建设才能“盘活”，才能使中央和上级的政策、决策在贯彻落实过程中不至于“变味”，同时又能结合本地区本部门的实际，使各项工作的开展富有创新意蕴。

（作者系中共宁夏回族自治区委党校公共管理教研部主任、教授）

（《光明日报》2018 年 08 月 20 日 05 版）

弘扬“红船精神”
当好新时代赶考路上的答卷人

刘文长

习近平总书记在学习贯彻党的十九大精神研讨班上指出：“时代是出卷人，我们是答卷人，人民是阅卷人。”打铁必须自身硬，作为新时代赶考路上的答卷人，中国共产党要把坚持和发展中国特色社会主义这篇大文章写下去，给历史和人民交上一份满意的答卷，必须大力弘扬以“红船精神”为源头的伟大革命精神。

1.“红船精神”是我们党砥砺前行的精神支撑

1921年，中共一大在浙江嘉兴南湖的一条小船上闭幕，正式宣告中国共产党成立。这条小船由此获得了一个永载史册的名字——红船。中国共产党诞生是开天辟地的大事件，它体现出的精神被誉为“红船精神”。

回顾波澜壮阔的中共党史，党之所以能在忧患和危难中砥砺前行，给历史和人民交上一份满意答卷，与我们党始终弘扬以“红船精神”为源头的伟大革命精神密不可分。建党前夕，面对内忧外患、民不聊生的危局，面对无数仁人志士进行的探索和抗争均告失败的绝境，历史迫切需要一个新的阶级、一个新的政党带领人民挽救国家危亡、实现民族复兴。在那个血雨腥风的年代酝酿建党，这需要何等的远见和创新精神！党在成立时仅有 50 多名党员，如此弱小的力量却敢于同各种强大的反动势力作斗争，义无反顾肩负起民族复兴的历史使命，这需要何等的勇气和担当精神！“红船精神”是在中华民族内忧外患、社会危机空前深重的特定社会历史条件下产生的，它集中体现了中国共产党的建党精神，昭示着中国共产党人的初心。

■开天辟地、敢为人先的首创精神
■坚定理想、百折不挠的奋斗精神
■立党为公、忠诚为民的奉献精神
红船初心特刊
05

弘扬“红船精神” 当好新时代赶考路上的答卷人

1 “红船精神”是我们党砥砺前行的精神支撑

2 新时代给我们党出了份考题更难要求更高的考卷

3 “红船精神”是领航中国巨轮劈波斩浪的不竭动力

高校党建

红色教育如何融入高校思政工作

把握新时代脉搏，用红色筑牢立德树人之魂

要求改革创新，用红色夯实立德树人之本

聚焦思想引领，用红色拓展立德树人之道

我们党是“红船精神”的缔造者，也是以“红船精神”为源头的伟大革命精神的受惠者。作为党历史上最早形成的革命精神，“红船精神”具有奠基性和开创性，是党探索中国道路的起点，是中华民族寻求出路的伟大创新，是我们党一路走来的精神之源。波澜壮阔的中共党史，是我们党建立丰功伟绩的历史，也是我们党不断培育精神谱系的历史。

在革命年代，我们党形成了“红船精神”、井冈山精神、长征精神、延安精神、抗战精神、西柏坡精神等伟大的革命精神；在社会主义建设年代，形成了大庆精神、焦裕禄精神、红旗渠精神、雷锋精神、“两弹一星”精神等；在改革开放年代，形成了特区精神、抗洪精神、载人航天精神、抗震救灾精神等。这一精神谱系既一脉相承又与时俱进，其源头都在“红船精神”。

精神，是一个民族最基本、最深沉、最持久的力量。“红船精神”见证了党“开天辟地、敢为人先”的创立史，是中国革命精神之源；开启了党“坚定理想、百折不挠”的奋斗史，是党的先进性之源；蕴含了党“立党为公、忠诚为民”的初心，是党的历史上一座永不褪色的精神丰碑。97年来，我们党之所以能创造惊天动地的发展奇迹、取得举世瞩目的成就，中国特色社会主义之所以进入新时代，给历史和人民交上一份满意的答卷，与长期不懈弘扬以“红船精神”为源头的伟大革命精神密不可分。

“红船精神”彰显的是一种生生不息的文化力量，已经深深融入中华民族的血脉和灵魂。从这个源头上延展出来的中国革命精神谱系，已汇聚成奔腾向前的河流，以磅礴之力一直推进着我们党登高望远、引领航向，站在历史的高点，走在时代的前列，不断取得革命、建设和改革的一个又一个伟大胜利。

2. 新时代给我们党出了份考题更难要求更高的考卷

党的十九大报告提出“经过长期努力，中国特色社会主义进入了新时代，这是我国发展新的历史方位。”新时代的“赶考”，考题难了，“考官”的评判严了、期望高了，对“考生”提出的要求更高了。

新时代“赶考”难在何处？一是考题更难。中华民族久经磨难，迎来了从站起来、富起来到强起来的伟大飞跃，现在我们比历史上任何时期都更接近、更有信心和能力实现中华民族伟大复兴的目标。行百里者半九十。邓小平同志曾指出："过去我们讲先发展起来。现在看，发展起来以后的问题不比不发展时少。"面对人民对美好生活的期待，面对发展不平衡不充分的问题，如何进一步开辟中国特色社会主义发展新境界、为解决人类问题贡献中国智慧、提供中国方案，是我们党必须面对的新课题。新起点上再铸辉煌，全党必须准备付出更为艰巨、更为艰苦的努力。

二是"赶考路上"面临的困难和挑战更多。我国发展仍处于重要战略机遇期，但国内外形势发生了深刻复杂变化，党面临治国理政的考验之大前所未有。进行伟大斗争、建设伟大工程、推进伟大事业、实现伟大梦想，是一项继往开来的崭新事业，也是一场立足新的历史方位的赶考实践。决胜全面建成小康社会，实施好"七大战略"，打好"三大攻坚战"，任务繁重。按照"两步走"的蓝图设计，到21世纪中叶把我国建设成为富强民主文明和谐美丽的社会主义现代化强国，前景光明任重道远。在国际上，任何一个大国崛起都不是一帆风顺的。我国成为世界第二大经济体后，一些国家忧惧中国实力增强而对我国围堵打压日趋激烈。"时"和"势"总体有利，"艰"和"险"正在增多。

三是"考官"的评判严、期望高。进入新时代，人民对美好生活的需要呈现多样化、多层次、多方面的特征，不仅对物质文化生活提出了更高要求，而且在民主、法治、公平、正义、安全、环境等方面的要求日益增长。既要求把"蛋糕"做大，又要求把"蛋糕"分好；既要求社会"充满活力"，又要求社会"安定有序"；既要求"腰包鼓起来"，又要求"脑袋实起来"；既要求"金山银山"，又要求"绿水青山"……这一切，检验着中国共产党的能力和智慧。人民对美好生活的向往，是我们党的奋斗目标。同时打铁必须自身硬，党的十九大把党的全面领导和全面从严治党更加凸显出来，把全面增强党的执政本领更加凸显出来。

3.“红船精神”是领航中国巨轮劈波斩浪的不竭动力

新时代需要伟大精神，伟大精神支撑和推动着新时代。“进京赶考”69年来，党团结带领全国各族人民，把贫穷落后的旧中国变成了日益繁荣富强的新中国，中华民族伟大复兴展现出光明前景。“红船精神”的形成发展，是激励中国人民不断攻克艰难险阻、从胜利走向胜利的强大精神动力。在实现中华民族伟大复兴的历史进程中，必须大力弘扬和创新以“红船精神”为源头的伟大革命精神。

一是推进党领导的伟大社会革命，需要大力弘扬和创新以“红船精神”为源头的伟大革命精神。习近平总书记指出：“新时代中国特色社会主义是我们党领导人民进行伟大社会革命的成果，也是我们党领导人民进行伟大社会革命的继续，必须一以贯之进行下去。”我们党是马克思主义执政党，但同时是马克思主义革命党，坚持和发展中国特色社会主义，把伟大的社会革命进行到底，必须始终登高望远、居安思危，保持过去革命战争年代的那么一股劲头、那么一股革命热情、那么一股拼命精神。不忘初心，牢记使命，就是不要忘记我们是共产党人，不要丧失了革命精神。要有开天辟地、敢为人先的首创精神，继续拿出逢山开路、遇水架桥的闯劲儿，拿出只争朝夕、敢于担当的拼劲儿，夺取新征程上的更大胜利。要有坚定理想、百折不挠的奋斗精神，继续扬起“红船”的风帆，高举中国特色社会主义伟大旗帜不动摇，牢固树立道路自信、理论自信、制度自信、文化自信，以永不懈怠的精神状态和一往无前的奋斗姿态，向着建设社会主义现代化强国的目标奋勇前进。要有立党为公、忠诚为民的奉献精神，永远把人民对美好生活的向往作为奋斗目标，让人民有更多获得感、幸福感、安全感。

二是推进党领导的伟大自我革命，需要大力弘扬和创新以“红船精神”

为源头的伟大革命精神。党的十九大报告指出：“勇于自我革命，从严管党治党，是我们党最鲜明的品格。”党的十八大以来，以习近平同志为核心的党中央以“得罪千百人、不负十三亿”的责任担当，坚决整治和解决人民群众反映最强烈、对党的长期执政威胁最大的问题，清除党和国家重大政治隐患，使我们党经历革命性锻造而再铸辉煌。但是全面从严治党永远在路上。世情、国情、党情的新变化，使党面临着许多前所未有的新考验，党的建设任务比以往任何时候都更加繁重。推进伟大工程中，一些深层次问题还有待从根本上解决，老问题反弹回潮的因素仍然存在，新情况新问题也不时出现。正如习近平总书记所讲：“功成名就时做到居安思危、保持创业初期那种励精图治的精神状态不容易，执掌政权后做到节俭内敛、敬终如始不容易，承平时期严以治吏、防腐戒奢不容易，重大变革关头顺乎潮流、顺应民心不容易。”对于我们这样一个大党而言，能打败我们的只有我们自己。新时代进行伟大的自我革命，必须要敢于刀刃向内、刮骨疗伤，以更新的要求、更大的决心、更大的气力，推动全面从严治党向纵深发展，必须大力弘扬和创新以“红船精神”为源头的伟大革命精神。要有开天辟地、敢为人先的首创精神，勇于变革、勇于创新，永不僵化、永不停滞。要有坚定理想、百折不挠的奋斗精神，坚持革命理想高于天，挺起共产党人的精神脊梁，做共产主义远大理想和中国特色社会主义共同理想的坚定信仰者和忠实实践者。要有立党为公、忠诚为民的奉献精神，牢记党的宗旨，践行立党为公、执政为民的本质要求，始终不渝地为中国人民谋幸福。

三是防范化解风险挑战，需要大力弘扬和创新以“红船精神”为源头的伟大革命精神。党的十九大报告指出：“我们党要团结带领人民有效应对重大挑战、抵御重大风险、克服重大阻力、解决重大矛盾，必须进行具有许多新的历史特点的伟大斗争，任何贪图享受、消极懈怠、回避矛盾的思想和行为都是错误的。”现在我们步入“强起来”的新时代，这是我们党长期不懈奋斗的必然结果。但如同一条大河不会是笔直的一样，任何一个大国的崛起，都充满着曲折和艰辛。我们还有许多“雪山”“草地”需要跨越，还有许多“娄山关”“腊子口”需要征服。我们面临的风险是多方面的，有外部风险，也有内部风险，有一般风险，也有重大风险。社会是在矛盾运动中前进的，有矛盾就会有斗争。新的伟大斗争的内容广泛，表现形势复杂。我们党是一个敢于斗争、善于斗争的党，必须大力弘扬和创新以“红船精神”为源头的伟大革命精神。要沿着“红船”的航向，以开天辟地、敢为人先的首创精神，始终站在历史和时代发展的潮头。要扬起“红船”的风帆，以坚定理想、百折不挠的奋斗精神，矢志推动中国特色社会主义不断前进。要载着“红船”的意志，以立党为公、忠诚为民的奉献精神，努力维护好、实现好、发展好最广大人民的根本利益。

小小红船承载千钧，播下了中国革命的火种，开启了中国共产党的跨世纪航程。我们即将迎来建党 100 周年，千秋伟业，百年恰是风华正茂。“红船精神”将推动中国巨轮劈波斩浪，胜利驶向光辉的彼岸。

（作者系中共宁夏回族自治区委党校党史党建教研部主任、教授）

（《光明日报》2018 年 09 月 12 日 05 版）

推动生态文明建设的思想指引与根本遵循

王丛霞

作为习近平新时代中国特色社会主义思想的重要组成部分，习近平生态文明思想主题鲜明、内涵丰富、逻辑严谨、意蕴深邃，对生态文明建设进行了顶层设计和全面部署，系统回答了“为什么建设生态文明、建设什么样的生态文明、怎样建设生态文明”等重大理论和实践问题，是协同推动经济高质量发展和生态环境高水平保护的思想指引和根本遵循，为破解生态建设和环境治理问题贡献了中国智慧，为推动人类现代化进程贡献了中国方案。

1. 切实回答了生态文明建设“为什么”“是什么”“怎么办”

习近平生态文明思想从人类文明演化与人自身发展的维度，强调树立“生态兴则文明兴”“良好生态环境是最普惠民生福祉”等理念。“生态兴则文明兴”揭示了良好的生态环境是人类社会持续发展的根本基础；“良好生态环境是最普惠民生福祉”揭示了以保护生态环境为主要内容的生态文明建设是改善民生福祉的应有之义。

面对人与自然关系冲突、生态系统被人为割裂的现状，习近平生态文明思想从人与自然关系演化和生态系统建设的角度，强调坚持“人与自然和谐共生”“山水林田湖草是生命共同体”。这就统筹考虑了自然生态各要素之间、各生态系统之间、自然生态系统与社会生态系统之间相互联系、彼此支撑的关系，揭示了生态系统内在的演化规律，既是生态文明建设的内在要求，又是生态文明建设追求的效果。

生态文明建设是一项长期、复杂、艰巨的系统工程。习近平总书记指出，要加快构建生态文明体系，加快建立健全以生态价值观念为准则的生态文化体系，以产业生态化和生态产业化为主体的生态经济体系，以改善生态环境质量为核心的目标责任体系，以治理体系和治理能力现代化为保障的生态文明制度体系，以生态系统良性循环和环境风险有效防控为重点的生态

学习贯彻习近平新时代中国特色社会主义思想 特刊

第200期 往实里走 往深里走 往心里走

推动生态文明建设的思想指引与根本遵循

1 切实回答了生态文明建设“为什么”“是什么”“怎么办”

2 强调把发展经济与保护环境统一起来

3 强化宗旨意识，不忘初心、牢记使命

4 增强风险意识，明确责任担当

5 坚持生态自觉，贡献中国方案

以乡村振兴促进城乡融合发展

安全体系。并强调坚持“绿水青山就是金山银山”“用最严格制度最严密法治保护生态环境”“共谋全球生态文明建设”，从理论与实践层面对生态文明建设提出具体要求。

2. 强调把发展经济与保护环境统一起来

2013年4月，习近平总书记在海南考察时，提出“保护生态环境就是保护生产力，改善生态环境就是发展生产力”的重要论断，深刻阐明了生态环境本身具有生产力的属性。习近平生态文明思想认为，生产力不仅包含着社会经济生产力，也包含着自然生态生产力，是两者的有机统一。把生态环境内化为生产力的要素之一，对社会主义生产力理论具有开创意义。良好的生态环境不仅直接提供生态产品，而且影响和决定着创造社会财富的能力。在人与自然的物质变换过程中，自然环境优越，自然生产率就相对较高，自然生产力就更发达，就更有利于促进人类文明的进步。

习近平总书记指出：“我们既要绿水青山，也要金山银山。宁要绿水青山，不要金山银山，而且绿水青山就是金山银山。”这一重要论述，源于实践、植根实践，又指导实践、引领实践，其在矛盾中找到了统一之法，在对立中找到了转化之机，在两难中找到了双赢之路，既是对经济发展与环境保护辩证关系的生动表述和理性取舍，也是对生态环境内化为生产力要素之一的充分肯定。在发展的不同阶段，绿水青山与金山银山，保护环境与经济建设，既会产生矛盾，又可辩证统一。实现二者的统一，关键在人，关键在思路。可见，习近平生态文明思想充分体现了对人类的发展与自然资源的利用之间矛盾的深刻认识，凸显了对矛盾双方在一定条件下相互转化观点的灵活运用的辩证思维。

3. 强化宗旨意识，不忘初心、牢记使命

习近平总书记指出，生态环境是关系党的使命宗旨的重大政治问题。习近平生态文明思想深刻体现着中国共产党人为中国人民谋幸福、为中华民族谋复兴的初心和使命。发展的根本目的是更好满足人民群众的需要。当前，我国社会主要矛盾已经转化为人民日益增长的美好生活需要和不平衡不充分的发展之间的矛盾。人民对美好生活的需要日益广泛，不仅对物质文化生活提出了更高要求，而且在民主、法治、公平、正义、安全、环境等方面的需求日益增长。随着我国经济持续快速发展和人民生活水平大幅提高，人民群众对农产品、工业品等物质产品虽然仍有巨大需求，但强度相对减弱；而对清新空气、清澈水质、清洁环境等生态产品的需求日益迫切。目前，我国物质产品生产能力强大，生态产品却出现短缺。为了顺应人民群众对优美生态环境的新期待，习近平总书记强调，要把解决突出生态环境问题作为民生优先领域。为此，要坚决打赢蓝天保卫战，深入实施水污染防治行动计划，全面落实土壤污染防治行动计划，持续开展农村人居环境整治行动。

协调好人与自然的关系，关乎中国特色社会主义事业的伟大胜利，关乎“两个一百年”奋斗目标的实现，关乎中华民族伟大复兴及人类命运共同体的构建。坚决摒弃以牺牲生态环境为代价换取一时一地经济增长的做法，让良好生态环境成为人民生活改善的增长点，成为经济社会持续健康发展的支撑点，成为展现我国良好形象的发力点。这既从历史观的维度把握了中国共产党的立党之本、执政之基、力量之源，又立足于当代中国发展的阶段性特征和新时代人民群众对美好生态环境的需求，体现了强烈的宗旨意识，顺应了人民群众的美好期待。

4. 增强风险意识，明确责任担当

习近平总书记强调，要清醒认识保护生态环境、治理环境污染的紧迫性和艰巨性，清醒认识加强生态文明建设的重要性和必要性。生态文明建设是关系中华民族永续发展的根本大计。生态环境安全是国家安全的重要组成部分，是经济社会持续健康发展的重要保障，要有效防范生态环境风险。环境就是民生，青山就是美丽，蓝天也是幸福，要像保护眼睛一样保护生态环境，像对待生命一样对待生态环境，把不损害生态环境作为发展的底线。当前，我国化工产业结构和布局仍不够合理，落后产能仍占较大比重，且集中分布在长江、黄河、珠江、太湖等重点流域沿岸，长江和黄河是我国重要的生态宝库和独特的生态系统，其生态战略地位十分突出，一旦破坏，后果不堪设想。习近平总书记提出，要把修复长江生态环境摆在压倒性位置，共抓大保护，不搞大开发。要加强黄河保护，坚决杜绝污染黄河行为，让母亲河永远健康。

党的领导是加强生态环境保护、打好污染防治攻坚战的根本政治保证。要全面加强党对生态文明建设的坚强领导，严格落实“党政同责、一岗双责”，落实领导干部生态文明建设责任制。通过制定涵盖生态环境保护立法执法情况、年度工作目标任务完成情况、生态环境质量状况、资金投入使用情况、公众满意程度等内容的科学合理的考核评价体系，强化考核问责。各级党委和政府都要强化对生态文明建设的总体设计和组织领导，统筹协调处理重大问题，指导、推动、督促各地各部门落实党中央、国务院重大决策部署和政策措施。对贯彻落实决策部署不坚决不彻底、责任制执行不到位、污染防治攻坚任务完成严重滞后、区域生态环境问题突出的，约谈主要负责人。

5. 坚持生态自觉，贡献中国方案

习近平总书记在全国生态环境保护大会上提出，总体上看，我国生态环境质量持续好转，出现了稳中向好趋势，但成效并不稳固。生态文明建设正处于压力叠加、负重前行的关键期，已进入提供更多优质生态产品以满足人民日益增长的优美生态环境需要的攻坚期，也到了有条件有能力解决生态环境突出问题的窗口期。这是对我国生态文明建设挑战艰巨、任务紧迫、难度提升的充分认识和准确把握，是对包括生态思想自觉和生态行动自觉在内的生态自觉的充分体现。

面对绿色发展正成为新一轮国际竞争制高点，未来各国围绕能源资源、气候变化、温室气体排放等生态环境问题博弈日趋激烈的现实状况，习近平总书记提出“共谋全球生态文明建设”的主张。人类生活在同一个地球，休戚相关，命运与共，要保护好人类赖以生存的地球家园，应采取相互理解、相互帮助和通过合作而不是对抗的方式解决当代世界所面临的问题。把人类命运共同体理念运用于全球气候治理问题上，就是要通过科技创新，走包容、共享和可持续的绿色发展道路。总之，习近平生态文明思想既提供了为中华民族谋复兴的生态战略指向，又拓展了加强生态文明建设国际合作共赢的视野和途径，积极为人类实现共同发展提供了中国智慧和中国方案。

（作者系宁夏中国特色社会主义理论体系研究中心研究员）

（《光明日报》2018 年 10 月 10 日 06 版）

以文化人

加强少年儿童创新素养教育

——访宁夏回族自治区政协主席崔波委员

王建宏

“最近，让中小学生睡饱觉成了热点新闻。这折射出当前基础教育过度关注短期目标，在一定程度上忽略了教育的根本问题。”宁夏回族自治区政协主席崔波委员在接受光明日报记者专访时说，2018年的政府工作报告提出，实施创新驱动发展战略，优化创新生态，形成多主体协同、全方位推进的创新局面。实现创新发展，离不开国民创新素养的养成。基础教育阶段是人一生中创新素养形成的关键时期，这就要求我们在这一阶段高度重视并大力开展创新素养教育。

强调创新，是因为“创新兴则国家兴，创新强则国家强，创新久则国家持续强盛”。崔波委员说，人才是支撑创新发展的第一资源，实施创新驱动发展战略，关键是要有一支规模宏大、结构合理、素质优良的创新型人才队伍。近年来，我国在高等院校实施了一系列创新教育举措，并取得了一定成效。但目前基础教育阶段创新教育理念还比较滞后，传统教育方式固化、评价标准单一导致重知识灌输轻智能开发、重标准答案轻创造性思维、重课堂教学轻社会实践等现象，制约了学生创新素养的早期开发和养成，不少青少年基础知识牢固，但创新能力相对不足。

研究表明，儿童和青少年时期是创新素养的重要启蒙期、关键成长期。根据递减法则，人的创新能力开发得越早，其发展潜力越大。据崔波委员介绍，从2015年起，宁夏在部分中小学和幼儿园开展了创新素养教育，立足于现行课程方案，把创新素养教育融入各学科教学之中，结合各学科的特点，不断更新育人理念，改变课堂教育教学方法，完善评价体系。在具体实践中，把握学前教育阶段、小学低段、小学高段、初中阶段等不同学段孩子的身心发展规律。例如，学前阶段以启发和满足幼儿的好奇心、培养初步动手能力为主；小学低段以启发保护儿童的好奇心、培养学生的兴趣和动手能力为主；小学高段以关注和鼓励儿童的好奇心、培养兴趣爱好和动手能力为主；初中阶段注重培养学生多思考、善于问问题的习惯。

光明日报 07
两会特刊
两会专访
加强少年儿童创新素养教育
——访宁夏回族自治区政协主席崔波委员
代表委员面对面
聚焦高质量发展
转型发展重文化
——访湖南娄底市委副书记、市长杨懿文代表
生态建设助脱贫
——访云南怒江傈僳族自治州委副书记、州长李文辉代表
双轮驱动促发展
——访山东莱芜市委副书记、市长梅建华代表
高铁开通添动力
——访中国铁路昆明局集团有限公司总经理王耕捷代表
提升内涵育人才
——访东北大学校长赵继委员
医疗扶贫护健康
——访新疆医科大学校长凯赛尔·阿不都克热木代表

宁夏在创新素养教育实践中坚持试点先行、典型引领、稳步推进的原则，同时

借鉴了国内外的先进经验。2017 年，创新素养教育试点扩大至宁夏所有县（市、区）。经过积极探索和大胆实践，一些学校在转变观念、课程改革、课堂教学、评价体系、家校合作等方面取得了阶段性成效。由于该项工作的开展，近几年，宁夏在教育部组织的“国家义务教育质量监测”中，成绩连续大幅提升。

崔波委员建议，在基础教育阶段加强少年儿童的创新素养教育，通过深化课程改革，在各学科的教学方案和课程标准中落实创新素养教育的目标；努力把创新素养教育融入课堂教学，建立并完善评价体系，发挥评价的导向和牵动作用；同时选择部分地区进行基础教育阶段创新素养教育试点，统筹各方面的教科研力量，待经验成熟后再逐步推开。

（《光明日报》2018 年 03 月 07 日 07 版）

《六盘山》：

百姓视角下的乡愁

唐荣尧

如果想以影像方式挖掘一座山脉的人文历史、文化传承以及依山而居的民众生活，直接诉诸视觉功效、努力接近表达对象真实境遇的纪录片可谓最佳的表现方式。在对长白山、秦岭、天山、贺兰山等山脉进行展现、获得良好收视效果之后，纪录片创作者又将视野对准了六盘山，以8集纪录片《六盘山》展现其独特的人文魅力和时代风采。

六盘山繁衍了陕、甘、宁连接处的关陇文化，培育了深厚的人文历史。秦始皇、汉武帝、唐太宗、成吉思汗、毛泽东等历史人物，司马迁、王维等文化名人都曾到过这里，很多影响历史的大事件在这里发生。为了将这些丰沛的历史资源展现在纪录片中，创作团队选择了平民视角。剧本创作初期，初选的入镜人物达200多个，实际采访了100多人，最终在片中呈现的主要人物60多位。他们中有骑着摩托车完成长征之旅的文化馆干事、召集学生沿着长征足迹而行的回乡青年、用砖雕方式恢复古城的民间艺人、经历过原始“二牛抬杠”到现代科技的农民、宁夏回族自治区成立时从外

16 文艺评论

光明日报

文艺观潮

青年导演成长起来了

见仁见智

看电影不再是一锤子买卖

『退改签』倒逼市场进步

《你迟到的许多年》：改革浪潮下的人性光辉

《六盘山》：

百姓视角下的乡愁

地来的支宁人、创办个人农耕民俗馆的宣传部干事等。他们在镜头里用“细雨湿衣”般的小故事，讲述了自身的命运轨迹，也阐释了这座山的厚重历史与多彩民俗。

在再现历史事件时，纪录片《六盘山》并没有使用铺陈宏大场面这一常用的表现手法，而是用大量普通人物的故事与叙述去建构一个时间和空间有机结合的坐标系，这种“四两拨千斤”的艺术手法既使原本厚重的历史以轻盈的身姿呈现在观众面前，也印证了著名学者克罗齐“一切历史都是当代史”的论断，回避了纪录片创作常常不小心掉进去的一个陷阱——“捡了故事（个体或局部），丢了历史（整体或全局）”。

六盘山是关陇文化的摇篮。为了唤醒这座山上依附的民族文化身份，找到关陇文化传承者的底色和声音，剧组创作也从普通人着手，既表现恪守传统技艺的剪纸妇女、砖雕老艺人、古堡的找寻与拍摄者、社火传人、秦腔艺术表演者，也描绘顺应时代大潮的文创产品研发者、回乡创业者、旅游开发扶贫者，让他们在影像展现中完成历史与现实的交接，使文化的传承力量像链条一样，延伸于祖辈与他们之间，并向未来拓展。创作者不落高举高打、符号化表达的窠臼，将视野根植于群众之中，选择生于斯、长于斯的普通人进行展现，对观众而言更具亲近感、真实感。这些故事巧妙地彰显了依存在一个个古老传统文化中的民间智慧，成为安放于六盘山文化记忆之书中的珍贵章节，也唤醒了当地民众对传统文化的重视。

六盘山地处黄土高原腹地，乡愁在这里有着不同维度与层次的呈现，纪录片《六盘山》选择了留在家乡的诗人作家、外出流浪的民间音乐人、用相机镜头自费记录消失古堡的摄影人，让他们以家乡人的身份讲述对传统民俗、故园风景、旧日历史的眷恋，以及对外面世界和美好生活的向往。留守者也好，外出者也好，一轮故乡明月始终伴随着他们，成为他们的乡愁。尤其是宁夏获得鲁迅文学奖的三位作家，都是从六盘山走出来的，他们的笔下，一直讲述着对这方土地的热爱。

（作者系纪录片《六盘山》编剧、撰稿）

（《光明日报》2018 年 11 月 15 日 16 版）

一座值得一看的县级博物馆

——宁夏彭阳博物馆印象记

庄电一

彭阳县建成博物馆了？这可是个不小的新闻！因为宁夏目前建成的县级博物馆还很少，更何况彭阳县地处南部贫困山区，目前还是脱贫攻坚的重点县，而它建县的历史只有30多年。2017年12月28日正式开馆的当天，笔者就远途奔波、兴致勃勃地前去参观，颇有一点“先睹为快”的想法。

果然，彭阳博物馆没有让笔者失望。笔者在“贪婪”地浏览了馆内所有展品之后，对彭阳博物馆刮目相看。笔者听到有人兴奋地对馆长杨宁国表示，这个博物馆，是应该高看一眼的。

建筑面积达11200平方米的彭阳博物馆，是一座集文物收藏、展览、研究为一体的综合性博物馆，目前开设了6个展厅，展出的文物有2000多件，藏品有7000余件。其中，属于国家一级文物的，就有12件，二、三级文物则多达560件。

杨宁国自豪地对记者说，无论是建筑规模，还是馆藏文物，在宁夏都是数得着的。除了宁夏博物馆、固原博物馆两家省级博物馆之外，第三个就要数彭阳博物馆。在固原市，除了固原博物馆，它可以排第二，而在宁夏县级博物馆中，它就可以当之无愧地排第一。这也充分反映出当地政府对文化工作的支持和对文化传承的重视。

兴建如此规模的博物馆，是有充分的理由和依据的，是与当地极为丰富、极为珍贵的历史资源和出土文物相匹配的。

在彭阳，有一部基本完整的通史。

笔者了解到，彭阳县不仅发现了距今数千万年前的古脊椎动物化石，而且发现了距今3万年前的旧石器时代石器。至于新石器时代遗址那就更多了，已经发现的就有四五十处之多，且都发现了那一时期的文物。在彭阳县发现的距今几千年的人类居住的窑洞式房屋，依然保存了白灰墙裙，坚硬、光洁、平整，真实地反映了当时人类的生存状态。最近在彭阳县姚河塬发现的西周时期的诸侯王级的墓葬群及大量出土文物，更是颠覆了“周文化未过陇山”的结论，证实早在西周早期，周人就已经翻越了六盘山。而到了春秋战国时期，

10 文化新闻
光明日报
一座值得一看的县级博物馆
——宁夏彭阳博物馆印象记
让收藏迸发时代正能量
2018年“我们的中国梦·文化进万家”活动在河南兰考启动
山东“文化惠民”13件实事基本完成
贫困村综合性文化活动室建成率达93%
中州学刊

馆藏人驼纹牌饰　　彭阳博物馆供图

馆藏波斯银币　　彭阳博物馆供图

秦惠文王消灭了长期驻扎在彭阳一带的义渠，彭阳及周边地区更是正式被纳入中原的版图。至今，战国时期修筑的秦长城还横卧在彭阳的大地上。彭阳还是历史名人荟萃之地，有资料显示，秦始皇、汉武帝、唐太宗、成吉思汗、忽必烈等都曾到过彭阳一带，东汉史学家班彪所作的《北征赋》，也记述了他亲临彭阳的经历和感慨，赋中也点出了“彭阳”这一地名。三国西晋时期著名医学家、史学家，有针灸鼻祖之誉的皇甫谧，就出生在彭阳县。唐宋元明清时期，彭阳县的经济、文化都得到了发展。汉代城郭、北魏造像、北宋石窟、明清驿道，都在这里留下遗迹，也丰富了彭阳的文化内涵。到了当代，彭阳县又孕育了比较丰富的红色文化。中国工农红军万里长征曾经过这里，毛泽东曾夜宿彭阳县古城镇下岔沟、乔家渠的农家，并在当晚记下并修改了在六盘山上吟咏的《长征谣》（《清平乐 · 六盘山》的初稿）。尤其值得珍视的是，当地至今还保存着新中国成立之前的一些革命遗迹。

彭阳博物馆现在开设了“茹水遗珍”“红色记忆”“今我彭阳”等6

个展厅。其中，“茹水遗珍”分为史前、先秦、秦汉、北朝隋唐、宋金元、明清6个单元。笔者看到，这里有远古时代的古生物化石，有新石器时代的玉琮、石器、彩陶罐，有春秋战国时期的铜短剑，有战国时期刻有铭文的铜戈，有夯筑长城的木夯，有汉代的三足两耳圆鼎，有与彭阳建县历史有关的汉代朝那（读作 zhū nuó ）鼎，有西汉时期精美的人驼纹牌饰，有北魏时期的一佛二菩萨石造像，有唐代双鸾瑞兽花鸟铜镜，有北宋的刻花梅瓶，有在当地出土、可作为中西交流物证的波斯银币……其中的石器、玉器、铜器都有相当的存量。

这里还陈列着距今数千年的葡萄种子。那是专业人员在彭阳县打石沟新石器时代遗址的发现。那次，共发现了25种已经炭化的植物种子，其中就有葡萄，这可以说明，早在几千年前，彭阳一带就已经栽植葡萄了。据文献记载，葡萄引进到我国古代中原地区有两种说法，一种说法是汉代贰师将军李广利在伐大宛时带回来的，一种说法是张骞出使西域后带回来的。有人据此断定，引进葡萄的时间不会早于公元前119年，而彭阳县出土的葡萄种子，可能要为这些说法打上一个问号了。

博物馆的许多展品，都令人眼前一亮，驻足细品。

1999年，笔者到彭阳县采访，抽空看了当时还放在库房的文物，便为他们珍藏的许多珍品“惊艳”了一回，也以《偏远穷县藏奇珍——宁夏彭阳县出土文物参观记》为题做了报道，并就他们建一座博物馆的愿望在报上公开发出呼吁。没想到，此后，他们的重要考古发现一个接着一个，出土文物也从2000多件增加到7000多件，而有档次、有品位、有内涵的博物馆也真的建成并向公众开放了。

这确实是一件可喜可贺的事，也是颇有“新闻价值”的事。

（《光明日报》2018年01月09日10版）

宁夏彭阳姚河塬商周遗址出土甲骨文

是目前中国发现甲骨文最西北部的一处遗址

王建宏　何小红

近日，宁夏彭阳姚河塬商周遗址在考古发掘中出土甲骨文，这是目前中国境内商周遗址发现甲骨文最西北部的一处遗址。

姚河塬商周遗址位于宁夏彭阳县新集乡红河支流李儿河、小河切割形成的塬地上，面积60余万平方米。2017年6月，经国家文物局批准开展抢救性考古发掘工作，目前经勘探发现壕沟、墙体、道路、储水池、水渠、铸铜作坊区、制陶作坊区等遗迹。墓葬区勘探发现墓葬60余座，截至目前已发掘墓葬18座，其中甲字形大墓2座，竖穴土坑中型墓5座，小型墓4

宁夏彭阳姚河塬商周遗址考古挖掘现场

光明日報

GUANGMING RIBAO

2018年1月15日 星期一 农历丁酉年十一月廿九 今日16版

光明网网址：http://www.gmw.cn 国内统一刊号CN 11-0026 第24821号（代号1-16）

中共中央关于建立国务院向全国人大常委会报告国有资产管理情况制度的意见

（2017年12月30日）

一、重要意义

二、指导思想和基本原则

新时代新气象新作为

宣传主阵地 百姓文化园

——河北基层文化宣传阵地掠影

本报见习记者 陈元秋 本报记者 耿建扩

宁夏彭阳姚河塬商周遗址出土甲骨文

是目前中国发现甲骨文最西北部的一处遗址

紧紧抓住大有可为的历史机遇期

（一）

（三）

座；马坑6座，车马坑1座。另发掘祭祀坑1座，灰坑8座。出土青铜器、玉器、骨器等文物3000余件。

据姚河塬商周遗址考古队队长马强介绍，此次发掘出土卜骨3件，其中有字卜骨1件，出土于甲字形墓葬M13墓道的填土中，质地为牛的肩胛骨，正反面均经刮治上光，正面右下部分有单钻未灼的钻穴，上部有三个经背面烧灼而开的兆痕，正面的左侧兆痕旁有刻辞两行，33字，合文2，共35字。卜骨刻辞内容大致是卜问派遣两人，分别率30人巡查于夜、宕等五地，有无灾祸。共涉及两个人名和5个地名。背面残存钻痕5个，其中右侧4个上下成列，钻穴内有竖向凿痕，并有灼痕。左侧还有墨书文字，尚未释读。该卜骨钻凿形制与陕西周原遗址所出基本相同。

姚河塬商周遗址自2017年6月发掘工作开展以来，相继发现了商周时期墓葬、车马坑、祭祀坑、铸铜作坊遗址等重要遗迹。甲骨文在姚河塬商周遗址的发现是商周考古领域的重大发现之一。通观国内出土甲骨文

甲字形墓葬M13墓道填土中出土的有字卜骨

的遗址，均具有都邑性质，这也印证了姚河塬遗址的级别较高、与周王朝保持着密切的联系，对判断整个遗址属西周早期封国性质这一论断提供了强有力的支撑。

姚河塬是宁夏南部及泾水上游地区首次发现的一处大型西周遗址，其功能结构复杂的聚落形态、带墓道的高等级墓葬、掌握高技能工艺的铸铜作坊，出土的青铜器、玉器、瓷器、象牙器等珍贵文物，以及以甲骨文为代表的特殊文化产品，都显示其绝非普通居址，而可能与关中的周公庙、孔头沟，北京房山董家林等遗址一样，属于西周大臣的采邑或分封诸侯国所在，即为一个西周封国的都邑遗址。由此可推测，西周王朝对西部疆域的管理与东部地区一样，采用的也是“分封诸侯，藩屏王室”模式。姚河塬的发掘，对了解西周的政治格局、周王朝与西北边陲地区的关系提供了珍贵的新资料。此外，遗址内发现较多刘家文化类遗存，以及先周文化、殷商文化、寺洼文化遗物，反映了商周之际宁夏南部地区出现过复杂的人群转换及文化变迁，是研究陇山地区与相关区域交流和联系的重要线索。

（《光明日报》2018年01月15日01版）

宁夏大学副校长马宗保委员：

农村娃上重点的比例逐年提高

靳　昊　王建宏　整理

光明日报
06
两会特刊

关于教育，习近平总书记这样说——

当今世界的综合国力竞争，说到底是人才竞争，人才越来越成为推动经济社会发展的战略性资源，教育的基础性、先导性、全局性地位和作用更加突显。"两个一百年"奋斗目标的实现、中华民族伟大复兴中国梦的实现，归根到底靠人才、靠教育。

教育大事记

好起点　人生转折点，国家转折点

好人才　将前途与祖国命运相连

好学校　老房子变成了新房子

好教师　教师素质决定教育质量

四十位代表委员热议

改革开放40年

教育篇

好人生　上职校照样拥有出彩人生

好未来　农村娃上重点的比例逐年提高

好舞台　在坚守初心中发展壮大

好时代　更高质量，更加公平，更有特色

我1968年出生于宁夏西海固的海原县李旺镇杨山村。伴随改革开放的进程，我们兄弟中有五个考上了大学。

1980年，海原县设立了回民中学，我从那里考进了中央民族大学。正是因为改革开放和党的民族教育政策，给了我这样一个改变命运的机会。20世纪90年代末，村里有些孩子一度上不起大学，有的家里甚至要卖掉唯一的耕牛凑学费。这种状况很快随着国家资助政策的完善得到改变。

改革开放特别是党的十八大以来，推进教育公平的政策接连出台，高校招生录取向中西部地区倾斜，努力缩小区域、城乡高等教育入学机会差距，农村娃上重点大学比例逐年提高。2017 年，我所在的宁夏大学共发放各类奖助学金 5958.5 万元，受助学生人数超过 1.6 万人次。

党的十九大报告提出实施乡村振兴战略，而乡村振兴最核心的要素还是人。我们要高度重视农村人力资源的开发，通过教育，给农村学子建立通畅的上升通道，让广大农村学子共享人生出彩的机会。

（《光明日报》2018 年 03 月 03 日 06 版）

宁夏吴忠市红寺堡镇文化站站长马慧娟代表：

倾听老艺人的声音　唤醒沉睡的舞狮

王清彬　王建宏

宁夏罗山脚下，吴忠市红寺堡镇，王家舞狮的第三代传人王汉章如今已经75岁了。他时常回想起祖辈们舞狮的热闹场景。

13年前，王汉章担心祖艺失传，自己组织了一次舞狮活动。此后，舞狮又进入了“冬眠期”。老人叹息：“可惜这‘狮子’，这么多年都没能舞起来。”

一声叹息，听者有心。新当选的全国人大代表、红寺堡镇文化站站长马慧娟意识到：保护移民地区传统文化迫在眉睫。于是，她走村串户，对红寺堡镇十几个村的20多位民间艺人进行调查摸底，了解传统乡土文化传承，倾听艺人们的期待。

红寺堡是全国最大的生态扶贫移民集中区，移民大部分是近20年来从西海固地区搬迁来的。随着移民地区的乡村经济快速发展，村民们原本贫困的生活日渐富足，但与此同时，人们所熟知的年节风俗、剪纸、刺绣、特色饮食等优秀民间文化却日渐衰败，许多技艺后继无人。

光明日报 两会新闻 13

十三届全国人大一次会议发言人张业遂就相关问题回答记者提问

南存辉委员：关注实体经济的发展

黄望明代表：“客车大师”的镜子哲学

河南省郑州市上街区中心路小学教师沙宝琴代表：推进小学科学课改革刻不容缓

为孩子们搭建通向现代化文明的桥梁

宁夏吴忠市红寺堡镇文化站站长马慧娟代表：倾听老艺人的声音 唤醒沉睡的舞狮

廷·巴特尔委员：带来牧民心里话

经过调研，马慧娟发现，掌握民间传统技艺的老人平均年龄都在70岁左右，由于对民间传统技艺的挖掘开发和应用不够，年轻一代很少有兴趣和精力学习传统技艺。她建议对区域性流传的民间技艺进行深度挖掘，制定规范统一的认定标准，对有传统技艺在身的老艺人建档立卡；利用现代技术整理记述区域性民间文化，将老艺人、老技艺用视频、图文形式记录下来；鼓励、引导年轻人学习和继承传统技艺，并组织展演、比赛活动，让更多移民地区里的“狮子”都能“舞”起来。

（《光明日报》2018年03月05日13版）

宁夏银川市二十一小学校长、党总支副书记马恒燕代表：

“互联网 + 教育”帮山里的孩子实现梦想

方　莉　整理

08 要闻
直面关切　回应热点
——第五场“代表通道”圆满收官
听，春天的声音
——2018年全国两会“代表通道”回眸
提请审议的政府工作报告共修改86处

让每个孩子都享受到公平而有质量的教育，这是教育的目的，也是每个教育工作者最大的心愿。2016年11月，航天员景海鹏在“天宫二号”通过视频连线，朗读了宁夏中宁县宽口井中石油希望学校学生柯原写的一封公开信。正是“互联网 + 教育”让这个女孩走出大山，与航天员对话。为了让这些贫困孩子也能接受到良好的教育，宁夏实施了教育扶贫计划，收到了良好的效果。银川二十一小学和中宁宽口井希望学校结成了帮扶对子，通过互联网在线互动课堂等多种方式，让山里的孩子享受到了优质的教育。我坚信，随着新一代互联网技术的发展，会有更多像柯原那样生活在大山里的孩子能够实现自己的梦想。

（《光明日报》2018年03月21日08版）

葫芦为“纸”写人生

王建宏　刘春燕

冬日的贺兰山，山体崚嶒，深嵌在瓦蓝的天幕中。在山脚下的一个农家小院里，陶瑞珍手腕微微移动，烫画笔发出点点红光，不一会儿，一幅意境优美的山水画便“绽放”在葫芦上。

环顾小院，从屋檐、墙根，到花园栏杆，挂满了大大小小、形态各异的各式葫芦，这些都是宁夏石嘴山市大武口区潮湖村村民陶瑞珍农闲时的“画纸”。

“小时候，每年到秋冬闲暇季节，爷爷就会用子午香在葫芦上烫画，有人物、花草、鸟兽……”陶瑞珍回忆说，她从小和爷爷奶奶生活，爷爷是当地有名的能人，绘画、书法、剪纸样样精通。每当爷爷剪纸、烫画时，陶瑞珍便在一旁默默学习。耳濡目染，到十五六岁时，陶瑞珍便能剪得一手好剪纸，在葫芦上烙的画也有模有样。逢年过节或邻居家有喜事时，都会请她剪喜字、剪窗花。

兴趣的驱使，让陶瑞珍即使在柴米油盐的生活中，也剪不离身、笔不离手。每天在田间干活时，飞过的大雁、田间的美景，都成了陶瑞珍的灵感之源，“剪瘾”一上来，便会剪上一阵子。

然而，陶瑞珍重拾葫芦烙画却颇具戏剧性。2012年，石嘴山市妇联通知她参加银川的一个国际性论坛的展览，她激动得几乎彻夜未眠，连夜赶制参展作品。这次展览，除了她最擅长的剪纸作品外，陶瑞珍还顺手带了6个葫芦烙画。

“太漂亮了！一个600元，我全都要了。”到现在，陶瑞珍依然记忆犹新。当时，一位外地老人以每个600元的价格将6个葫芦全买走了。她赶紧让家里人把过去的存货都拿了出来，展会期间，她的葫芦烙画被抢购一空，卖了两万多元。

04 综合新闻　2018年12月23日　星期日　光明日报

黄坤明在中国美术家协会第九次全国代表大会上强调

描绘时代画卷　展现人民风采　努力开创中国美术事业发展新局面

我国第一颗低轨宽带通信卫星发射成功

将开展天基互联网试验与应用

交通运输部：车辆通行费将建立差异化机制

取消省界收费站　实行差异化收费

收费高速公路路况良好

艺苑新事

传统与现代相融合　“新咸水歌”走上舞台

葫芦为“纸”写人生

本报记者　王建宏　本报通讯员　刘春燕

“当时只是玩玩，没想到会卖到那么高的价，卖一个葫芦相当于种一亩玉米的收入。”整地、找种子，隆冬时节，陶瑞珍开始为来年种葫芦做准备。第二年，她将家里的3亩地全部种上了葫芦。

然而“卖葫芦”的惊喜却未在“种葫芦”上延续。由于品种不好，加之种植技术不精，很多葫芦长得太小，能在上面烙画的更是少之又少。

第二年，陶瑞珍汲取经验，从山东买来鹤寿、天鹅等优质品种的葫芦种子，按照书上介绍的方法施肥、搭架，悉心呵护。这一年，最好的葫芦长到了八九十厘米高，成了烫画葫芦的好模子。

3 亩、6 亩、18 亩……陶瑞珍又租了一些地，葫芦的种植面积达到 60 亩。“阴干、打皮、晾晒……一个好的作品，前期工序很重要。”陶瑞珍说，要先把葫芦在水里泡上几天，待表皮软化后捞出，再将表皮刮干净、晾干后，烫上精美的图案。

灼灼笔意，非一日之功。烫画时，拿捏不准火候而烫焦是经常的事，有时由于温度不好掌握，一个葫芦烫好得两三天时间。

“你看，这个葫芦在生长中发生了变异，我就做成了一条鱼。”陶瑞珍从展架上拿起一件作品，形状与鱼鳞混若天成、栩栩如生。

有时为完成一件作品，陶瑞珍会废寝忘食。有一次，为了烙好作品《哺乳》，陶瑞珍把自己关在房间里，整整一星期没走出家门半步，烫坏的葫芦有十多个，直到作品完成，她才长舒了一口气。

“要想让烫好的葫芦颜色好看，可以用核桃油涂抹，这样表面会越来越亮，或者拿在手里把玩，手心的汗就会渗入。”陶瑞珍说，随着时间的推移，葫芦烙画会沉淀进岁月的颜色，显得古色古香。她最贵的一件作品卖到了 3000 多元。

一枝独秀不是春。打开销路后，陶瑞珍开始带动越来越多的村民加入到葫芦烙画的创作中来。2013 年 6 月，经过精心筹备，石嘴山潮湖瑞宝工艺葫芦专业合作社在陶瑞珍的小院里挂牌成立。合作社与就业创业服务部门联合，在新时代农民讲堂开办葫芦种植、烫画葫芦制作等培训班，同时拓宽销售渠道，线上线下立体销售。

当年 10 月，她的葫芦烙画作品获得中国第二届镇北堡西部影城西北非物质文化遗产博览会金奖。此后她更加用心，潜心钻研，村里不少人开始跟着她种葫芦、刻葫芦、卖葫芦，走上了葫芦创业之路。

42岁的闫发达腿部残疾，由于一直找不到合适的工作，生活只能靠低保维持。2018年，闫发达加入工艺葫芦专业合作社，变得忙碌充实，生活也有了很大改善。“干这个很光彩，以前无所事事，现在在家里就可以做葫芦烙画，一个手把件就能卖到100多元。”闫发达说，这一技艺改变了他的人生。

陶瑞珍带领30多户村民种植葫芦，在农闲时节，将这些葫芦做成茶台、优盘、打火机等物品，销往俄罗斯、蒙古等国家，形成了种植、制作和销售的完整产业链。“一个形状好点的葫芦可以卖到40元，最好的一个能卖到200多元，一年能有一万多元的收入。”潮湖村村民李平介绍。

陶瑞珍是非物质文化遗产民间手工艺代表性传承人。2016年6月，中国（昆明）官渡第六届全国非遗联展组委会授予陶瑞珍作品“葫芦刻画”金奖。

“我只是一个农民，我和村民们要把葫芦烙画这一非遗文化传承下去，让优秀传统文化走进人们的现代生活。”陶瑞珍说。

（《光明日报》2018年12月23日04版）